知音动漫图书·时代坊
ZHI YIN COMIC BOOK 以梦想之名 点燃阅读

阿莫学长·著

近在云边

中国致公出版社　知音动漫

目录

高三

楔子 ∎

陈牧刚从拍摄棚走出来的时候，还以为一天的时间又过去了。

他走到外面，深吸了一口气，抬眼望去，看到南京市新规划的一部分大楼。据片场的人说，这就是南京的新城区了。

同样是南方城市，陈牧总觉得南京比深圳、广州少了很多人。也可能是因为自己每天都要拍摄到凌晨一两点——打车回酒店的时候，路上已经见不着什么车辆了，给人一种白天也是冷冷清清的错觉。

这里的冬天远比南方沿海城市的冬天要冷得多。空气中带着的南方特有的寒气，长了眼睛般往人怀里钻，让人冷不丁就一阵哆嗦。

陈牧没走出广东那会儿，还以为广东以北的地方都算北方，不承想南京也没能实现集体供暖。前段时间他感冒了一场，只能窝在酒店里，房间空调的效果也不怎么好，湿湿冷冷的。制片人嘲笑他说："当年杜牧到南京的时候是怎么形容的？南朝四百八十寺，多少楼台烟雨中。"

陈牧病了三四天，直到这两天身体才有所好转，紧接着又投入拍摄工作。

他掏出打火机，刚想点一根烟，制片人就从后面推开门走出来喊了他一句。

"喏。"制片人递给他一盒热乎乎的盒饭，便自己一屁股坐在台阶上吃了起来。

陈牧叹口气也坐了下来。他没什么食欲，但想着下午还有事要做，总会饿肚子，还是象征性地扒了两口。

"张导今天火气很大啊。"制片人狼吞虎咽地咽下一口饭，抬头说了一句。

陈牧摇摇头，苦笑了一声，把刚扒拉两口的盒饭放下了。

"能怎么办？演员确实功底不行啊，十七八岁的年纪怎么会是他们演的这个样子？"陈牧紧接着又补充一句，"编剧也是的，写出来的人物关系乱七八糟。演员又不知道怎么演，他们以为我们手里拿的是都市情感剧的剧本吗？"

"观众爱看嘛。你也不看看咱们拍的什么剧。演员？"制片人冷笑一声，"那些都是压根没学过表演的大学生。人长得好看点儿，照着台词念几句，拍出来就是网剧了。张导他人脾气好，换我早不想拍了。"

"就算是为了混口饭吃，"陈牧说，"那些演员演得也太不切实际了，谁的青春活成那个样子啊？肥波，你的青春是啥样的？"

制片人哼哼唧唧应了两声，被饭给噎到了，跑进摄影棚去拿水。

陈牧看着他的背影，回想起他们两个是怎么认识的。

肥波是陈牧的大学室友。俩人刚开始还不熟悉。军训期间，有一次吃饭时，肥波生怕饿着自己，狼吞虎咽的，结果给噎着了。陈牧递了一瓶水给他，肥波感动得差点儿当场跟他拜把子。

掰着指头算一下，他们认识快七个年头了。肥波总说他们两个人是一条绳上的蚂蚱，上大学一起混，毕业后还一起混。

俩人来这家影视公司三年，没挣啥大钱，城市倒是连续跑了好几个。

陈牧担任片场的美术指导，肥波是个制片人，天天为经费的事情发愁。公司只愿意拍一些成本低的网剧：要剧本没剧本，要演员没演员。

偶尔大方一点，他们出差时还能坐个头等舱。肥波总是趁这时咔嚓自拍几张，一连发好几条朋友圈。更过分的是，他竟然还换衣服拍，说多拍几张，下次还能用到。

肥波的心跟他的肚腩一样大，天生就是乐乐呵呵的性格。不像陈牧，二十六的人了还经常伤春悲秋，时不时还要被家里催婚。他是家里独苗，陈父陈母都巴不得他早点回家发展，二老都想早点抱孙子。

肥波拿着一瓶水，咕咚咕咚喝着朝陈牧走过来。

"张导又在里面凶那几个演员了，说下午再过不了别想吃晚饭。"

"今天上午过了几个分镜？"

"不知道，顶多十几条。"肥波喝完水打了个饱嗝，捧起饭盒又继续埋头啃，"对了，我刚才跑进去的时候你问我啥？"

陈牧顿了下，这会儿反而不好开口了。刚才也就下意识地问了一句，现在要怎么问？

你的青春是什么样的？

矫情。

"没什么。"陈牧吧嗒一声点了一根烟，深吸一口。他倒是还记得自己学生时代的样子。

只是该从哪里开始呢？

他想到了阮晓琪。

"人只有在当下过得不好的时候，才会怀念曾经的自己。"

这句话是阮晓琪对他说的。只是，他现在过得不算好吗？

确实不算好，但也没那么坏。

只是不知道从什么时候开始，每天的心情都不会有太大的起伏了。

没有特别开心的事，也没有特别难过的事。

肥波前段时间还在感慨，说很久没有真正发自内心地开心过一回了。陈牧也早就习惯了这种没什么波澜的日子，可十七岁时候的他大概不这么想。

十七岁，听起来距离现在很久远了。

今年过年回家的时候，陈牧还被父母念叨，过完年就二十六了。

"二十六"像一个铁箍，牢牢地套在陈牧头上，而所谓的"青春时代"过去快十年的时间了。

陈牧想到这里的时候，手里的烟刚刚燃到指尖。他摇摇头，把烟掐了。

回摄影棚的路上，他看见映照在落地窗上的自己的身影，一瞬间有点恍惚，十七岁的时候，他没想过自己的未来会是这副样子吧？

那时候，日子过得比现在要慢。每天做完习题，就有很多很多的时间去畅想未来。那个年纪的每个人都觉得未来会是美好的——是夏日夕阳下操场上的那种美好：所有人都面带笑容，千里迢迢赶来的微风亲吻着每个人的脸颊和头发。他们趿着拖鞋穿过跑道，连时间也追赶不上他们的步伐。喜欢的人抬眼就能看到，上课铃声永远不会响起，想见的人永远不会别离。

陈牧推开大门走进摄影棚，远远地看到穿着校服的一群演员在嬉笑聊天。

他低下头，时光从脚底下荡漾开去，像是清澈见底的河流。他往前走，波纹扩散开来，恍惚间，他竟然看到了大理石地板上倒映出还穿着校服的自己的身影。

那真的是很久以前的事情了。

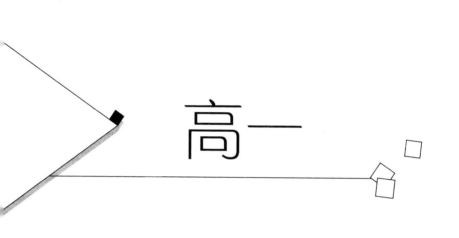

高一

第一章·冤家

大家每天上课下课，期待一场球赛，哄抢一瓶可乐，计较今天该谁请客……
十几岁的日子像一池平静的湖水，也会因一两件小事泛起涟漪。

被闹钟吵醒的陈牧还以为能多睡一会儿，直到他迷迷糊糊睁开眼，发现从窗帘处射进来的阳光角度有点儿不对，这才察觉到什么，吓得一个激灵从床上弹了起来。

"迟到了！"

这可是开学第一天！

陈牧以最快的速度洗漱完毕冲出房间，发现桌上还有陈母留下的早餐。他来不及吃了，顺了个面包就狂奔下楼。

陈牧这才想起来，自己天色微亮时迷迷糊糊听到的声音，好像是老妈说要去上课，让他赶紧起床吃饭。他哼着应了两声又睡了过去。这下倒好，开学第一天就迟到，早饭就别想安心吃了，说不定还要被新班主任记一整年。

刚到楼下，陈牧就觉得有点儿不对劲，低头一看，脚上的拖鞋格外醒目，从破袜子露出的大拇指正在萧瑟的秋风里探头探脑。

"糟糕！"陈牧骂了一句，又以最快的速度狂奔上楼。

每年九月一日的立定中学，必定人山人海。

入学手续早在八月中旬就办理好了。只是立定中学名声在外，家长们也希望第一天上学鼓舞一下孩子的士气，顺便跟新班主任打个照面。还有一部分学生是因为家里离得比较远，需要家长亲自送过来。

但是，现在已经是上午十点多钟。家长们离开之后，整个校园都变得很安静。操场上空荡荡的，所有学生都在教室里面。

"完蛋了，完蛋了……"

陈牧一边奋力跑着，一边眼睁睁地盯着时针跑到十一点的位置。他还不知道自己被分到了哪个班，站在高中部教学楼下的告示牌前看了好一会儿，才猛地转头，拖着书包跑向高一（3）班的教室。

2

立定中学是县重点学校。虽然学生成绩距离市重点还有一段差距，但以师资力量雄厚著称。

在陈牧眼里，所有的考试都是一场无形的博弈。如果说市重点是天才们的大博弈，立定中学就是一场小博弈。立定中学里也汇集了不少尖子生，部分学生的中考成绩其实已经超过了市重点线，但有些家长们秉承着"宁做鸡头不做凤尾"的理念，宁愿将孩子送到立定中学。

陈牧平时的成绩算是中等偏上，但中考的分数却不理想，并没达到立定中学的录取分数线。但立定中学有个不成文的规定，凡是愿意从立定中学初中部直升高中部的学生，成绩未达到录取分数但在一定的区间范围内的，交两万元的赞助费，便可以继续在立定中学高中部就读。

两万块赞助费对陈家来说是一笔不小的数目，为此陈父专门开了一个家庭会议，商量了半天，最终咬牙拍板，让陈牧继续留在立定中学。毕竟师资力量好，环境也熟悉。

"马虎不得，高考是一分就能拉开上千人的事儿。"

这是陈母的原话。

陈牧气喘吁吁地赶到高一（3）班教室的门口，班主任正在召开班会。

"报告！"陈牧咬咬牙喊了一句，喘得像一头蠢牛。

所有人的目光唰的一下，聚集到他身上来。

陈牧下意识地缩了缩脖子，余光瞥见班主任意味不明的眼神，头皮一阵发麻。

他局促地站在门口，不知道该走进去还是留在这里自觉罚站。

"啊，这位……迟到的同学，要不先自我介绍一下？好让大家认识你。"说罢，班主任转向教室里的同学继续说，"以后大家也一起监督，别让他成为未来的迟到大王。"

底下哄笑一片。

陈牧挠挠头，红着脸，犹豫着要不要上台做个检讨。

班主任也没有多为难他，大手一挥："先这样吧，开学第一天，也没给大家安排位子，这位同学看看哪有空位子先坐下吧，我们班会继续。"

陈牧如获大赦。

他看到有一个短发女生旁边的座位空着，就是位置比较靠前。

他也顾不上那么多了，大大咧咧地走过去，坐下来。

女生侧头，诧异地看了他一眼。陈牧也不理会，只求不要再给新班主任留下什么坏印象，免得被严加管教。说不定以后约李斌打一场球，都得写八百字检讨。

不过话说回来——刚才分班告示看得急，忘记看自己的好兄弟李斌被分到哪个班去了。

"报告！"班会突然又被打断。

陈牧心里一喜：好歹我不是唯一迟到的啊。

抬头一看，竟然是个女生。

班主任停在半空中的手还没来得及放下："今天怎么了？一开学就两个迟到的。放假大家都睡懒觉睡习惯了，起不来了呀？"

站在门口的女生的脸腾的一下就红了："不是的老师，那个……我刚才去厕所……"

班主任哭笑不得地摆摆手："快进来吧。"

陈牧本来还以为有一个垫背的，结果不是。

陈牧郁闷地把怀里的书包往桌斗里塞，可怎么也塞不进去，往下一摸，嚯！怎么还有一个书包躺在里面？

一抬头，门口喊"报告"的那个女生已经站在了自己面前。

"那个……同学，这是我的位子……"

"……"陈牧倒吸一口冷气。

全班又哄笑一片，班主任打趣道："看来这位迟到的同学冒冒失失的，把人家女孩子的位子给占了。"

陈牧羞得恨不得有条地缝钻进去，抱起书包就往教室后排窜，心里愤愤地想："那个坐我旁边的女生不会开口说话吗？这位子有人也不提醒一句？就那样看我一眼谁能知道是什么意思？"

陈牧这一番举动让原本安静的班级热闹了起来。

班会也没那么严肃了。

班主任布置了开学的各项事情，临下课前又交代了两句："三天后会安排好大家的座位，临时投选出一些班干部。有什么问题来办公室找我。"

陈牧坐在最后一排，全程耷拉着脑袋，都没怎么听，生怕班主任再看到自己。

接下来几天的课，陈牧也不怎么听。

新学期刚开始，课堂上大部分时间，老师们都在布置学习计划，试图调动大家的学习积极性。每天晨读时，班主任也会例行灌输"高考看似三年之后，其实近在咫尺、迫在眉睫"之类的口号。

高一的任课老师们十分了解这群学生——经历了初三一整年的拼命冲刺，好不容易考上了立定中学。很多学生放了长假回来，心思都还没放在学习上。何况三年长跑刚开了个头，也用不着逼得太紧。老师们这段时间的主要精力都放在让大家收心这件事上。因此课程进展缓慢，作业也少。

陈牧和几个新认识的同学聊天，才得知上一次明知道他坐错位子又不提醒的那个短发女生叫阮晓琪，是转校过来的新生，平时也不爱说话。陈牧观察了她几天，就看她整天在座位上埋头苦学。

陈牧自觉宰相肚里能撑船，也不想计较这点儿小事。

他这几日忙着联系老同学，就是原本在立定中学初中部就认识的几个死党。大家高中被分到了不同班级。

李斌在高一（6）班。

新学期课程表安排下来了，但体育课一星期就排了两节，还经常不见体育老师的踪影。每次上体育课，操场上都安静得出奇。

陈牧只能趁着这几日午休的空当，和李斌跑去操场上打了几场球。

李斌是体育特长生，人高手长，打起球来横冲直撞，但身形偏瘦，大家都叫他竹竿。

男生的友情大多都是从运动场上培养起来的，他俩初中就喜欢一起打球。

3 ■

很多时候，陈牧都会觉得自己的青春期乏善可陈——至少身处当下的时候是这样想的。大家每天上课下课，期待一场球赛，哄抢一瓶可乐，计较今天该谁请客……十几岁的日子像一池平静的湖水，也会因一两件小事泛起涟漪。

换座位对学生来说，就是一件"小事"。

成绩好的学生想坐前排，跟成绩好的同学玩到一起；心怀鬼胎的，自然就想座位多靠近某个人一些。

然而，孩子的座位对家长来说却是一件大事。

教室里的座位安排就好比古时候战场上排兵布阵，前排的是精锐部队。靠后的则是散养的非正规军，这群人上了战场打成什么样全靠自觉，那些脚底抹油溜了的逃兵也多得是。老师对这样的学生也睁一只眼闭一只眼，时间久了，后排的学生自然会越来越散漫。

大部分家长为了让老师给孩子安排个好点儿的座位，开学这几天没少往学校跑。至少要让自己的孩子在老师脑海里留个印象，觉得这样就能比别的孩子多得到点儿重视。

陈牧从不想这些，他挺喜欢自己最后一排的位子，上课睡觉也没人管。刚刚紧绷着一根弦熬过了初三，他可是抓住了一切机会放松自我。

临时班干部的投票也出了结果，担任代理班长的，是一个叫唐胜天的家伙。

陈牧对他印象很深刻。

他看过高一的入学成绩排名，年级前二十他们班就占了八个。唐胜天的名字赫然在第一位。

不过，唐胜天整天板着一张脸。每天都拿着一本练习册拼命做题。晨读的时候，大部分同学都昏昏欲睡，他一个人站起来读。

陈牧觉得他身体里住了一个苦大仇深的中年人。

这天下课铃响过之后，唐胜天从办公室领回座位表放在讲台上，通知大家趁着课间十分钟把座位换好。

陈牧漫不经心地叼着一根铅笔在后排坐着，磨蹭了好一会儿才去讲台看那个表格。他从最后一排往前看，看到自己被安排坐在第三排的时候傻眼了。

"什么情况？！"陈牧在心里嘀咕了一句。

他想起昨晚吃饭的时候，陈母意味深长地问起自己换座位的事，似乎明白了什么。

"郁闷。"

陈牧闷闷不乐地走到最后一排收拾起自己的东西。他个儿挺高，所以被安排在第三排靠窗的位置。只要年级主任在走廊上巡堂，准能发现他开小差。

随后唐胜天组织全班同学有条不紊地把座位换好。陈牧的同桌是一个看上去安安静静的女生。

当他再抬头看，阮晓琪就坐在自己的正前方。

"是那个不肯提醒人的闷葫芦。"陈牧愣了一下，他又记起开学第一天的那件事儿。

但是，管他呢。

后面两节课，他都在桌斗底下看小说。

第三节课下课的时候，他觉得无聊去找李斌，发现这家伙手里神秘兮兮地把玩着一个东西。

"这是啥？"陈牧凑过去看。

"瑞典军刀。"李斌炫耀似的拨弄了两下，被后面一个人拍了下脑袋。

"什么瑞典军刀，是瑞士军刀。"

李斌吃痛，抱怨了一句："瑞士军刀多不好听，听起来像是软糖的名字，不够霸气。"

上课铃响了，陈牧抢过李斌手上的东西就跑。

"东西借我玩一节课，待会儿饭堂还你！"

"你别弄坏了！"李斌急吼吼地探出头喊了一句。

陈牧早就溜进了高一（3）班的教室里。

午饭前的最后一节课是最难挨的，偏偏陈牧他们这栋教学楼离饭堂最近，打开窗就能闻到饭堂飘过来的香味。

物理老师大概也饿了，边讲课边咽口水，草草讲完第一章节剩下的内容，看了一眼手表，距离下课只有五分钟的时间，便大手一挥，提前下课了。

陈牧早已按捺不住，第一个站起来，手里还握着那把瑞士军刀的小剪子。他刚想跑出去，不料后座同学无意踢了椅子一脚。陈牧没站稳，跟跟跄跄又跌坐回座位，身子往桌上扑去。

手里头那把小剪子随着陈牧的手唰地往前划出去！

眼看着剪刀就要刺着人，陈牧闭着眼睛把剪刀往旁边一挥。只听到刺啦一声。

糟糕！

陈牧右手在半空中僵住，身体扑了桌子上，左手还扭了一下。

陈牧疼得直咧嘴，往前看去，阮晓琪的右边校服被自己手上的家伙划出一个大口子，里边的短袖一览无遗。

"完了……"陈牧就这么愣在那里，手没收回来，也没道歉。

阮晓琪起身扭头，面无表情地看了他一眼，然后竟然淡定地随着人群走出了教室。

"欸！同学……"陈牧反应过来，急急忙忙追出去喊了一句。

路过的后排同学诧异地看了他一眼，而阮晓琪已经不见了踪影。

"搞什么啊？"陈牧心里疑惑。

后来那段时间，陈牧一想到阮晓琪这个名字，脑海中就会浮现这样的印象：那个看起来倔强到不行，自尊心超强的短发女生。平时安安静静的，一旦被招惹到就会更安静，靠一张面无表情的脸就能吓死人。

吃饭的时候，陈牧把那把晦气的瑞士军刀丢还给了李斌。

"你不会弄坏了吧？"李斌小心翼翼地检查着。

"弄坏你个头，这个倒霉东西……"陈牧黑着个脸，就差没指着这个瑞士军刀破口大骂了。

他草草扒拉了两口饭，又跑向教室，一心想跟阮晓琪道个歉。

进了教室，他看到阮晓琪把校服外套脱了，穿着立定中学的短袖衫，还好教室里人多，不会很冷。

陈牧平日里是那种倔得不行的人，从他嘴里很难说出道歉的话。他想了半天，趁着阮晓琪坐在位子上，探头探脑地说了句："对不起啊。"

阮晓琪还是不理他。

过了一会儿，陈牧写了个字条塞给她。对方也没回。

午休的时候，陈牧忍不住拿铅笔戳起了前面的那个人的背，轻声问道："喂！你到底想怎么样？"

阮晓琪依然不理。

陈牧头都大了，继续拿铅笔戳她，说话的声音也大了不少："喂，姑奶奶！你到底想要我怎么样？"

阮晓琪突然腾的一下站起来，转过身看着他说："同学，现在是午休时间。"

她的声音不大不小，语气也很平静，可还是引起了一部分同学的关注。

陈牧错愕，举着铅笔，不知道怎么办才好。

"什么事，同学？"唐胜天刚好没睡，从教室后排绕过来询问情况。

这更加引起了大家的兴趣。有几个睡得迷迷糊糊的同学也抬起头看发生了什么。

教室里一片沉默。阮晓琪站着，脸上也看不出是什么表情。

"不要打扰其他同学午休，我们到外面说吧。"

阮晓琪听到这话，跟着唐胜天走了出去。

陈牧在座位上没动，透过窗户看他们两个在走廊里讲话，就是听不到讲了些什么。

陈牧心里抓狂。明明只想好好道个歉，大不了就赔钱嘛。他能理解一开学就被人划破校服的怒气。但自己也不是存心的，想道歉还搞得好像自己一直在故意骚扰她一样。

那两个人聊完回到教室，唐胜天也没来找陈牧。阮晓琪回到座位端端正正地坐下，趴到桌上继续午休。

陈牧彻底没辙了。

下午上课的时候，陈牧发现阮晓琪身上多了一件校服外套，看起来明显不是她的码子，再看看唐胜天穿着一件短袖衫，心里大概也明白了。

但这么一想，陈牧更来气了。下午的课，陈牧一个字都没听进去。

放学后，他扭扭捏捏地跟在阮晓琪后面走出校门。

立定中学虽然在县城中心，但学校周围道路年久失修，学生们要经过一条七拐八拐的小路才能到公交车站。

阮晓琪没往公交车站的方向走。陈牧发现她竟和自己回家的方向一致，于是默默跟在后面走。

眼看前面的这条路拐过去没什么人了。

"喂！"陈牧喊了一声。见阮晓琪丝毫没有回头的意思，陈牧急了，一个箭步挡到阮晓琪身前。

阮晓琪没收住脚步，两个人险些撞到一起。

陈牧站在阮晓琪面前，支支吾吾地说不出来话。

阮晓琪瞪了他一眼，又一个侧身绕过陈牧，继续往前走。

"不是，你……你等等！"陈牧一急，抓住了阮晓琪的胳膊。他刚对上阮晓琪的眼神，就猛然感受到了一股威慑力，又赶紧松开。

他手忙脚乱地从裤兜里摸出几张钱，往阮晓琪面前一递："给你，算是我不小心划破你校服的赔偿。"

阮晓琪看着面前的钱，眼神里充满了愤恨与不耐烦，她推开了陈牧的手，继续向前走，一句话也不说。

"欸！"陈牧连忙转身继续跟着，不得已把钱又揣回到裤兜里。

走到一个小区门口的时候，阮晓琪突然停了下来，一转身，把陈牧吓了一跳。

"我到家了。"阮晓琪顿了顿，"你别再跟着我了。校服不用你赔。"她的表情冷静严肃，使陈牧愈加窘迫。

"不是的，那个……"陈牧指了指小区，"我家，也在这个小区里……"

陈牧家所在的这个小区距离立定中学不远，是几栋十几年前建的老公寓。听说这里本来规划拆迁，要建一个商场，后来没建成。现在公寓的墙体老化严重，也没人修复，跟新修建的学校大楼一比，显得格格不入。

附近的一些学校把老公寓租下来用作教师宿舍，陈母所在的小学就是其中之一。县城的房价不算高，很多老师后来自己买了房就搬走了。承包商便把一些空出来的公寓承租下来，再转租给附近的学生和家长住。

陈牧自小就住在这里。因为学校离家太近，陈牧几乎没有骑过自行车或者搭公交车上学，偶尔会有一种自己被困在这个老小区里的错觉。他对这个小区的情况了如指掌，哪一栋楼是教师公寓，哪一栋楼哪一户是租给学生和家长住的，他都能一一辨认。

他估摸着阮晓琪是跟家长一起搬来这里的。毕竟有些家长对孩子的重视程度超乎想象。陈牧还听说有因为孩子考上了立定中学，一家人搬来这里住的。

"爸。"阮晓琪到家，喊了一声。

没人应答。她知道今晚又只有她一个人了。

冰箱里还有些面包，但她在学校食堂吃了点东西，不怎么饿。

她和爸爸租的房间不大，只有三十多平方米，带独立卫生间。虽说不像公共卫生间那么脏乱，但常年见不着阳光，阴冷阴冷的。阮晓琪闭上眼晴都能想象，回南天时卫生间四处湿漉漉的样子。

房间里摆了一张上下铺的床，阮晓琪睡上面，她爸睡下铺。

开学没几天，她爸就说要先回家处理点事情。虽没具体说是什么事，阮晓琪也大概能猜到。她不想去管那些事，眼下烦心的是自己的校服被划破了，得找针线补一下。唐胜天的校服外套，今晚也得洗了晾干再送还给人家。

她脑海中又浮现出之前找爸爸要钱买校服和书包时，中年男人眉头紧锁的样子。两套衣服和一个书包一共三百来块钱。看着爸爸从那个破旧钱包里搜出来的一沓零钱，她咬咬嘴唇还是接了过来。

阮晓琪有着自己也说不清的傲气，陈牧赔的钱，她一定不会拿的。

同时，她自卑的心理也在作祟，自己会不会因为一件补过的校服而被人指指点点呢？在陈牧说出"也住在这里"之前，她甚至怕被陈牧看到自己住在一个这么破旧的小区里面。回来的路上她不理陈牧，也不过是不想让其他人知道自己住合租房，她怕被人看不起。

现在她知道陈牧也住在这里，自己也许不是唯一一个另类的人。

但陈牧住的那栋楼格局不一样，都是两室一厅的房子，好歹有个家的样子。而自己只租得起这样一个小小的隔间，连独立卫生间还是爸爸斟酌再三才决定要的。

阮晓琪叹了口气。衣服的事要解决，作业也要做。

她拿出一本练习册，但不知道为什么，脑海里那个用铅笔戳她、跟在她身后的男生的身影，挥之不去。可能从来没有出现过像陈牧这样关注她的人吧。

阮晓琪甚至觉得被陈牧这样咋呼的人叨扰着，生活没那么沉闷了。

一支笔在手里握了半天，愣是一个字都没写下去。

6

学生时代如果有什么能轰动整个年级的事，除了集体出游，那一定就是统考了。

据说这一次统考是高一的摸底考试。立定中学高中部的老师集体出题，题目偏难。目的就是要测出学生之间的差距，以便老师针对性辅导。

陈牧一听到这个消息，头都大了。

这次摸底考试突如其来，周五下通知，周一就要考。所有学生哀号一片，眼看大好的周末泡汤了。

"喂。"放学的时候，李斌贱兮兮地溜进高一（3）班的教室找陈牧。

"干吗？"陈牧正在收拾东西。他本来打算周末看小说放松一下，现在得拿几本书回家复习了。

"我球鞋坏了，陪我去买一双鞋子。"

"你一个星期能穿坏两双鞋子？怎么做到的？"陈牧诧异道。

"你别管，走就是了。"李斌冲陈牧使了个眼色。

陈牧感觉到准没好事。

周五回家的人多，公交车上人挤人，一路上还摇摇晃晃的。陈牧感觉都有点喘不过气来了。

李斌一脸不怀好意地向陈牧打听："你们班是不是有个叫阮晓琪的？"

"啊，干吗？"听到这个名字，陈牧突然紧张起来。

"她的入学成绩年级前三，你不知道？"

"知道啊。"陈牧耸耸肩，"就坐在我前面。"他想起前两天的事还想往下说，但又住口了。

"这是尊大神！"李斌神神秘秘地说道，"这次统考全部打乱座位，我看了考场座位表，我旁边就是阮晓琪。你要跟她熟的话，不如帮我去拉拉关系，选择题什么的让我瞄一眼她的答案？"

"不去，要去你自己去。"陈牧想到之前的事就一阵恼火，拒绝得无比干脆。

"帮帮忙嘛。"

"不帮。"

"喊，没义气。"

陈牧以为他就随便一讲，但万万没想到，李斌说到做到。

星期一统考，上午考语文，下午考数学，丝毫没给学生喘息的余地。

陈牧考完数学出来觉得一阵头昏脑涨，还没彻底清醒，就看到李斌班里一块打球的几个男生风风火火地跑过来："陈牧，你还愣着！李斌数学考试作弊被抓了！"

"……啊？"陈牧还站在原地。那几个通风报信的男生已经拥到办公室门口打探情况去了。

"李斌作弊？"陈牧一拍脑袋，想起周五李斌说的话。

完了。

这时走廊上到处都是人，有好多学生簇拥在走廊上讨论答案，有的在收拾东西准备回家，有的三五结伴去食堂……陈牧好不容易才拨开人堆回到班里。

阮晓琪还没走。

"阮晓琪！"陈牧一着急，一口气差点没喘上来。

阮晓琪错愕地看着这个急得面红耳赤的男生。

"那个……"陈牧一咬牙，"李斌你认识不？"

阮晓琪摇摇头。

"就是那个，坐在你旁边……就……考试作弊被抓的那个！"陈牧终于把一口气喘匀了，"对，就是抄你试卷的那个。"总算拐弯抹角地把意思表达清楚了，他只想问问阮晓琪是什么情况。

阮晓琪刚想开口说话，后面就传来了唐胜天的声音。

"李斌，我知道。"唐胜天还是一副义正词严的样子，"他考试作弊，偷看阮同学的试卷，是我告诉监考老师的。"

陈牧被突然插进来的一句话吓了一跳，一时语塞，随即转移了重点，呛声说道："你……你闲着没事举报别人干什么？"

唐胜天皱了皱眉头，似乎不太理解陈牧的逻辑，反问道："考试作弊对其他学生来说不公平。为什么不该举报？"

"唐胜天，你还挺能多管闲事，偷看你试卷了吗，你就举报？"陈牧说着，瞥了阮晓琪一眼。

他想到之前的校服事件，看着自己身前的这两个人，一个整天装聋作哑、自视清高，一个一身正气、特立独行，这么一想，陈牧心中一股无名火腾的一下就上来了。

阮晓琪看看陈牧，又看看唐胜天，纳闷这两个人怎么因为一个其他班的学生就闹别扭了？

唐胜天不想再跟陈牧争论，岔开了话题，扭头问阮晓琪："阮同学，你吃了没？"

"没。"阮晓琪摇头。

"那一起去吃饭吧。"

"嗯。"

两个人把陈牧当成了空气，走出了教室。

陈牧刚酝酿好情绪，准备大吵一架，就这么被一盆冷水浇了个清醒，愣在那里。一肚子火刚冒上来又不得不压下去，气得他五脏六腑一阵翻转。

理智告诉他，还是要去找当事人问问情况。

半小时后，从办公室出来的李斌垂头丧气地解释道："我只是忍不住瞄了几眼，草稿纸上密密麻麻的，谁知道写了什么啊……倒是你们班那个班长，不好好考试，眼神就那么好使，把我给举报了。"

"那现在被记大过了？"陈牧关切地问道。

"还没。我跟年级主任说我没作弊，他虽不信但也找不出什么证据，检讨是必须要写的了。"李斌想了一会儿，突然看向陈牧。

"你干吗？"陈牧突然有一种不太好的预感。

"我有个办法。"李斌挠挠头，"不是举报我偷看阮晓琪的试卷吗？要是她能帮我说一两句好话，这检讨不就免了？"

"你自己说去。"陈牧可不想再去招惹她。

"这次你可得帮我。"李斌急了，"一个星期的可乐，我包了！"

也不是不愿意帮忙，陈牧就是觉得烦。

怎么开学到现在，每件事都要牵扯到阮晓琪？明明很小的事情，放在阮晓琪身上，解决起来就那么费劲。

李斌坐公交车走后，陈牧踌躇了半天，才磨磨蹭蹭地走到小区门口。他估摸着时间，这个点阮晓琪应该也在食堂吃完饭回家了。他准备在这里拦住她。

没过多久，阮晓琪出现了。

"有事？"这次反而是阮晓琪先开了口。

陈牧刚刚还在低头想统考能拿个什么名次，忙回应道："对，就那个……"陈牧阮晓琪面前窘迫也不是一次两次了，"就李斌那件事，你能不能……"

阮晓琪看他的表情，也能猜出来他想说什么，直接问道："证明他没看我试卷，是吗？"

"对对对！"陈牧点头如捣蒜，就差夸一句"你太聪明了"。

"我不知道他有没有看，而且这也不关我的事。"阮晓琪抬腿就走。

"别啊，等等！"陈牧一个箭步又挡住了阮晓琪的去路，"帮帮忙嘛。"

"班长说得没错，作弊就是不对，为什么要我去帮他这个忙？"

"唉，也不是什么大事，就当……行行好。"陈牧急得跺脚，心想搞定了这姑奶奶，一个星期的可乐可不够，起码得一个月，"你看，我们是朋友嘛，一方有难八方支援你说是不是，他跟你也不熟，就让我来拜托你……"

阮晓琪摇摇头："胡闹。"没等陈牧开口，就绕开他走进小区了。

陈牧留在原地，准备好的说辞硬生生地被阮晓琪给挡回去了，眼睁睁地看着阮晓琪拐进了小区里。

"搞什么啊……"陈牧又吃了一次闭门羹。

都怪李斌这臭小子，陈牧心里想着下次说什么再也不会主动跟这尊大神说话了。

他咬牙切齿地念叨一通，又想起自己统考数学考得也不是很好，这次成绩出来还不知道要怎么跟家里交差。

他慢慢吞吞地走到家门口，突然听到屋里传来了争吵声。

时隔多年，陈牧回想起爸爸当时的处境，才渐渐能理解，为什么陈父要一意孤行去外地发展。

陈父是 20 世纪 80 年代中山大学的毕业生。那会儿的大学毕业生是可以分配工作的。在陈牧小学二年级前，陈父在一家做 VCD 碟片的国企当一个小管理员。那时候 VCD 碟片盛行一时，DVD 碟片都算是高科技产品。陈父平时也会刻录一些动画片给陈牧看。陈牧那时用家里的 VCD 机看完了一整套《数码暴龙》动画片，有好几十张碟片。

后来，市场环境变化，VCD 渐渐被淘汰，陈父也成了下岗工人。

当时，陈父好几个上大学时玩得好的同学都去深圳、广州下海经商。陈父下岗几年后，这些人里有的已经开得起轿车买得起房，而陈父还在到处找工作，打一些零工。陈牧上五年级那会儿，陈父找了一份在网通公司当接线员的工作，夏天顶着大太阳，陈父还要骑着一辆单车，走街串巷地上门帮人安装网络。

相比那些发达了的大学同学，陈父一直是郁郁不得志。所以当陈牧的二姑叫陈父一起去深圳做生意的时候，陈父心动了，并且执意要去。但陈母觉得跟亲戚做生意做不得，往后也许会有很多矛盾。

两人为这件事僵持了很久。每次一提到这个话题，就免不了一顿争吵。

"那要不就离婚！"

陈牧推开门的时候，听到陈父气急之下喊出来的这一句话。

他心里一紧。

"离就离，散伙算了！"陈母也在说着气话。

不知道俩人这是第几次因为这件事情而争吵了。

陈父像一条长期潜在深水里的鱼，在生活的夹缝里挣扎着，猛然瞅到一丝光亮，就拼了命地往上扑腾。

啪的一声，陈父把手里的碗摔了。碎片散落到刚进门的陈牧脚边，陈父一下子愣住了。

陈母当了十几年老师，脾气也火爆，跟陈父吵架的语气很像平日里在办公室里教训不听话的学生。

她这会儿正在厨房里，把锅翻得刺啦啦响，锅和锅铲的碰撞声里又传出来一句话："摔东西？我看你这个家是真的不要了！砸吧，把所有东西都砸坏了再买。做生意，有钱！"

"别吵了，儿子回来了。"陈父看了陈牧一眼，示意他放下书包先去洗手，一会儿准备吃饭。

"哟,这会儿你又怕了？刚才不是说离婚吗？离啊！"陈母得理不饶人，陈父又进去厨房，两人接着吵起来。

厨房门没关，油烟味蹿出来，弥漫在这个本来就不算大的屋子里。

陈牧心烦意乱。他从小就被陈母严格管教，平时跟陈母聊不到两句就崩盘，跟陈父也少有交流。这会儿，听着父母的争吵声，他完全不知道该不该劝，该怎么劝。

饭也不想吃了,陈牧干脆决定去楼下透透气。他穿着人字拖，溜出了门。

阮晓琪回了家，接水洗衣服时心里还在想陈牧和李斌的事。

阮晓琪一方面觉得像陈牧李斌这样的人太幼稚，另一方面又有点儿羡慕陈牧。因为只有无后顾之忧的人才会慷慨激昂地喊出"青春应该叛逆，要讲兄弟情义，要活得潇潇洒洒"这种话。

她却没有这个资格，如果不好好学习，高考考不出好成绩，就得回家里帮忙。她能到立定中学读书已经经历了重重困难。

要是自己也有陈牧那种学习环境，那该多好。

想到这里，阮晓琪心里咯噔一下，是自己对别人太苛刻了吗？

陈牧也没做错什么事。他也不是故意划破校服的，虽然他道歉时看起来理直气壮，但也不是毫无诚意。反倒自己一直对他爱搭不理的。将心比心，如果自己道歉了这么多回却总是换来冷冰冰的态度，心里也不好受吧？

还有李斌那件事。虽然帮朋友找自己求情的行为看起来是胡闹，但对陈牧来说，朋友应该很重要吧？

这么一想，阮晓琪觉得自己好像也太自以为是了。

陈牧并不知道她的家庭环境，也不知道她下了多大的工夫才能来到立定中学上学，他只是……在做着大部分普通高中生会做的事而已。

阮晓琪边想着关掉了水龙头，这才发现洗衣粉用完了。她甩甩手，套上校服外套，趿着拖鞋下了楼。

"陈牧？"阮晓琪刚走出楼洞口，一眼就看到闷头坐花坛边的陈牧。

陈牧也看见了阮晓琪。他本能地想打招呼，却又缩回了手。

他心里想着，算了，还是不要理会的好，李斌的事不如就让他自己去搞定吧。阮晓琪总是一副冷冰冰的样子，自己已经连着吃了两次闭门羹，断然不想再吃第三次了。

但其实——

在看到阮晓琪之前，他坐在这里胡思乱想，脑子里却不断浮现出她的身影。

李斌的这件事其实跟阮晓琪无关，是李斌有错在先，她完全有拒绝的权利。自己要求她帮忙，是不是也太理所当然了？

至于校服那件事，也是自己有错在先。哪怕不是故意的，也不意味着别人就一定要接受自己的道歉。可能出于某些原因，校服对阮晓琪来说很重要，或者自己本身就惹人讨厌呢？

他向来一副对待任何事都无所谓的样子，也从不为他人过多考虑。

这也许跟陈牧的家庭环境有关：陈牧是独生子，长大的过程中跟父母亲戚交流甚少。陈母对其要求严厉，只要他成绩好，家里的一切事物都不要他操心……总之，陈牧不太懂得换位思考，所以遇到难以解决的事情，很容易硬邦邦地卡在原地，因为他不懂得如何低头。

这么乱想一通，陈牧明白还是逃不过家里父母吵架那档子事儿。陈牧觉得自己进退两难，一直坐在这里也解决不了问题，可逃避又真的很有用。

"再等一会儿吧，等一会儿就上去。"

他给自己下了最后通牒。

那头的阮晓琪踌躇了一会儿，还是过来向陈牧打了个招呼："你怎么还坐在这里？还想帮李斌说好话吗？"

"你不想帮忙就别管行吗！"心烦意乱的陈牧猛然抬头吼了一句，将心里的气撒到了阮晓琪身上，音量高得把自己都给吓了一跳。

两个人都愣住了。

许是刚才那一声吼的气势一时收不回来，陈牧赶紧低下头，隐藏了自己慌乱的眼神。

等他再抬头，阮晓琪已经走出了小区大门。

他想喊她的，但到底还是没有。

完了，这隔阂算是越来越大了。

陈牧在心里叹了口气：算了，有隔阂就有隔阂吧。

刚才那一吼，倒是直接把这些天在阮晓琪身上受的委屈都喊了出来，这会儿心里也轻松了。

真是一对冤家。

陈牧无奈地叹了口气，心想着不知道陈父和陈母吵完了没有。

他站起来抖抖腿，深吸了一口气，往楼上走去。

阮晓琪拎着一袋洗衣粉走进小区，看见陈牧落寞的身影消失在楼梯口，她也停下了脚步，不知道在看些什么。

南方城市秋天的夕阳来得慢去得也快，刚才还红彤彤的天开始变得灰蒙蒙的。

本来还清晰可见的几朵云迅速被夜色吞没了。

阮晓琪走上楼梯的时候回头看了一眼，小区里家家户户的灯已经亮起来了。

第二章·军训

十几岁的男生总想着把自己的看法和观点抛给全世界，觉得自己是独一无二的，是最特别的那一个，迫不及待地想甩掉自己身上"青春期"的标签，但其实每个人都是稚嫩，成熟于他们而言，还需要很长很长的时间。

1

这天上午，班主任踩着最后一节课的下课铃声突然出现在教室里。

陈牧的班主任是他们班的生物老师，外号叫刘公子。他原名刘志猛，陈牧觉得他的名字虽然很猛，可整个人看上去瘦瘦弱弱的，还戴着一副眼镜，一身书生气，和"猛"一点儿都不沾边。

他总是在早读的时候捧着一个保温杯，里面泡着茶叶、枸杞，站在走廊上凭栏眺望。单薄的衬衫塞在跟身材不怎么相称的西装裤里。

当大家听到下周军训的消息时，议论纷纷。陈牧却并不奇怪，毕竟八月中旬办入学手续时，学校就通知过了。

老师们很乐意让学生们好好操练一下。这群学生放了一个长假，都野惯了。是时候给他们一个下马威，好让他们收收心了。

军训一共七天，所有学生都被送到一个训练基地，吃住都在基地里。

下午上课前，刘公子把临时班干都叫过去，准备交代一些注意事项。

阮晓琪还不习惯当班干部。她被选为学习委员，很可能是因为同学们觉得她成绩好。新学期很多事务都是班长负责沟通，跑前跑后。阮晓琪没接到什么指派任务，便一心扑在学习上。

这会儿，班干部们都在办公室里，阮晓琪却觉得自己融不进去。她原本就不爱说话，跟同学们都不熟悉，站在那里手都不知道该往哪儿放。

"统考考得怎么样？"唐胜天不知道什么时候出现在了阮晓琪身后。

感觉到身边有人，阮晓琪突然间就不那么慌张了。她有点感激地看了唐胜天一眼，偷偷指了一下那些埋头批改试卷的老师："成绩不是还没出来吗？"

"我是说你自己的感觉，感觉考得怎么样？能进前十吗？"唐胜天认真地问道。

"就……还行吧。"阮晓琪其实心里也没底。

这次统考的很多题目都是超纲题，她也不太会做。

立定中学学生的整体水平虽然不及市重点高中，可到底还是藏龙卧虎，在自己都没能把握卷面分的情况下，谁知道会排第几名？

"都来了吧？"刘公子摆摆手，示意所有班干部围着他站一圈。他把手里的几张表格递给了唐胜天，"这个表格你们人手一份，上面写的都是军训时候要准备的东西，就是一些生活用品之类的。我们去训练基地里军训，同学们可能也不知道要带哪些东西去，难免会缺这缺那的。胜天，待会儿你代我开个小班会说明一下。哦对了，还有晓琪……"刘公子眼睛一扫，发现阮晓琪被挤到后面去了。

这会儿她才探出来一个脑袋，别别扭扭的样子。

"喏。"刘公子把一张表格递给了阮晓琪，"晓琪，你就负责通知女生，出发前记得叮嘱她们带一些女生用品。其他班干部具体要做什么，都写在胜天手里头的表格上，待会儿大家都看看。不用太过紧张，主要还是希望大家借这个机会互相熟悉一下。以后你们可是要一起生活学习三年时间的人，不要违纪也不要争吵，都听明白了吧——"

大家点点头。

刘公子手头还有一大堆试卷要批改，便让大家都回去了。其他几个班干部走在前头，眼看着都快上课了，他们三步并作两步赶紧向厕所跑去。

阮晓琪跟在唐胜天身后走出办公室。唐胜天反倒放缓了步子，跟阮晓琪并排走在一起。

阮晓琪不知所措，正在想要不要聊些什么。没想到唐胜天伸过来一只手，往她手里塞了一沓东西。

"拿着。"唐胜天笑了一下，看起来有点僵硬，"我们初中也在同一个学校，我记得你。这个你之后再还我。"

阮晓琪的手紧紧地攥着，她当然知道手里捏着的是什么。等她抬起头，才发现唐胜天已经进了教室，并没有给自己拒绝的机会。

　　她知道唐胜天跟她是同一所初中。因为每次考试的年级排名榜上，唐胜天的名字总是排在她前面。他们两个人都是老师口中的好苗子，只是因为班级不同，几乎没有讲过话。她对唐胜天的印象仅停留在每次路过他们班的时候，都看见他坐在靠窗的位子上刷题。

　　他们之间的关系，顶破天也只能算"见过面的陌生人"。

　　上课铃响了，阮晓琪闷头扎进了教室，把钱揣进兜里，脸红得发烫。

　　她不知道为什么脸红，可能是因为第一次接受了别人塞的钱，她觉得不好意思。

　　唐胜天给她的钱，够买一套新的校服。

　　阮晓琪把这笔钱藏在铅笔盒的最底层，悄悄在心里对唐胜天说了句"谢谢"。

　　军训的日子很快就到了。

　　阮晓琪看到拎着大包小包行李的女生们哑然失笑。听说军训基地的饭菜不好吃，很多人都带了零食。行李看上去鼓鼓的，拎起来倒是不重。

　　陈牧在临发车前才气喘吁吁地赶到。

　　上车的时候，他发现后排的座位已经被坐得满满当当的了，只有最前排空着一个位子。陈牧看了看，空位旁坐着的正是阮晓琪。

　　他二话不说，冲上前一屁股坐了下去。

　　"同学，这个位子……不会又是有人坐的吧？"

　　阮晓琪摇摇头："你坐吧。"

　　两个人心照不宣，也不提之前的事。

　　发车前，唐胜天站在第一排清点人数，特意看了看阮晓琪和陈牧，正好和眯着眼睛的陈牧对视了一眼。唐胜天面露一丝诧异，但没说什么。

　　校车也很快发动了。

陈牧在座位上扭来扭去，好不容易摸出来一条耳机线，插在MP3播放器上听歌，接着就开始补觉了。

他眯了好一会儿，感觉阮晓琪在用胳膊肘戳他。

"嗯？"他看见阮晓琪示意摘下耳机的手势，"怎么了？"

"这个……"阮晓琪指了指他手上的MP3，"会被没收的。"

陈牧转头神秘兮兮地凑近阮晓琪耳边说道："不会。"

夹杂着泡泡糖甜味的气息让阮晓琪的脸腾的一下就红了。

"有这个。"陈牧说着，把书包翻了过来。

阮晓琪看到书包靠背的位置缝了一个隐蔽的暗格，不仔细看一点儿都看不出来，大小刚刚够塞进陈牧手里的那个东西。再仔细端详一下，能看到歪七扭八的走线，兴许是陈牧自己捣鼓出来的玩意。

"鬼主意真多。"阮晓琪摇摇头。

"欸，我说你这小脑袋不知道在想啥，你怎么就老把人想得那么坏？"陈牧伸出手想戳她的脑袋，可好像也没有熟到那种程度，赶紧把手收了回来。

阮晓琪不说话，脸又红了。

阮晓琪很容易脸红。在学校里，她天天只知道刷题，很少跟男生讲这些有的没的，只是想到之前两个人之间莫名其妙闹的别扭，才无端地开口，想要打破点什么。

"你听的什么歌？"阮晓琪赶紧扯开话题。

"五月天的《知足》。听过吗？"

阮晓琪摇摇头。

"喏，给你。"陈牧大方地递过来一只耳机。

阮晓琪犹豫了一下，接过来塞进耳道，旋律还挺好听。

"以后我一定要去看一场五月天的演唱会。"陈牧话匣子一打开就收不住，"还有周杰伦的，你听周杰伦的歌吗？"

阮晓琪摇摇头。

"喏，你看我这里面还下载了《以父之名》，还有《七里香》《本草纲目》，歌词我都会背。"

两颗头紧挨着，阮晓琪好奇地盯着那个小小的屏幕，上面是陈牧给她看的歌单。

耳机里还在唱："当一阵风吹来，风筝飞上天空……"

陈牧跟着哼哼了几句，突然一个激灵。

"对了，这个不仅仅能听歌。"他按了几下MP3上的按键，给阮晓琪示范，"你看，还能看小说呢。就是屏幕小了点，只能几行字几行字地看。不过藏在手里看没人能发现。"

阮晓琪想凑过去看看那几行文字，两颗头砰的一下撞到了一起。

阮晓琪赶紧把脖子缩了回来，可耳机线还连着。

"还给你。"她慌乱地把耳机塞回陈牧手里。

"怎么，这不还没听完吗？"陈牧感到莫名其妙。

"不听了。"阮晓琪怕陈牧发现自己的异样，转过头去假装看窗外的风景。

"神经兮兮的。"

陈牧不搭理她了，干脆戴上另一只耳机自己听。他昨晚熬夜看小说也没怎么睡，不一会儿又睡了过去。

校车很快就驶出了市区，开进了深山。

阮晓琪望着窗外一整片山林，还有山脚下的小城镇。

阳光透过窗户洒进来，阮晓琪有一种精神紧绷了很久之后终于松弛下来的舒适感。

这样光明正大地浪费时间挺好的。

她很久没有认真发过呆了，要么是为家里的事烦恼，要么满脑袋都想着学习。

新学期新环境，这里的每一个人对她来说都是陌生人。她看起来很安静，实际上却憋着一口气，战战兢兢的，连大口呼吸都不敢。

对她来说，跟大家的相处就好比所有人站在一艘拥挤的船上。她努力控制着自己的身体，尽量不触碰到别人，守住自己脚下的地盘就好。

但船始终是摇晃的，哪怕自己什么都不做，还是会有事情找上门来——比如说陈牧。

说到陈牧，她扭头好奇地打量这个坐在自己身边的大男生。

现在他的耳机里放的是谁的歌呢？周杰伦，还是五月天？

她突然又想起刚才两个人用一副耳机听歌的画面，脸颊一阵发热，马上尴尬地转头看向窗外。

不过陈牧在睡觉，这会儿也看不见她的表情。

3

到达基地后，大家迷迷糊糊地下了车。两三个小时的车程，大部分学生都在校车上睡了一觉。

唐胜天指挥大家排好队，班主任过来清点人数。

队伍整顿好后，年级主任开始发言。

年级主任的名字很奇怪，叫钱欲飞，他头顶中间秃了一块。刚开始大家只注意到他的名字——钱要飞走了，那还能挣到什么钱？后来，他顶着地中海的发型背着手巡堂的形象深入人心，让人每次看到都忍俊不禁，大家对他便多了一个奇怪的关注点。

陈牧打听过，这个年级主任很严格，尤其记仇，千万不能得罪。所以整队的时候，陈牧站得笔直，生怕有什么没做好被单独拎出来。

"现在——我宣布——立定中学——高一部——为期七天的军训，开始——"

一阵掌声之后，主席台上开始了漫长的发言。校领导每句话都要停顿三四次，又故意拉长尾音，生怕下面的人听不清似的。

九月份的大中午闷且燥热，一群人顶着大太阳昏昏欲睡。

陈牧扭头，看到身边的阮晓琪精神抖擞的样子，忍不住问了一句："你不困吗，阮晓琪同学？"

"不困。"阮晓琪打量了他一下，"你不是在车上睡过吗？"

"我的姑奶奶，睡觉怎么可能睡得够？"他打了个呵欠，突然想到年级主任还在上面看着，赶紧捂住了嘴。

阮晓琪被他的举动给逗乐了，问他："你那个……藏好了没？"

"藏好了，放心吧。"陈牧冲她竖了个大拇指。

校领导们发言结束后，军训教官带着大家依次进入训练基地。

第一件事是分男女生队伍。军训的最后一天有阅兵仪式，还会进行方阵比拼。每两个班的男生组成一个方队，陈牧刚好跟李斌分到一个方阵里。

陈牧有些雀跃，在宿舍里拉着几个关系好的男生凑在一块儿瞎聊。这下他才觉得军训不那么无聊了。

下午便开始简单的操练。教官首先来了个下马威——站军姿。乱动的人罚做俯卧撑。

天气闷热，小伙子们在太阳底下暴晒免不了汗流浃背，一流汗就容易皮肤发痒。奈何教官的眼睛尖，只要有人动一下，一抓一个准。陈牧被屡屡点名。

好不容易挨到了吃晚饭的时间。晚饭前，教官通知晚上八点半熄灯，第二天早上六点半集合。

第一天晚上没有安排训练，大家吃完饭，便回宿舍收拾东西准备洗漱。

经过一天的训练，所有人都垂头丧气的。即便是李斌这种天天在篮球场上跳的人，站了两三个小时军姿，也被耗得浑身没劲儿了。

可快到洗澡的时候，李斌又坐不住了。他在来宿舍的路上看到几个露天的篮球场。几个男生商量着，想混进去打球。

李斌拉出他鼓鼓的行李包，竟然从里面掏了一个篮球出来。

"你小子可以啊！"陈牧惊呆了。

别人带的都是一些吃的用的，李斌的行李包就只装着一个篮球。

"别废话，要走现在走。"

几个男生原本就手痒，相互怂恿几句，就趁着大家去洗澡的时间偷偷溜了下去。

快到八点半的时候，唐胜天开始到各宿舍点名。

当他推开陈牧宿舍的门，看到的却是一间空荡荡的屋子。他愣了一下，以为他们还在澡堂没回来，于是去隔壁询问情况。

"没看到。"隔壁宿舍一群男生正在收拾东西。

一个刚从澡堂回来的男生说道："澡堂里没人了，我是最后一个走的。"

眼看快到熄灯时间了，一整间宿舍的人不见了。唐胜天想了想，决定去找班主任汇报情况。

"学生不见了？"

班主任带着唐胜天找到教官说明情况，听到这个消息的教官一愣。

第一天军训学生就走丢了，如果出了什么事，训练营有很大责任。

"不可能啊。刚来第一天，他们训练营都没摸熟，能跑去哪？"教官带过那么多批学生，头一回有人第一天就跑丢的。

几个教官火急火燎地开始找人。找遍了整栋宿舍楼都没见到人。后山的训练营黑灯瞎火的，更是连个人影都看不到。

教官们正打算向上级反映，隐隐约约听到了篮球和篮板的撞击声。

"人在篮球场！"

班主任一行人赶到篮球场的时候，陈牧几个人已经在篮球架下罚站了。

"还没开始训练就忍不住了是不是！"没遇到过第一天就搞小动作的男生，教官气急败坏地说道，"是不是全身力气没处使啊？都给我去跑圈，绕着操场给我跑！跑到我说停为止！"

陈牧一伙人面面相觑，当看到站在教官身后的班主任和唐胜天时，心里大致明白了。

"报告教官！我们并不知道不能打球！"李斌还想争辩一下。

"闭嘴！训练营什么最重要？是纪律！我让你们打球了吗！给我跑！"

陈牧知道躲不过了，老老实实地带头跑了起来。

本来站完军姿打球就累，现在还要跑圈。两圈下来，陈牧就感觉口干舌燥，肺快要炸了。

而教官完全没有喊停的意思，他只能拖着两条腿继续跑。

已经不知道跑了多少圈了，陈牧感觉两条腿仿佛有千斤重，只能靠上半身拖着下半身跑——这会儿已经不能说是跑了，就是蹦跶两下，人还在原地。

"算了，今天也不早了。学生们也累了，若有下次再严惩吧。"班主任终于松了口。

陈牧一伙人如获大赦，立马停了下来，一个个喘得直不起腰。

"给我一个个站好！"教官还在气头上，"才跑十圈就受不了？刚才打球怎么不觉得累啊？"

几个人扭扭捏捏地站成一排，教官又训了半小时。

"名字我都记住了，明天训练我会重点关照的。"最后看到他们都快睡着了，教官才松口让几个人回去。

"怎么就这么倒霉？篮球也被收走了。"李斌一边爬楼梯一边喘着粗气说道。

"对哦，也不知道是哪个小人举报的。玩小学生打小报告的伎俩，脸不知道怎么长的。"李斌班里的男生也开始阴阳怪气，生怕唐胜天听不到似的。

唐胜天回过头来，对陈牧说道："陈牧，以后少跟这些人在一起。"

"我跟谁在一起关你什么事？"陈牧火气也上来了。

上次李斌作弊的事，这次打篮球的事，都是跟他八竿子打不着的事情，他就非要伸手管一下。难道让别人不舒服他就会开心？

"哟，你成绩好了不起。我们不配跟你在一起。"李斌说着，站到了唐胜天的身后，跟台阶下面的男生使眼色。

唐胜天皱眉，他不能理解这群大男孩的心态，冷静地说道："大家不要在训练基地给班级抹黑可以吗？"

"那也轮不到你来管！"后面男生连跨几步，用力撞了一下唐胜天的肩膀。

唐胜天往后撞到了李斌身上。

"干吗，打架啊？"李斌借机推了唐胜天一下。

唐胜天砰的一声扑倒在楼梯上，手掌擦到粗糙的水泥台阶，一阵生疼。

"你们在干什么！又想跑圈是不？"楼道里巡查的教官听到了这群男生的声响，大声吼道。

一群男生相互看了一眼，也不管什么唐胜天了，快速消失在楼梯拐角处。

陈牧觉得，人就应该偶尔站在空旷的地方体会一下自己有多渺小。

此刻陈牧身处的这个大操场，四面八方都是高远的山。陈牧感觉自己就像是开阔沙地上爬行的蚂蚁。

南方沿海地区，即便已经到了九月中旬，长时间暴露在阳光下，还是会"跪倒"在毒辣太阳下。更要命的是，为了防蚊虫叮咬，军训服都是长袖长裤。

陈牧闷得汗流浃背，喉咙发烫，连喊口号的声音也变得沙哑。

训练两个小时，只有十分钟的休息时间。

整个操场只有接水的地方有一点儿树荫，休息的时候，大家便都争前恐后地往阴凉处挤过去。

唐胜天向来独来独往。他把袖子卷得老高仍觉得燥热，便走到水池边，接水洗了把脸，遇到了来接水的阮晓琪。

"你的手怎么了？"阮晓琪眼尖，看到了唐胜天手上的伤。

那是前一天晚上蹭到台阶时留下的伤痕，这会儿还没开始结痂，加上训练时大量流汗，伤口虽然不大，但看上去红肿一片。

"没什么。"唐胜天不是那种喜欢把什么事都往外说的人，但想了想，又喊住阮晓琪，"你跟陈牧是不是挺熟的？"

"啊？"阮晓琪愣了一下。

"在校车上，我看到你跟他坐在一起。"

"不是，就是碰巧。"阮晓琪脸颊发烫，好在皮肤晒得通红，看不出有什么变化。

"我不是那个意思。"唐胜天摆摆手，"就是有件事情可能……要拜托你一下。"

去找陈牧之前，阮晓琪其实在内心挣扎了一会儿。

她本来就不善言辞，顶多只会跟心里头那点莫名其妙的倔强作斗争。现在突然被一个男生拜托去找另一个男生"说教"，总觉得有点怪怪的。

虽然她负责维持高一（3）班的女生方队的秩序，但平日里有些女生有私底下藏零食，或者晚上躲在被窝里玩手机之类的小动作，只要不是太过明显，阮晓琪都会睁一只眼闭一只眼，大家相安无事。这会儿想着自己还要去男生方队找陈牧，就好比跑到明明不相干的人面前指手画脚。

阮晓琪怎么想都觉得不自在。

可唐胜天不是那种会轻易开口要别人帮忙的人。

两个人虽然交流很少，但怎么说也是来自同一个地方。阮晓琪长这么大，就没走出过自己家的那片小地方，到了这种陌生的大环境里，"来自同一个地方的人"会显得格外亲切——而且校服那件事，唐胜天还帮了自己一个大忙。

她咬咬牙，还是去吧。

"陈牧你过来一下。"

晚饭后，陈牧正在跟李斌一群人懒散地倚在主席台下休息，被阮晓琪这么一喊，所有人都看了过去。

陈牧疑惑地指了指自己，看到阮晓琪点头后，才不情不愿地走了过去。

"你跟唐胜天打架了？"阮晓琪开门见山地问。

"是唐胜天叫你来的吗？"陈牧也干干脆脆地承认了，"我们没打起来，而且是因为他自己闲着没事举报我们来着。"

"你能不能为集体着想一下？十几岁的人了还打架，你们这么做是不对的，我们出来军训是代表高一（3）班的……"

陈牧抬手打断了她的话："行了，至于吗？你让他别动不动就打小报告，我们也懒得跟他有什么冲突。"

"是你们违纪在先……算了。"阮晓琪就奇了怪了，陈牧总能让她觉得窝火。那副吊儿郎当又满不在乎的样子。滴水不进，幼稚！

她觉得没必要再说什么，抬腿准备走。

"欸——你等等。"陈牧喊住她揶揄道，"唐胜天一个大男生怎么还找个女孩子来说我？"

阮晓琪没理他，觉得陈牧跟自己不在一个频道上，转身走了。

她突然后悔来找他。她凭什么认为她来提醒一下陈牧，人家就会听她的？唐胜天是以为他们之间关系好，所以才拜托自己的吧？自己怎么会这么自以为是？

阮晓琪越想越后悔。

陈牧倒是无所谓，很快就把这件事抛诸脑后了。

集合的时候李斌还贱兮兮地凑过来问："欸，阮晓琪找你干什么？"

"没什么，不用管她。"陈牧耸耸肩。

李斌露出恍然大悟的神情，坏笑着捅了陈牧一下，两个人打闹了几下，又被教官的眼神制止了。

之后也没人再问。

5

接下来的两天，陈牧这伙人还真不闹腾了，主要是因为也闹腾不起来了。

上一次偷跑下去打球，教官记住了李斌、陈牧这几个爱惹事的家伙。姜还是老的辣，教官对付这样的刺头学生像吃饭喝水一样简单。一群毛头小子，不听话就加倍训练。

每天训练完，一干人回到宿舍都快累垮了，一躺上床呼噜声能吵醒一整栋楼。哪还有精力闹腾？

陈牧只盼着军训尽快结束，回家好好休息两天。

军训的第五天，终于安排了一些拓展训练。

大家很过瘾地摸了一把部队里的真枪，捡了子弹壳，还体验了跳山羊，走铁索桥。

有些学生在活动中闹出不少笑话：走铁索桥时晃得头晕，打靶时不敢开枪……乐得大家哈哈大笑，气氛总算没刚开始军训时那么严肃了。

打靶的时候，李斌捡了一堆子弹壳藏在裤兜里，沉甸甸地，走起路叮叮当当地响。

"你这是捡废铁回去卖呢？"陈牧逗他。

"你懂什么，这是纪念。"

趁着教官没看那么严，两个人一阵嘻嘻哈哈。

打靶完后的项目是翻墙，墙是一排排栏杆搭成的。每个人爬上去后，要翻身跨过栏杆再跳下来。

女生方队和男生方队比赛，看哪一个方队更快。虽然女生方队的墙更矮，但男生本来就手脚矫健一点，爬得也就快一些。

阮晓琪在女生方队里的第二排，她看到墙就有点头晕目眩。

好巧不巧，今天早上"大姨妈"来拜访了，她的肚子痛得起不了床，躺在床上喝了点热水，才稍微缓解了一点。早餐也没吃什么。

阮晓琪本来想直接请假，又觉得不大好。毕竟班主任把各项任务交到各班班委手里，她不想关键时候拖后腿。想到这些，阮晓琪咬咬牙还是坚持来了。

但现在她整个人晕乎乎的，肚子又开始绞痛，手脚也冰凉。

第一排的几个女生个头比较大，身体素质明显不错。比赛开始时，女生方队甚至还处在领先位置。

女生方队的积极性也被调动了起来，场上的气氛逐渐热烈。

很快就到阮晓琪这一排了，她咬咬牙，还是决定上。可是当她站起来的时候，感觉眼前一黑，隔了好几秒钟才缓过来。

阮晓琪一路小跑到墙角，等到手脚并用开始攀爬的时候，阮晓琪才开始后悔。她爬得很费劲，说不定会因为自己一个人拖累整个女生方队。

"阮晓琪啊阮晓琪……"她心里叹了口气，这么逞强干什么。

这么想着，她已经慢吞吞地爬到墙的顶部了，接下来还得翻过去。

她努力克制着晕眩，咬着牙将一条腿翻过栏杆，另一条腿顺势翻过，还没找准落脚的位置，突然眼前一黑——她感觉天旋地转，周围所有的东西都冲自己压过来，四面八方的嘈杂声音把自己湮没，但耳朵又像隐隐隔着一层薄膜，嗡嗡的什么都听不清——整个世界都乱套了。

阮晓琪只感觉脑袋深处传来砰的一声巨响，整个人就昏了过去。

迷迷糊糊中，她隐约听到有人在大声喊。

"李斌你还愣着干什么？快过来帮忙！"

是陈牧的声音。

"陈牧，现在请你归队！"

这个声音听起来很熟悉，但语气冷冰冰的，是唐胜天。

阮晓琪感觉自己脱离了地面，在风中移动，像飞起来了一样。身体轻飘飘的，像断了线的风筝，一会儿在云层里冒出个头来，一会儿又消失。

等阮晓琪再次睁开眼睛时，发现自己躺在训练基地的医务室里，身上盖着被子。她撑着床想坐起来，却没什么力气，又软炮炮地躺下了，长长地叹了口气。

门在这个时候被推开了。

"醒了？"是陈牧，他手里还拿着一个冒着热气的保温杯，"喏，给你，医生说你是低血糖，还有那个……"他突然间有点说不出口，红着脸，胡乱地把保温杯盖上，塞到阮晓琪怀里，"多喝热水就对了。"

"烫！"阮晓琪惊呼一声。

陈牧"啊"了一下，又手忙脚乱地把杯子拿了回来。

"欸，你这个人怎么这么娇气？不烫啊，哪里烫了？"陈牧还将杯子贴着自己的脸确认了一下。

阮晓琪没好气地翻了一个白眼："你能先扶我坐起来吗？"

陈牧这会儿才反应过来，把阮晓琪扶起来，拿枕头给她垫背。

"水里给你加了点白糖，你快喝吧，别等下又晕倒了。"陈牧说起话来好像没完没了，"还好是泥土地，软的。栏杆也不高。你摔下来没出什么大事，但还是把大家都吓到了。"陈牧顿了顿，"还有……没事别逞强。"

阮晓琪没注意到陈牧微妙的语气，她只在心里想：早知道就请假了，真丢人。

"你送我过来的？"阮晓琪喝了口水，陈牧糖放多了，齁甜，她皱了下眉头，但没说。

"嗯。"陈牧点点头，好像也不愿意多说。

"我……迷迷糊糊中好像听到了争吵声，发生了什么事吗？"

"没事。"陈牧摇摇头，"你好好休息。"

这个时候有人推门进来了，是唐胜天。

"陈牧，快归队，要去下一个场地拓展训练了。"

"好。"

陈牧破天荒地没有跟唐胜天对着干，老老实实站起来走了出去。

"欸，发生了什么事吗？"阮晓琪叫住刚要出去的唐胜天。

"没什么。"唐胜天摇摇头，"陈牧送你来医务室属于擅自离队，我喊他回去。你好好休息。"

这么一说，阮晓琪大概能猜到是怎么回事了，她坐在床上开始回想。

唐胜天这个人，怎么说呢？无时无刻不给人一种绝对正确的感觉。说正确也没错，比如陈牧送自己来医务室，擅自离开了方队。从纪律上来讲是不对，起码应该先打招呼，教官同意了再行动。

但唐胜天……她不知道该怎么形容。

他刚才进来的时候，也没有问过自己身体怎么样了。当然她也不矫情，不是非要别人问候自己。催着陈牧回队也没有什么错——可有时候正确的事，未必就是对的事。

这句话有点矛盾，但阮晓琪就是这么想的。

与唐胜天的绝对正确相比，她有时候觉得陈牧的幼稚，更有人情味儿，好像也……挺好的。

起码……会照顾人嘛！

她没想过陈牧这样的性格会照顾自己——虽然糖水太甜了——但确实没想到，对什么都大大咧咧的大男孩也会有主动关心人的一面。

第三章·学习小组 ■

大家仿佛都有一种默契——哪怕全世界都知道自己那点小心思，"我喜欢你"这四个字，永远不会说出口。

终于迎来了军训的最后一天。

一群学生操练了几天，队列走得也像模像样。

陈牧所在的方队还拿了第二名，算是弥补了军训刚开始犯下的错。

离开军训基地时，班里一群女生对教官恋恋不舍，有几个多愁善感的还差点哭了。

回校的校车上他又跟阮晓琪坐在一起，忍不住就吐槽了两句："前两天不还骂教官没人性吗？今天就依依不舍了，喊！"

"行了，你少说两句。"阮晓琪哑然失笑。

陈牧就是嘴巴闲不住，有些话是没必要讲的，他就非要说。

何纯也回来学校上课了。

"姑奶奶，我以为你远走高飞了。"陈牧对她好一阵吐槽，说她就这样轻松地避开了军训。

他跟何纯的革命友谊从初一便开始了，算是老相识。其中有两年还是前后座，高中还能分到一个班里，也算是颇有缘分。

中考后，何纯就因为急性阑尾炎动了手术，漫长的暑假都没有出现过。就连开学后的军训，她还在休养，等到军训结束之后才来学校报到。因为错过了办入学手续的时间，以插班生的身份被分到了高一（3）班。

何纯人长得水灵，又聪明，除了自带处女座的挑剔属性之外，什么都好，挺受男孩子追捧。

李斌就是众多追捧者之一。不过这货天生脑子缺根筋，陈牧不觉得他能获得何纯的青睐。

何纯也有自己的小心思。暗暗想要靠近一点的那位，在隔壁班——陈牧知道他的名字，叫苏欣。

苏欣是初三转来立定中学的，后来经常跟陈牧一块儿打球就混熟了。苏欣是那种看起来干干净净的男生，一米七四的个子，瘦而且白，带着一股柔柔弱弱的书生气息，平日里看着像日本漫画里走出来的。但一旦上了球场，完全是另一个人。

陈牧暗地里总结过，这种反差极大的男生天生就受女孩子欢迎。

女生青春期里的情愫总是欲言又止：偷偷打听某人的消息，上厕所的路上经过那间教室时偷偷往座位上瞄一眼，在宿舍讨论某人最近又如何。但大家仿佛都有一种默契——哪怕全世界都知道自己那点小心思，"我喜欢你"这四个字，永远不会说出口。

何纯也是众多小女生中的一员。她拜托陈牧做最多的事，就是打探苏欣的消息，有礼物转交的时候，还得劳烦陈牧来回跑。

陈牧闲来无事的时候也会跟何纯八卦一下，但大多数时候，何纯都遮遮掩掩的。陈牧便懒得再问，老老实实充当工具人的角色。

3

军训结束后，堪称魔鬼难度的摸底考成绩出来了——陈牧排名倒数。

立定中学根据考试成绩，推出了一个新的学习模式：每个班分成五六个学习小组，以一名成绩好的同学为带头人，帮助几个成绩相对较差的同学。

每个学习小组之间会有竞争和排名。

班主任说这是为了让成绩好的学生带动成绩差的学生，大家齐头并进。

陈牧作为需要被带动的对象，被分到了阮晓琪的学习小组，成了重点补习对象。

可陈牧最近的烦心事已经够多了。家里陈父和陈母因为是否要出去做生意的事情已经到了闹离婚的地步，导致他整个人都很消沉，更顾不上认真学习了。

可是，小组成立后，阮晓琪认真履行着自己组长的职责。这段时间总是抓着陈牧补习功课，让陈牧很是头大。

这天刚到教室，陈牧就听到那句熟悉的"问候"。

"陈牧，你英语练习册呢？"阮晓琪又过来找他检查作业了。

"我放家里了。"陈牧趴在课桌上，脑子里乱糟糟的，不想理她。

"又找同样的借口，你争气点儿行不行。"阮晓琪拍了他脑袋一下。

自从军训以来，两个人关系拉近不少，最起码，不像刚开学那样，一见面就大眼瞪小眼，话也说不了几句。

"姑奶奶，今天我心情不好，明天再写行不行？"陈牧嘟囔。

"不行，耍赖也挽救不了你的成绩。"阮晓琪摇头，这个时候上课铃响了，她转过身之前还补充了一句，"放学后别走，上次的物理题你都还没写完。"

回过头，阮晓琪有一种很奇妙的感觉。之前她还打心里觉得陈牧跟自己是不同世界的人，她是不会和陈牧这样的人主动打交道的，更别说会产生什么交集。

在阮晓琪心里，她更想成为唐胜天那样的人，能坚定地做自己认为正确的事。但她渐渐发现，她做不到。虽然自己倔强得要死，自尊心强得要命，但她还是会在意别人的看法，怕给别人拖后腿，怕别人用异样的眼光看待自己。她敏感的同时，又怕被别人抓住自己敏感的把柄，于是在脸上写上"生人勿近"。

虽然她偶尔会觉得像陈牧这样也不错，成天打打闹闹，没有什么后顾之忧。她甚至还大胆地想象过谈一场轰轰烈烈的恋爱。也许，这才是青春该有的一部分。

她就这样夹在陈牧和唐胜天之间，摇摆不定。

"随它去吧。"阮晓琪心里想。

青春期有的是犹豫不决的资本，因为还有大把的时间，有很多的机会，反正也不着急。

就好像南方的初秋，这会儿慢吞吞的，还残留不少夏天的燥热——时间总是很慢，日子总是很长。

4

这天午休时间，李斌神秘兮兮地过来喊陈牧，发现他竟然在睡大觉。

这段时间，陈父和陈母总是大吵大闹到大半夜才消停。陈父好几晚都睡在客厅的沙发上，大半夜的呼噜声还会把他吵醒。陈牧睡眠质量急速下降，午休时间也顾不上看小说，补觉要紧。

"干吗？"陈牧迷迷糊糊地抬起头来，喊了一句，把旁边几个人也吵醒了。

正在埋头做练习题的阮晓琪也回头看了陈牧和李斌一眼。

"你小点声！"李斌站在窗边跟陈牧急，"你快点出来，有件事情跟你商量一下。"

"干吗？"陈牧慢吞吞地从教室走了出来，还没彻底清醒。

"那个……我……"李斌看起来有点儿不好意思。

"你到底想干吗？借钱啊？"陈牧没好气地看了他一眼，呵欠连天，他想回去再睡一会儿。

"不是……我……"李斌一咬牙，"我想跟何纯告白！"

陈牧呵欠打到一半，被李斌一句话惊得硬生生给憋回去了："你说啥？再……再说一遍？"

李斌要跟何纯告白！

陈牧被彻底吓醒了。

李斌这货还特地叫来一帮好哥们儿，一方面分享自己的情话语录，另一方面跟大家商量攻略。

陈牧哑然失笑："干吗？叫这么多人有用吗？还语录，不就来来回回那几句话。"

"这叫壮胆，你懂什么！成不成就看这次了。"李斌不理陈牧。

"告白起码要准备个像样的礼物，你准备了吗？"

"准备了，在这儿。"李斌从兜里拿出来一袋条装的雀巢咖啡，速溶的那种，在裤兜里被得皱皱巴巴的。

"你就……拿这个鬼东西？哈哈哈……"陈牧放声大笑起来。

"笑什么，我是认真的！"李斌急了，掐了陈牧一把。

"好好好，不笑了。你就这样去吧，会成功的。"陈牧还是藏不住笑意，憋得难受，浑身颤抖。

他有的时候是真的好奇，想打开李斌的脑袋看看里面是不是装的都是水。

"真的假的？"李斌还认真起来了。

"真的真的。"陈牧摆摆手笑着说，"你想啊，她要是喜欢你，你什么都不送她都会接受你，对不对？"

"也对。"李斌竟然深感同意。

陈牧没有说后半句，他不想打击李斌的积极性。

他原本想说："反正人家不喜欢你，你哪怕送个钻石，人家也不会答应你。"

看着李斌兴致勃勃的样子，一时半会儿是阻止不了的，干脆就让他去吧。被拒绝又死不了人。

"好。那就这么说定了，哥们儿几个等我好消息。"李斌兴奋得满脸通红，有一种准备奔赴战场的壮烈感。

陈牧摆摆手，准备回去睡觉。下午还要应付阮晓琪的补习，他可不想因为打瞌睡又被说教一通。

"等等，既然说到这个。"李斌突然神秘地把陈牧揽过来，"你说说你的情况怎么样了？"

"情况，什么情况？"陈牧一头雾水。

"得了，别以为我们不知道。"李斌冲几个男生使使眼色，大家都心领神会地笑了。

陈牧更疑惑："你们这是干吗？"

"阮晓琪啊！"李斌大吼了一声，就差拿个大喇叭全校通报了，"你军训时候英雄救美的事迹，我们可都还记得清清楚楚的！"

"……啥？"

"行了，你就别在这里装了，我们也不逗你，懂的都懂。"李斌和一群男生露出了神秘的笑容。

陈牧知道，这会儿解释不清了。

"她这段时间不是每天都找你辅导功课吗？你要好好把握住机会，必要的时候……"李斌指了指自己，"要像我一样勇敢。没事的，反正这种事，不可能是女生主动吧？"

陈牧翻了个白眼，懒得理他。

5

秋天大概真的要来了，这两天淅淅沥沥下了几场雨，把夏末最后的一丝燥热也都赶走了。

夕阳也赶早了一些。

放学回家的路上，陈牧看着自己的影子被拉得老长，脚下的枯树叶，被踩得沙沙直响。

傍晚的风是青春的见证者，见证着校园门口这条路上的相聚和别离，还有放假时的欢呼雀跃和偶尔形单影只时的沉默不语。

陈牧这几天更加忧心忡忡。

家里爸妈的"持久战"还没个结果。时不时的争吵，惹得他心烦意乱。学校里，阮晓琪还是天天找自己补习功课，何纯好像也没什么大事，李斌告白的事情好像被众人遗忘了一样，毫无动静，也不知道他是不是临阵脱逃了。

直到星期五快下午，何纯找到他。

"李斌跟我告白了。"何纯叹了口气，"你怂恿的？"

"我可没有啊。"陈牧伸出双手做投降状，"绝对不是我干的，不过，他的咖啡你喝了没？"说到这里，陈牧就开始笑。

他一想到李斌一本正经地拿出那条咖啡，并且认定这是可以送给喜欢的女生的告白礼物的样子，他就忍不住想笑。

"别笑了。"何纯打了他一下，"我跟他说了，我有喜欢的人了，然后他……"

"他怎么？"

"他不相信啊，非要我说出个名字来，不然就算是我接受他的告白了。"

"……"

陈牧无语，怎么会有这种人？

"所以你说了？"他试探性问了一下。

何纯点点头。

"然后呢？他还锲而不舍？"

"那倒是没有，只是我听说……"何纯顿了顿，"他们想要找阿苏的麻烦。"

苏这个姓在学校很少见，何纯干脆叫他阿苏。

陈牧倒吸了一口冷气。

这种不过脑子的事儿放在别人身上或许不可能，但在李斌身上，那就不好说了。

"你别担心，我帮你去问问，我的话李斌他好歹能听进去。"

跟何纯保证完之后，陈牧就马不停蹄地去找李斌。

"你要找苏欣麻烦？你找他干什么？"

李斌愤愤不平地说道："当然找他，不然找谁？告白失败就是因为他。"

"你有毛病？又不关他的事，他可没在你告白的时候从中作梗，你找人家干吗？你这不是没事着事吗？况且大家三天两头总是一起打球的。"

"我知道你跟何纯关系铁，这个事你别管就是了。"

陈牧还想拉住他，但李斌一副不听劝的样子回到教室，他也悻悻然先回班里去了。陈牧想放学后再找李斌聊一下，反正李斌这人神经大条，别人说什么他就认定什么，让他脑袋里的那根筋拐个弯也不难。

可何纯还是担心，上课时她传了一张小字条，问陈牧怎么样了。陈牧回复让她别担心，他来解决。

放学的时候，阮晓琪照例来找陈牧给他补习英语。

"今天不行，姑奶奶。有一件大事情等着我去处理，我们下周见！"陈牧收起书包跑得比谁都快。

"别跑，还有大扫除……"阮晓琪想抓住陈牧，奈何还是让他溜了。

陈牧第一时间赶到苏欣班级门口。

周五放学后，所有班级都会进行大扫除，现在大家都还在教室里待着。陈牧感觉如果李斌想搞事情，估计就是这个时候来了。

果不其然，陈牧很快就看到李斌带着一群男生从走廊另一头拥过来，他赶紧走上去拦住了李斌。

"陈牧你让开，不关你事。"

"我不是跟你说了吗！不关苏欣的事。你别惹事了，待会儿吃不了兜着走。"陈牧咬咬牙堵住了一群人的去路。

"谁吃不了兜着走？我倒是要看看到底是谁！"李斌不管不顾就是要去，奈何被陈牧死死挡住，隔着走廊大喊一声："苏欣，你给我出来！"

这一喊，原本正闹哄哄大扫除的一群人都停了下来，目光聚集到这群男生身上。

李斌觉得自己万众瞩目，一时豪气冲天，正想往前一步的时候，一个声音冷不丁从后面出现了。

"高一（6）班李斌是吧？在这里干什么？"

这个人的声音李斌和陈牧都很熟悉，全年级的人都熟悉——尤其是课堂上开小差时，听到他的声音真真叫人寒毛倒竖的人——年级主任。

这下可好，聚众闹事。

年级主任大发雷霆，喊着要家长们来一个个领人，还要让一干男生都去写检讨。

因为何纯说明了陈牧跟这件事情无关，所以两个人只是被年级主任口头警告了几句。年级主任还叮嘱陈牧，以后有什么事情要第一时间向老师汇报，别逞英雄，这次如果他晚点到，可能就不是聚众闹事那么简单了。

"你别怪我，我只是……不知道怎么办。"走出办公室后，何纯陈牧解释道。

"我知道，这事儿你别太往心里去。李斌就是一根筋，要怪就怪他自己惹事，你别自责。"陈牧安慰着何纯，又不由得苦笑起来——哪怕这件事是被班主任发现的，可能都好处理一点。可现在是被年级主任当场捉住，少说这群人都要全校通报批评了。

　　不过此刻他也没心思为李斌操心了，一想到家里爸妈吵架的事，他更担心了，草草收拾完东西就回了家。

　　周末他过得也不安稳。

　　陈父陈母在家说不到三句就吵架。

　　"陈牧，要是你爸跟我离婚了，你跟谁？"睡前，陈母专门跑到房里来问陈牧。

　　陈牧躺在被窝里闷着头，懒得回答。

　　他只想周末快点过去，不用在家里看到这样那样的吵架戏码。

　　多事之秋。

　　这是陈牧给自己新学期的评价。

6

　　星期一升旗仪式时，李斌果然站在国旗下做检讨。

　　陈牧在台下密密麻麻的脑袋中抬起头，看着李斌一脸沮丧地念完检讨，接着站在年级主任旁边接受教育。

　　升旗仪式结束后，李斌苦着脸跟陈牧吐槽："倒霉透顶，都还没动手……"

　　"你还想动手？动手就不是念个检讨这么简单了。"陈牧更感无语。

　　"还是要找个时间跟苏欣再好好算账。"李斌的一根筋还是没扭过来。

　　"得了吧你，少惹点事儿。"陈牧摇头，"天天一起打球的，你还想把人家怎么着？对了，篮球比赛你不参加？"陈牧扯开话题。

　　李斌果然瞬间转移了注意力，问道："篮球比赛？"

　　"每年都有的班级篮球赛啊，不是要找苏欣算账吗？在篮球场上打败他！我看好你。"

"真的？"李斌眼前一亮。

陈牧这才松了一口气。

立定中学每年秋季都会举办篮球比赛，今年虽然还没有正式通知，但各班级都开始偷偷训练了。

接下来的好几天，李斌一下课就往篮球场跑。陈牧有时候放学去他班上找他都不见人影。

陈牧最近因为家里父母争吵不休，变得喜欢来学校了。每天放学后的补习时光，反而是他最开心的时候。他发现偶尔逗逗阮晓琪，看她气急败坏的样子，还挺解压的。

尽管这场友谊来得曲折，但两人相处的时候，总是舒服的。

这天，陈牧被一道物理题难住了。阮晓琪讲了三遍，他都听不懂，只会不停挠头。

"你怎么这么笨！"阮晓琪恨铁不成钢，拿书轻轻拍陈牧的脑袋。

陈牧只是嘿嘿地笑着，然后求道："那就有劳阮晓琪大师再讲一遍。"

"你……你……你……"阮晓琪气得不知道该说什么好，看着他笑嘻嘻的样子，也不好意思发作，只能又耐住性子继续讲。

放学后的教室空荡荡的，只剩两个背影在灯光下刻苦钻研。

讲累了，阮晓琪难得八卦起来，问起李斌的事儿。

"那个……上次主席台下检讨的那个男生……"她说到这里，突然想起摸底考试那件事儿，一时间也不知道该不该往下说，毕竟……为此她跟陈牧算是闹了一场别扭。

"他啊？"陈牧倒是没想起来那茬儿，他把为什么做检讨的事情前后经过讲述了一遍。

"我以为能拦住的，没想到那小子根本不听劝。"说到这个陈牧就一脸无奈。

阮晓琪想了想，像是在安慰陈牧："你看，并不是每件事情都能够如你所愿，不是每个人都会按照你想的去做。"

听到这话，陈牧错愕。他联想到跟阮晓琪闹的两次矛盾，沉默了。

在此之前，他总以为别人会按照自己预设好的轨迹行走。比如道歉就一定要被原谅，比如拜托别人的事就希望一定有正面的回馈。

李斌这一根筋都有自己非要去做的蠢事，其他人也会有他们想做的其他事。

这是他以前从来没有想过的。

过了一会儿，他恍然大悟地说了一句："也是。"

阮晓琪看着他认真思索的模样，感觉很想笑，做题的时候都没这么认真过，忍不住伸手拍了拍他的脑袋，说道："发什么愣！闲聊时间到，该继续学习了。"

陈牧又切换到嬉皮笑脸模式，揶揄道："你以后铁定是个老师！像物理老师那样严格。"

阮晓琪又好气又好笑，忍不住动起手来。

陈牧笑着抬起手挡着，肚子冷不丁被对方用笔戳了一下，笑着投降。

窗外，检查完走廊和楼道卫生的唐胜天路过，看到两个人在教室里打闹的情景，停了下来。他的目光停留在了阮晓琪身上，隔了一会儿，只见他迈步走进老师办公室。

第四章 · 出逃行动

十几岁和二十几岁身处在不同的时间流速里。

二十几岁的你回看十几岁的时候，总会感叹时间飞逝，但十几岁的你永远觉得时间漫长。

工作后的陈牧，每当回忆起十七八岁时，都忍不住感叹时间飞逝。可是，对于当时的他来说，一节课四十分钟已经相当漫长了。

就好比迟迟未到的冬天，落叶还未铺满校园，新买了毛衣却还没到穿上的季节，喜欢的人的生日还时隔一年。

同学们每天枯燥地重复着上课下课。一节体育课，或是一场学校组织的活动，都能让大家在沉闷的学习氛围中欢呼雀跃。

陈牧就在这种枯燥中度过了漫长的高一的上半个学期。

期中考试的成绩出来了。陈牧依旧在班级排名后半段，但是相比之前还是进步了一些。

陈牧非常满意。阮晓琪夸了他几句，他的尾巴差点儿就翘到天上去了。

等到每一科的成绩下来，陈牧发现自己的英语依旧是全班倒数第一，才不再扬扬自得了。

成长路上，未必每个瞬间都有故事。

陈牧每天上课下课。补习完功课还会跟李斌去打打篮球。作业总是拖拉，但也会被阮晓琪催着完成。月考带来的一点压力，总是转身就忘。

时间倏忽而过，陈父和陈母终于妥协了。

周五上学前，陈母叮嘱道："你爸明天就要去深圳了，今晚早点回来吃饭。"

这天放学，陈牧没跟李斌出去瞎晃悠，早早就回到家里。看到桌上摆了满满十几个菜，陈牧咋舌。

"你爸去了深圳之后，就剩我们两个人了。"陈母还是颇有微词。

陈父笑了笑："没什么的，不就几个小时的车程嘛。等放假了，你俩就一起去深圳玩。"说着讨好地给陈母夹菜，"还是老婆好。"

陈牧听得鸡皮疙瘩都起来了。

在他的印象里，父母都不是那种会把矫情话挂在嘴边的人，也没有过浪漫的行为。

第二天陈牧和陈母送陈父去车站。

陈父拎着大包小包的东西，都是陈母嘱咐要带的。

很快就要检票上车了。

"好了，不用送了。"陈父示意陈牧和陈母回去，还专门叮嘱了陈牧，"好好学习，不要总是惹你妈妈生气。"

"以后就只剩我们两个人了。"陈母回家的时候又感慨了一句。

陈牧这个时候才突然觉得，一家三口少了一个人的确感觉冷清了许多。好在距离深圳也不遥远，逢年过节，一家人总还是能团聚的。

他觉得一切都好。

经商初期很是忙碌，陈父去了深圳后跟陈母电话联系也不多。

陈母人至中年，什么事都渐渐看开了一些，闲来无事也爱喝喝茶养养花花草草，不过也有多的时间关心起陈牧的成绩。

这让陈牧学习压力倍增。尤其是让人头痛的英语，陈牧的语法基础没打好，怎么学都学不好。

"今天我讲解一下你的英语试卷。"星期五英语课下课后，阮晓琪就给陈牧布置了任务。

看到陈牧垂头丧气的样子，阮晓琪本来想鼓励他几句，想想还是算了，免得他待会儿又得意。反正对他来说倒数第一这个成绩只是原地踏步，算不上什么打击。

3

放学后补习时，陈牧呵欠连天。因为午休时，他没忍住看了一会儿小说。这会儿困意袭来，什么都听不进去。

"陈牧！你到底有没有在认真听啊？"阮晓琪看到陈牧不停张大的嘴巴和眼角留下的眼泪，终于忍不住生气了。

看着空荡荡的教室，陈牧早就心不在焉了，被阮晓琪说了一句之后，他突然间冒出来一个鬼主意。

"欸，晓琪同学。"陈牧坏笑着说道。

"干吗？"阮晓琪有一种不祥的预感。

"我请你吃饭，去不去？"

"干吗这么好心？"

"你跟我来就知道了。"陈牧三下五除二收拾好书包，看到呆住的阮晓琪，说道，"愣着干吗？走啊！"

阮晓琪本想拒绝，但不知道为什么看见陈牧雀跃的模样，她的心情也跟着明朗放松了起来，于是决定跟他去看看。

公交车站距离立定中学相当远。

陈牧一路走得飞快，时不时回头催促阮晓琪。看她一直慢吞吞的样子，他索性绕到阮晓琪后面，推着她往前走。

"你干吗！"阮晓琪哭笑不得。

"你这走路速度，我老妈都快赶上你了。咱们得快点儿，这里一班公交车间隔挺久的。要是我们走慢了，就只能眼睁睁看着公交车从自己眼前开走，然后再等半个小时。"

"那就不去了。"阮晓琪说。

"那不行！"陈牧更着急了，"姑奶奶，求你走快点。"

他见阮晓琪不为所动，一咬牙，拉起阮晓琪的手腕就开始跑。

"欸！"阮晓琪没来得及甩开陈牧的手，就被他拽着在路上飞奔起来。

"你放开我！"阮晓琪满脸通红。

这样手拉手在路上跑，要是被老师或者同学看到了该怎么办？

"你快放开我！我自己会走路。"

"你那不叫走路，你那是蜗牛在爬。"陈牧看了一眼手表，说什么都要赶上这一班公交。

夕阳突然间照进到眼里，两个人的身影在路上奔跑起来，风里有秋天的味道。

阮晓琪觉得耳边的风呼呼作响，眼前的景色和心一样飞快地跳动。她很久没有这样在夕阳下奔跑过了。

平日里，教室里的书桌就是她固守的一亩三分地。就连站在走廊上背书时，她都很少抬头看看天。偶尔想放松一下，没一会儿就会有满满的负罪感。

而此刻的她，也和那些课间闲来无事靠在走廊上聊天的同学一样，大大方方地享受着属于自己的时间。

这种感受让她觉得很新奇，但潜意识里又感觉别扭。

她总是这么纠结。就像她想努力成为唐胜天那样的人——其实，更想成为跟陈牧一样的人。

两个人终于在公交车即将起步时赶到了车站。

上车后，阮晓琪拽着扶手气喘吁吁。她脸色通红，分不清是害羞还是因为跑得太累。

陈牧看着阮晓琪，嘿嘿地笑了起来。

"你笑什么，还不把手放开！"阮晓琪恶狠狠地对陈牧小声说，生怕引起其他人的注意。

陈牧这时候才发现自己还抓着阮晓琪的手，因为太用力，阮晓琪的手都有点涨红了。

"咳……"陈牧不自然地松手，"那个……后面有位子。走吧，我们去坐着。"

他的脸有点发红，兴许是一路跑得太快的缘故。

"陈牧啊陈牧，你怎么就这么大大咧咧？"他心里这么想着，忽然有点怕从此以后，阮晓琪会因此有些戒备。毕竟两个人现在连好朋友都算不上呢——也许快了，但自己这个举动也太冒失了。

阮晓琪没说话，乖巧地跟在陈牧身后坐到了空位上。

她上一次坐公交车是跟爸爸来学校报到的时候。那次车厢里挤满了人，她背着一个大书包站了一路。

阮晓琪闭上眼睛都能想象自己当时老土的样子——挤在人群当中接受周围异样的目光——可能并没有，但她自己就是这么觉得的。一个乡下来的小女生，一定是会被所有人看不起的。

她赶紧把这个念头甩开，好奇地打量着公交车上的一切，还有眼前这个红了脸的男生。

她没意识到自己的脸也红彤彤的。

"你啊，到处看。有什么好看的？"为了缓解尴尬，陈牧开玩笑问了一句。

没承想，这句话戳中了阮晓琪。

"没什么好看的。"她闷闷地说。

她突然觉得有点儿丢人——对啊，公交车有什么好看的。来学校这么久，也没去商业中心看一看。她的生活永远都是在学习，学习。

这段时间，爸爸也没有经常来看她。刚开学时，爸爸一个星期来一次，到后来两个星期出现一次。每一回都只是把生活费给她，叮嘱几句就消失了。她也不多问。

她省吃俭用了半个学期，才将唐胜天帮她买校服的钱还了回去。她甚至不敢当面交给他，只是偷偷地把钱压在他的铅笔盒下。

唐胜天也没有对她说过这件事，两个人都很默契地不再提。

她到底还是那个背着大书包来报到的土包子。

陈牧可不知道阮晓琪想了这么多，看着她发呆，便拉着她看窗外。

"你看见那朵云没有，像一头猪。"

阮晓琪扑哧一声笑了，这个不靠谱的大男生总能给她带来惊喜和快乐。

"你笑什么？"

"没有，就是看着你就觉得很好笑。"

"喊。"陈牧探头探脑地继续看天上的云。

"对了，我们到底是要去干吗？"

"请你吃东西啊！"陈牧回过头来认真地说。

"啊？我又不饿，而且……"阮晓琪指指外面，"我很少出来外面。"

她本来想说没有出来过，但还是改了口。

"干吗？出来一次又不会死，你怎么看起来小心翼翼的？"陈牧笑着说，"你要是觉得心虚，干脆就把这一次出来定义成'出逃行动'，怎么样？听起来是不是心虚中还带点儿刺激。像你这种天天只知道埋头苦学的人，偶尔逃出来给自己松口气多好。别老是绷得那么紧。大家都一样，并不是说你就一定要成为最特别最刻苦的那一个。"

阮晓琪听了陈牧一席话，莫名地放松下来，只觉得安心。

她扭过头去看车窗外面的云，还真的像一头猪。

4

小镇里的商业中心不算大。有一个小广场，一座商场，沿街还有一些卖小吃的店面。

"我带你去我经常吃的一家店，我也有好久没去了。"

陈牧歪着脑袋想了一下，好像暑假结束之后，他跟李斌就很少溜去网吧打游戏了，自然也没再去那家店吃过。

"是吃什么的店啊？"

"到了你就知道了。"陈牧神秘兮兮的。

两个人七拐八拐，走到商业中心背街的一条小巷子里，进了一间小店。

"鸭血粉丝汤和锅巴。"陈牧笑嘻嘻地说道。

阮晓琪没吃过这些。南方沿海城市也少有这一类小吃。陈牧拉阮晓琪坐下，跟老板点了一份大份的。

鸭血粉丝汤很快就上桌了，阮晓琪吃了一半就发愁了，看着大碗发呆。

陈牧看到阮晓琪停了下来，怕她不喜欢吃这个，问道："干吗？不好吃吗？"

阮晓琪腮帮子鼓鼓的，摇摇头说道："不是。"她叹了一口气，"吃不下了。"

陈牧扑哧一声笑了出来："你吃不下就别吃了呗，我又没说一定要吃完。"

"你可以……"阮晓琪指指自己的碗，"你可以不点大份的。"

陈牧还没来得及回答，就看到阮晓琪突然直愣愣地看着自己身后，像一尊雕像，眼神带着吃惊和一丝丝慌张。

"怎么啦？"陈牧也回头去看，一个熟悉的身影正站在自己身后。

是唐胜天。

"他怎么在这里？"陈牧脑中冒出这个念头。

唐胜天也看到了他们，很大方地走过来打招呼。他的神情依旧看不出有任何变化。

"这么巧？"唐胜天说。

"不然呢？"陈牧翻了个白眼，继续吃。

"你怎么在这里？"阮晓琪一开口就后悔了，她怎么会问这么傻的问题，她能在这里，为什么唐胜天就不能在这里？

唐胜天似乎察觉到了阮晓琪的心思，脸上却不动声色。

"这是我家亲戚开的店，我没事就过来帮忙打打下手。"他解释着，特意看了阮晓琪一眼说，"算是打零工了。"

陈牧没再说话，埋头吃东西。他不喜欢跟唐胜天接触，倒不是因为对方有多讨厌，他就是不喜欢总是"标榜正确"的人。在唐胜天眼里，说不定自己就是一个"不太正确"的存在。

唐胜天打完招呼之后就去忙活了，陈牧还在吃。

"你吃快点，我想回去了。"阮晓琪说。

"急什么，吃完我带你在这一带逛逛。难得……"

"我说了，"她打断陈牧，一字一顿地强调，"我——要——回——去。"

陈牧愣了一下。

他不知道阮晓琪为什么突然间整个人就变得强硬起来，散发着一种生人勿近的气息。陈牧从她的眼神里得到一个信息——如果这会儿不回去，阮晓琪可能会发火。

"好，不吃了。"陈牧也觉得有点烦。

开开心心出来吃东西，怎么就遇到了唐胜天，害他这顿饭也吃得特别别扭。早知道就不来这里了。

他越看唐胜天越不顺眼。

"走吧。"陈牧也比谁都干脆，站起来就走。

阮晓琪来不及思考，紧跟着陈牧就逃出去了。

"急着回去吗？那我打个车。"陈牧带阮晓琪走到路边，伸手要拦出租车。

"不，就坐公交车。"

"打车吧。"

"那你打车，我坐公交车回去。"

阮晓琪脾气也上来了，回头就走。把陈牧一个人丢在原地。

"喂！"陈牧追了上去，"你不是着急要走吗？打车可以快一点回家……"

"我不着急！"阮晓琪也不知道自己哪里来的脾气，这一声吼得有点用力，继而有点心虚地看向旁边。

马路上汽车声嘈杂，根本没有人注意到他们两人的动静。

"我说了，"阮晓琪冷静下来，"你打车回去，我自己坐公交车回去就好。"

她头也不回地走向公交站，好一会儿也没有听到身后有脚步声，再回头的时候，陈牧已经消失不见了。

5

"不知道她受了什么刺激。"陈牧心里默念，上出租车的时候心里也带着一股气，把车门摔得震天响。

他怎么也想不通，为什么阮晓琪一看到唐胜天就跟换了个人一样。他们之间是有什么不可告人的事情吗？这么一想，陈牧更生气了。

陈牧觉得自己跟唐胜天之间仿佛有一场拔河比赛，阮晓琪就是绳子中间的那条红线。自己莫名其妙地就被唐胜天比下去了。

年少时期的友情就是这样——讨厌一个人，自然就要在心里划清界限，自己的朋友也不应该跟自己不喜欢的那个人走到一起。

可陈牧也不完全如此认为。

"每个人都应该是独立的"这种话，他也理解。阮晓琪跟唐胜天走得近，并不代表自己跟阮晓琪的关系会受到影响。

可理解是一回事，等自己真正面对的时候，那又是另外一回事了。

他倒不会因此去为难阮晓琪，友情又不是考卷上的选择题。

但不开心是有的。

陈牧的心里乱糟糟的，又想起军训那会儿阮晓琪为了帮唐胜天来找自己谈话，越想越郁闷，阴沉着一张脸回到了小区。

阮晓琪心里也不好受。

她想到唐胜天向自己承认打零工时大方的态度。

那句话就像一根刺，刚好扎到了她心里最卑微的那一面。

自己的家庭条件不好，有什么不好意思承认的呢？为什么总是要遮遮掩掩？在唐胜天眼中，自己和陈牧出去吃饭，或许只是因为虚荣吧。

成绩是自己唯一拿得出手的东西了。

然而，分数在大多数人眼里可能只是一个数字而已。唯独她需要靠学习和高考去打通一条人生的阳关大道。但是这条阳关大道，可能在别人的一生中，不过是一个无所谓的选择而已。

她坐在公交车上，天色已经暗了下来。

已经快十一月了，这座城市的夏天好像还没有完全过去。每天正午仍有些燥热，只有早上和傍晚才有几分秋天的萧瑟。

夏日的黏腻与秋天的清爽杂糅在空气里。这种味道让阮晓琪回想起在家的时候，每到这个季节，漫山遍野的树木会在黄昏时分送来一丝清凉的气息。爸爸说那是树在流汗的味道。

她觉得这个形容很诗意，只是一直没有机会把它写进作文里。

她又想起自己被陈牧拉出来时的雀跃。

自己刚才是不是太过分了？明明不关陈牧的事。他只是好心带自己出来玩，可能是为了感谢自己经常帮他辅导功课。自己明明已经接受了他的好意，现在又转头来埋怨，好像不太厚道。

阮晓琪胡乱想着，公交车突然停了，她这才发现自己坐过了一站。

她赶紧下车往回走。快走到小区门口的时候，她隐隐约约看到有一个熟悉的身影站在路灯下。

是陈牧。

他应该是在等自己吧？难道怕自己一个人回来不安全，或是怕自己不认得路？

阮晓琪的心陷下去一小块。总归是自己情绪失控，她想快走两步上前道个歉。

陈牧可能是听到背后的脚步声，回过头。

阮晓琪看到他望向自己，眼神里却没有惊喜。他没有停下来，而是面无表情地转身走进了小区。

围绕着路灯的黑暗轻轻张开了口，把少年单薄的身影吞了进去。

6

接下来的几天，陈牧都没主动跟阮晓琪说过话，谁找他都是一副爱理不理的样子，一张脸拉得老长。

补习的时候，阮晓琪问他作业，他也只是简单回应，绝对不会多说一句。

何纯最近跟阿苏走得很近，没事总往阿苏的班级跑。两个人还会一起去打水，然后站在走廊上聊天。

陈牧隔得老远都能听到何纯咯咯咯咯的笑声。

李斌这几天也总见不着人。估计是因为才请了家长，不敢惹事，还得兼顾一下成绩，不然又要被他爸一顿骂。

每年高一的篮球赛也移到下个学期了。

又到了一个周五，陈牧结束大扫除后打算回家写作业，打开文具盒时发现里面多了一张字条。上面是简简单单的三个字：

"对不起。"

陈牧假装不在意地把它收起来，却忍不住对着窗外的夕阳咧着嘴露出了一个大大的笑脸。

第五章 · 少年心事

原来这世间所有的暗恋，都有一方是注定要卑微一些的。

陈牧回家后，把那张写着"对不起"的字条藏在书包的夹层里。

他当然知道字条是阮晓琪写给他的，本打算顺着台阶下跟她握手言和。

没想到接下来的几天，阮晓琪对他的态度竟然毫无变化。虽然她依旧会给陈牧补习功课，但陈牧开的玩笑话她都置之不理。

这样一来，陈牧才像是那个要道歉的人，这让他很难理解。

两个人之间仿佛隔着一道看不见的墙。陈牧刚想靠近一点，就碰了个灰头土脸。

"有空吗？聊聊天？"午休时间，何纯突然来找陈牧。

陈牧看到她那满是心事的样子觉得奇怪，跟在何纯后头走出了教室。

何纯倚靠在栏杆上，看着空无一人的操场感慨："你说，怎么样才算喜欢一个人啊？"

怎么样才算喜欢一个人？

陈牧想不到一个确切的答案。

是在乎？还是无处不在的关心？是看到一个人之后的怦然心动？还是……

这个问题永远都不会有唯一的答案。每个人"喜欢一个人"的原因都不一样，可能是因为对方性格好，可能是因为聊得来。

但即使所有的理由杂糅在一起，也不能代表"喜欢"两个字。

也许喜欢本身就是无条件的，说不出具体的原因。

但那时候的陈牧不懂，他尝试着回答："也许是见到他时的心跳跟别人不一样？"

何纯用力地摇摇头："他也说对我跟对别人不一样，但是有什么不一样我也不知道。"

陈牧挠挠头，这种问题不应该来问他，他忍不住多嘴问了一句："你跟苏欣两个人闹翻了？"

"也不算啦。"何纯思考了一会儿，"就是……他生日快到了，但是我送他礼物，他说不要，可是……他们班的女生送他礼物，他又收了，你说这是什么意思啊？"

"我怎么知道什么意思。"陈牧在心里嘀咕了一句，但不好意思直说，便劝解道："要不你直接问问他？"

"你懂什么，这种问题不能问的！"何纯气急败坏地说道。

陈牧更不懂了，女生怎么这么麻烦！喜不喜欢，哪个举动是什么意思，直接问不就好了吗？非要猜来猜去的，最后还不是什么答案也得不到。

陈牧叹了一口气："是是是，我不懂……你们这些女生啊……"

"你们？"何纯敏锐地察觉到了什么，猛地凑过来把陈牧吓了一跳，"来，说说，是不是有喜欢的女生了？"

"瞎说什么？"陈牧脑袋里闪过了阮晓琪的身影，随之又赶紧把这个念头抛诸脑外。

好端端的，怎么会突然想到阮晓琪？

陈牧胡思乱想着，一回头看到何纯笑嘻嘻地盯着自己。

"看你慌慌张张的样子，快说，是谁？"何纯一脸坏笑。

陈牧觉得女孩子真是一种神奇的生物，她们一旦八卦起来，立刻就能把自己的烦心事抛诸脑后了。

"懒得理你，我要去午休了。"

"喂——"何纯看着落荒而逃的陈牧，哭笑不得地叹了口气。

她想起初中的时候，同桌的女生暗恋班长。只要有人提起班长的名字，她就会脸红，还会在班长经过的时候刻意放声大笑。其他男生说班长的坏话，她就会脸红脖子粗地跟别人争吵。

何纯嘴上虽然不说，心里却觉得对方很幼稚，认为她太傻了，喜欢一个人的时候，怎么会变成这样呢？

她觉得，如果喜欢一个人，你越不敢去面对，越不敢说出口，越做一些幼稚的行径，对方就越不会注意到你。

原来这世间所有的暗恋，都有一方是注定要卑微一些的。

她是这样的，她想，陈牧……可能也是?

2

下午，体育老师因为第二天有事，索性就把陈牧班的体育课调到了跟李斌班的体育课一起上。

上一节课刚结束，李斌就风风火火地抱着篮球来找陈牧。

陈牧正对着一张英语试卷发呆。他因为中午刚被何纯戏谑了一番，感觉整个人垂头丧气的。而且快第三次月考了，他想抓紧时间复习。

看着面前的英语试卷上阮晓琪勾勾画画的笔迹，陈牧心想，如果考得好一点，阮晓琪对自己的态度会不会好转呢?

陈牧忽然被自己这个想法吓到了。

我要她对我态度好转干什么? 态度不好就不好，我本身也没失去什么才对。我就缺那么一个脾气古怪的朋友吗?

"不，绝对不缺。"给自己一个肯定的答案后，陈牧看了一眼坐在前面埋头刷题的阮晓琪，心一横，跟着李斌跑到篮球场去了。

立定中学的体育课是开放式的，学生们可以选择下楼上课，或者留在教室里自习。

所以，即使两个班的体育课一起上，人数看上去还不如一个班的学生多，而且大多是男生。

陈牧今天打球状态不佳，失误了好多次，投篮怎么投都投不进，索性不打了，坐在篮球架下面看李斌一群人大汗淋漓地奔跑。

李斌下场休息，拿起一瓶可乐咕咚咕咚灌下去，低头看到陈牧心事重重的样子，问道: "怎么着，心情不太好?"

"没什么，月考快到了。"

"放心，听说这回月考题简单。老师为了让我们对期末考试有点信心，都手下留情了。"李斌言之凿凿。

"哦。"

"怎么了，心不在焉的？"李斌蹲下来看着陈牧，"我懂了，你小子肯定是因为那种事……"

"瞎说，什么事？"

李斌似笑非笑，露出一个"我都懂"的表情。这时球场上的人喊他上场，他应了一声，飞快地跑过去。

留下陈牧一个人。

3

第三次月考结果很快公布了。

成绩单发下来的时候，陈牧发现自己竟然破天荒地冲到了全班前三十名。他很开心，正想到处炫耀，但是看到阮晓琪毫无动静的后脑勺，他的心情又低落下去。

这天午休时，他打算就这一次的试卷问阮晓琪几个问题，但看到对方埋头钻研的样子，想想也就作罢了，没一会儿，就趴在桌子上睡着了。

"陈牧，别睡了，出事了！"李斌突然跑过来叫醒了陈牧。

"怎么了？"陈牧迷迷糊糊走出教室的时候，李斌还气喘吁吁地没缓过劲来。

"走走走，到操场上去。"

还没赶到操场，陈牧就看到几个男生搀扶着苏欣往教学楼的方向走。

"这是怎么了？"陈牧和李斌火急火燎地差点迎面撞上。

让人吃惊的是，何纯居然也在场。

苏欣一脸痛苦的样子，额头上豆大的汗珠往外冒："脚踝，疼。"

原来是李斌他们趁着午休时间偷跑下来打球。

刚才一群人跳起来抢篮板，也不知道是谁垫了脚。苏欣落地时刚好踩到，结果扭到了。

"李斌，你故意的是不是！"何纯发起脾气来能把所有人吓一跳，"就因为上次……你就是小人之心，想要报复对不对！"

"上次……什么事？嘶——"因为疼，苏欣讲话有点龇牙咧嘴。

他是在场所有人里唯一一个不知道李斌跟何纯告白的人。

李斌冤啊，这会儿有理也说不清了。他要是还想惹事，怎么会跟苏欣一起打球呢？

"不是……我们是同一队的好吧……现在先看看怎么办……"

"把他扶到医务室再说吧。"陈牧提了个建议。

"不行，我们是偷跑下来打球的……"

李斌话没说完，被何纯打断了："李斌，要是出了什么问题，我跟你没完！"

"好了好了别吵了，赶紧送医务室。"

打球的事情是遮掩不住了，赶紧把苏欣抬到医务室才是当务之急。

校医一听是打球伤到的，仔细查看了一番，觉得很有可能伤到了筋骨，得马上送到医院拍 X 光片。

于是何纯去找班主任，李斌和陈牧几个男生手忙脚乱地扶着苏欣往医院赶去。

苏欣只有一只脚能落地，几乎是被人架着走的。陈牧他们一走快，他就会一瘸一拐重心不稳，有几次还险些摔倒在地上。

搀扶的几个人只好放缓了速度。

李斌一脸晦气。要是苏欣没什么事还好，如果闹出点什么事，怕又得通报批评。何纯也不知道怎么回事，着急起来什么事情都怪到他身上。

4

几个人在医院折腾了一下午，课也没上。

好在苏欣没什么大事，医生在他受伤的地方涂了药水，绑了绷带。总算能在别人的搀扶下走上几步了。

当他们一行人慢吞吞赶回学校时，年级主任和班主任已经在办公室严阵以待了。

学校明确规定，不能趁着午休的时间干别的事。之前就发生过因为学生打球伤了脚，家长闹到学校的事情。

"翅膀硬了是吧？学习太轻松，精力很旺盛对不对？怎么就不见你们多做点好事，除了添乱，就是添乱！"年级主任火冒三丈，把办公桌拍得震天响。

打球的几个男生都不敢吱声，老老实实挨了一顿臭骂。

李斌的脸拉得老长，不过不是因为挨骂，是因为何纯把苏欣的伤全都怪到了他头上。

放学前的最后一节课，一群人被喊到办公室写检讨，写完才能回班。

陈牧原本不是参与人员，但年级主任"宁可抓错不可放过"，照样将他叫来写检讨。

他写完检讨刚想溜回教室，被班主任叫住了。

虽然他知道刘公子平时脾气挺好，但他也怕挨骂。才被年级主任骂了一通，就算脸皮再厚也不想一直被训。

他心惊胆战地站在班主任身后。

"陈牧啊……"刘公子抿了口茶，倚着栏杆摆摆手说，"不要那么严肃，我不是来骂你的。年轻人嘛，我年轻的时候也经常打球，这很正常。打球又不是什么值得批评的事，对吧？"

陈牧心里松了口气，不过仍对班主任的话持怀疑态度。

"怎么，我看起来不像打篮球的？改天我们较量一下。"

"不敢不敢。"陈牧连连摇头。

"比不过你们年轻人咯。"刘公子象征性地叹了口气，"我也算是老年人了。"

陈牧哑然失笑。

"好了，说正事，你这次成绩有明显提升，证明我们班这个学习小组还是有用的。老师也不可能顾及你们的每科功课，同学之间相互监督还是不错的，也能让你们多交流一点学习心得，是吧？"

陈牧点头如捣蒜。

"但是呢，你们现在正是青春期，可能还会有一些彼此间的小秘密之类的，这个老师也都知道。不过还是要注意分寸，知道吧？"

陈牧"啊"了一声，不太明白班主任的话是什么意思。

"我不是那个意思……"刘公子突然自己笑了起来，"唉，算了算了，不说了，反正你自己心里明白就好，回去吧。"

陈牧如获大赦，一溜烟儿回了教室。坐到座位上，陈牧还是不明白刘公子话里的意思。

是说他跟谁走得太近吗？

阮晓琪？不至于吧。她对自己的态度一直都很冷淡，两个人之间的隔阂还没消除呢。陈牧最近正因为这个心烦不已，难道班主任连这个都看出来了？

下课铃突然响了起来，陈牧心里一惊。

"你今天去干吗了，怎么整个下午都没看见你人？"阮晓琪收拾东西的时候问他。

陈牧在学校和医院之间奔波了一下午，身心俱疲，不是很想聊这件事，心烦意乱地摆摆手："跟你没关系。"

"那个试卷，今天还要讲解吗？第三次月考的，刚才物理课老师讲过了，你要是有什么不懂的……"阮晓琪依然平静地问道。

"别说了，让我一个人静静。"陈牧感觉自己好倒霉，明明不关自己的事还被要求写检讨，又想到阮晓琪一直对他不温不火的态度，突然一肚子火发泄了出来。

"好，那我走了。"阮晓琪神情淡定，收拾完东西走了出去。

唐胜天刚好也走了过来，两个人不知道说了些什么。阮晓琪笑了一下，俩人就一起走了。

陈牧看到这个画面，心里的烦恼又添上一笔。

他盯着两个人的背影看了一会儿，突然想起这是今天最后一节课了，他得回家吃饭。

5

周末的晚上，陈牧躺在床上，脑海里总是回响着班主任的那番话，又想到阮晓琪最近对自己无所谓的态度，更心烦了。

男孩子的好胜心突然冒了出来，心想着反正你不是总对我冷冰冰的吗，那我也晾着你，不能说妥协就妥协，那就这么僵着呗。你无所谓，我也可以无所谓。闹翻了更好，眼不见心不烦。

陈牧心里还有那么点儿扳回一城的意思：阮晓琪，终于可以让你体会体会一下我的感受了。我陈牧也可以做一个冰山美男。

陈牧在心里把自己乱夸一通，心情畅快地睡去。

周一放学，阮晓琪并没有像往常一样问陈牧需不需要讲解试卷。下课铃一响，她就清理东西准备去食堂了。

陈牧看着阮晓琪的背影，心想：现在情况更糟了。

不知道是不是因为快到期末了，老师们最近找班干部找得很勤。

陈牧成天看到阮晓琪跟唐胜天有说有笑地进出办公室，他的心情一点都不畅快了，总是黑着个脸，心里像堵了一团棉花。

语文老师最近布置了一个作业，每周都要写一篇周记。题材不限，想怎么写都行，只要不太出格就好。主要是锻炼学生的自主写作能力。

这相当于给陈牧提供一个发泄口。陈牧平时就喜欢看小说，偶尔自己也写写，只是从来都没有坚持写完过，每次洋洋洒洒写个开头就放弃了。

陈牧也不管三七二十一，什么都往周记里写。

少年的倾诉欲来了谁也挡不住，随手一写就是一篇散文——"又臭又长"，这是陈牧每次写完之后回头再去看时，给自己文章的评价。

没想到，语文老师却当众表扬了陈牧。

这让陈牧格外不好意思。初中之后他被老师当堂表扬的次数屈指可数。

其实也算不上多大的夸奖，老师说："陈牧同学写得不错，虽然有时候词不达意，但有自己的风格，不是在应付式地完成作业。"

老师还让大家传阅了一下他的作品。

陈牧得意了一节课，抬头却看到坐在前桌一动不动的阮晓琪，她仿佛是教室里的一座冰山，还是永远都不会融化的那种。

陈牧本来想传个字条跟她炫耀一下，又怕热脸贴了冷屁股，只好作罢。

她越是不在意，陈牧就越是心烦，好像非要"她在意"才能证明什么一样。

陈牧又想起那一次何纯在走廊上找自己聊天的内容。

他还是不太懂，为什么当时自己脑袋里闪过的是阮晓琪的身影。

这就是喜欢吗？他觉得不是的，至少现在不是。

可这么一想的话，喜欢又是什么呢？

陈牧在草稿纸上烦躁地胡乱画着。

如果非要给"喜欢"下一个定义的话——那种拼命想要让对方在意自己，让对方觉得自己跟别人不一样的感受，大概就是喜欢的感觉了吧。

你在我心里是不一样的，那我在你心里呢？

是不是也是独一无二的，值得你偏爱的那一个呢？

喜欢的人心里锁着的那一丁点儿东西，想打开来来看看其实也不难。

但人们往往不敢打开，因为，他们会害怕——害怕那个锁着的秘密原来与自己无关。

第六章·你是不是喜欢她 ■ ▬

可这个世界上最没有用的事情就是假设，"如果"不过是一个晶莹剔透的泡沫，看起来五彩斑斓，但当你想伸手去抓住它的时候，它啪的一下就碎掉了。

其实阮晓琪也不是刻意不理会陈牧的。她只是觉得，两个人终究不是一路人。

如果……如果她和陈牧之间没有那些奇奇怪怪的误会的话，也许真的能成为不错的朋友。哪怕这只是她的幻想。

唐胜天就是那个让自己的幻想啪的一下碎掉的人。

但他是正确的。

那天阮晓琪跟唐胜天从办公室出来，阮晓琪不知为什么又想起跟陈牧去吃饭时遇到唐胜天的事，忍不住问："那个……你是在亲戚家里……"

"打零工"三个字好像怎么都说不出口。

唐胜天看出了阮晓琪的心思，他摇摇头，笑了一下。

阮晓琪有点诧异，她认识唐胜天这么久，第一次看见他笑——尽管这笑容意味不明，但好歹……也没那么严肃了。

"没什么不好说的，就是打打下手，趁着放假的时候多锻炼锻炼自己也好。"他没注意到阮晓琪有点奇怪的眼神，"当然，应该不会有人想这样锻炼自己。"

"可是你不怕……"

"怕被同学看见吗？"唐胜天接上了她的话。

"嗯。"

"没什么好怕的。以前我跟你在一个学校，你也应该很少在学校以外的地方看到我吧？"

"嗯。"阮晓琪只剩下点头。

"我就是去帮忙。我爸是开大货车的，我还会趁暑假陪他出去押货。真的没有什么好怕被人看到的，晓琪。"唐胜天说完，特意对阮晓琪笑了笑。

阮晓琪看着唐胜天，觉得他似乎故意在自己面前表现得平易近人一些，而且他喊自己名字的时候，把"阮"字去掉了。

"有时候，我们只需要做我们应该做的事。虽然我也想像他们一样——"唐胜天看向走廊上打闹的同学，"但是我没有选择。如果说高考是人生中唯一一个公平的战场，那我不管怎么样都要打好这场仗。应该做的事情就要好好去做，不用太在乎别人怎么看。只要这件事情对自己来说是正确的就行了。"

"可是这样的话，兴许会得罪人。"阮晓琪耷拉下脑袋。

"只要你觉得是正确的事，那就坚持去做，得罪人伤害人什么的，不是考虑的重点。"唐胜天接着说，"你考试把别人比下去了也会得罪人，不经意说出的话也许会得罪人，但只要你不是故意去伤害某个人，就可以不必想太多。"

唐胜天刚说完，上课铃响了。

阮晓琪还想说点什么，但终究还是没说出口。

真好啊。其实我也很想成为这样的人。如果我不那么敏感就好了。

阮晓琪心想。

2

阮晓琪事后回想与唐胜天的聊天，认真思考后发现，自己跟陈牧不一样，跟唐胜天也不一样。她无法做到轻易地忽略别人的看法。

敏感，仿佛是自己与生俱来的特质。她能够察觉到别人的情绪，因此会忍不住多去迁就对方。与别人交流时，当她想否定对方说法的时候，都会犹豫不决，即便她觉得自己的想法才是正确的。

既然这种性格改不了，她干脆就与任何人都保持距离。但这种距离感是没有棱角的，她不会去主动伤害任何人。

她希望的是，即便以后大家想起来她——能够不想起当然最好——如果真的想起她，她希望别人对她的印象是"那个很安静的女生"。

这样就行了。

距离期末考试还有一个多月的时间，学校突然宣布每个班要选拔两名同学去参加一个奥数比赛。

这个比赛每年都由几所学校一起举办。立定中学以往的成绩都保持在前几名，这次自然也要挑选好一点的苗子参赛。

高一（3）班的人选无疑就是唐胜天和阮晓琪。

每天放学后，各班的参赛同学都会聚在一个教室里，由辅导老师专门解答习题。

当然更多的时候，大家都得靠自己努力。

阮晓琪自认没有其他人聪明，遇到不明白的题会跑去办公室问老师。唐胜天有时候看到了就会拦下她，先尝试帮她解答。他会很有耐心地给阮晓琪讲解，列出不同的做题方法。

阮晓琪在学习上反倒不会觉得不好意思——笨鸟先飞，多总结多讨论总不会有什么坏处。

3

自从陈牧跟阮晓琪发了脾气之后，即便前后座坐着，两个人也几乎没有什么交流了。

陈牧这段时间又回到了破罐子破摔的状态，上课也不怎么听讲，还开始往篮球场上跑。午休时间是不敢去了，大家只敢每天趁着晚饭的时间打一场比赛。

听何纯倾诉心事也成了每天必做的事情——空出来的午休时间，陈牧都跟何纯在走廊上有一搭没一搭地聊天。

不专心学习的时候，时间总是过得比认真刷题的时间更快。一个星期的时间又快过去了。

周五放学后的这一场球，陈牧手感好到李斌都自愧不如。等大家都快看不到篮球筐了，这群人才意识到天色已晚，该回家吃饭了。

李斌他们溜得快，扔下陈牧一个人回教室放球，收拾书包。

他一路回想着今天的超常发挥，心情大好，吹着口哨从操场溜达到教室——教室里的灯竟然还亮着。

陈牧感到奇怪，刚推开门，就看到阮晓琪和唐胜天坐在教室的第一排座位上自习。

陈牧心里，唐胜天是永远都过不去的一道坎。

他一直觉得阮晓琪对自己和所有人一样若即若离，但是对唐胜天就不一样。再加上这段时间，他们经常一起刷题，为比赛做准备。阮晓琪对唐胜天好像更加依赖了，他们之间似乎没有距离。

想到比赛，陈牧又感觉他们好像才是更适合的人，不管是朋友，还是……

想多了，想太多了。

陈牧不再往下想，直接走进了教室。

阮晓琪和唐胜天正在讨论一道习题，抬头看了满头大汗的陈牧一眼，没打招呼。

陈牧心里憋着一股被漠视的委屈，走到阮晓琪后面收拾书包，故意把声音弄得很大。

那两个人却毫不在意。

陈牧从后面看去，他们有说有笑，还在草稿纸上写写画画，两颗脑袋就要靠在一起了。

不知怎么想的，陈牧从书包里抽了一张试卷出来，还摸了支笔，走到阮晓琪面前，把卷子啪嗒一声拍在桌子上。

两个人都抬起头来看他。

"有空吗？我想请教几个问题。"如果现在有镜子的话，陈牧一定会看到自己的脸僵硬得不成样子。

阮晓琪看到陈牧拿的是第三次月考的试卷，冷静地说道："下周可以吗？现在我们还有一些题目要讨论。"

陈牧也不回答，站在原地不动，就这么杵着。

唐胜天皱了皱眉，陈牧头上的汗都快滴到桌子上了。

阮晓琪诧异地看了一眼陈牧，说道："我们还是换个地方吧。"

她这句话是对唐胜天说的。

阮晓琪和唐胜天收拾东西站了起来，往教室外走去。

陈牧呆呆地愣在原地，隔了好一会儿才意识到教室里只剩自己一个人了。

他将那支笔死死地握在手里，就差掰成两半了。

陈牧的心里就跟这间教室一样空落落的，说不清楚是什么滋味。

4

"还有一个半月才能放寒假。"何纯抱怨道。

见陈牧不回话，何纯忽地联想到这几天他的异常——聊天走神，上课发呆，于是关心地问道："陈牧，你最近是不是有啥心事？"

陈牧早有准备："你问这干吗？"

"就问问嘛。"何纯一脸坏笑。

陈牧没有正面回答，转而继续和她聊有关苏欣的事。

脚受伤后这一个多月的时间，苏欣都在家里休养。何纯最近烦恼的是，苏欣跟她发短信聊天时总是爱搭不理的。

她每天问陈牧最多的问题就是："你说他是不是跟别的女生也这么聊天？"

陈牧被问烦了，就回她说："你怎么整天尽是把事情往坏的地方想呢？人家在家里休养，又不是养老，总还得看书自习，作业也得照常完成吧？哪有你一发信息就刚好看到的？"

何纯歪着脑袋想了一会儿，觉得有道理，笑嘻嘻地也就过去了。

"所以你到底是喜欢上哪个小姑娘了？"何纯古灵精怪的口吻让陈牧想揍她。

何纯只要不纠结于某件事情的时候，什么都好。但她钻起牛角尖来比谁都狠——遇到想不通的事情，一定要一遍又一遍地把自己往死胡同里赶，哪怕撞个头破血流也在所不惜。

"我猜猜，是不是阮晓琪？"

何纯冷不丁的一句话把陈牧吓了一跳，搞得他不知道该怎么回答。

"三、二、一。不说话？不说话那就是了。"

"少扯这些有的没的，什么阮晓琪不阮晓琪的，关我什么事？"陈牧有点心虚。

但转念一想，不对啊！

心虚啥？

"得了吧，你那点小心思。"何纯拍了一下陈牧的脑袋，"你的眼睛往哪里瞟了，我看得一清二楚。"

陈牧这会儿不知道说什么好了。

年少时，人们总是羞于承认自己的喜欢，仿佛"喜欢一个人"是一种无形的罪恶，见不得人一样。

这样的年纪，爱情不应该发生在自己身上。

虽然自己的一举一动、一言一行，都是冲着那个人去的，却还非要装作"一点都不在乎"的样子，认真而又笨拙地掩盖自己。

可是望向那人时眼里的光，明明藏不住啊。

但那时候陈牧不知道。

很多事情要隔很久很久之后，透过时间回头去看，才能发现沉淀的真相，而有些真相往往来得太晚。

"所以你是因为什么而喜欢她？"何纯眉开眼笑地追问。

"没有的事，瞎说。"

"那你……到底喜不喜欢她？"

"不喜……不知道。"陈牧真的不知道。他好像永远都回答不出这个问题。

现在他所知道的，无非就是看到阮晓琪和唐胜天走在一起时会觉得别扭，感觉心里像被啃掉一块，空空荡荡的难受。

哪怕自己就是想要去靠近她，但也死要面子，觉得对方应该先靠近自己一点。

如果这些能够称之为喜欢的话，那好像有点肤浅。

"只是朋友间闹别扭。"陈牧想了想，继而肯定地说道。

何纯觉得没意思。

陈牧这个人就是这样，说起别人的事情滔滔不绝，还能给你分析出一堆道理，轮到自己身上的时候，就什么都说不清了。

"反正我就当你有点那个意思了！"她故意这么说，"你要是喜欢的话，可以……"

"午休时间你们在走廊上干什么呢？"

何纯话还没说完，身后冷不丁传来一个声音。

每次这个声音响起的时候，就是陈牧他们戏称为"离死亡最近的瞬间"，因为这个声音一出现，基本上就代表着他们不会有好果子吃了。

是年级主任。

5

陈牧站在办公室里，心里想"钱欲飞"这三个字，重要的不是钱，不是欲，而是飞。

这个名字的主人像踩了筋斗云一样，总能够悄声无息地飞到你身边，在你还没做成某件事之前把你当场抓获。

这一次是班主任和年级主任双双出马，对两个人进行思想教育。

刘公子看着两个人，笑而不语，淡定地喝茶，等年级主任训完话离开了，他才把茶杯放下。

"坐，都坐，别站着了，搞得像犯了什么大错一样。"他倒是轻松。

陈牧听着心里忐忑不安。一般来说，越是平静就越是代表着可能掀起狂风暴雨。

两个人面面相觑，不自在地坐下了。

"其实啊……"班主任顿了一下继续说，"在我看来也不是什么大事，对吧？青春期对异性有好奇心是很正常的事，也没什么大不了的，你们都正值花季嘛，谁的青春不浪漫，是吧？"

这话从班主任嘴里讲出来有点好笑，但陈牧硬生生忍住了。

"陈牧啊，我之前不是跟你说过了嘛，你看看——我不是说不让你们走得近，也不是不让你们聊天，只是有时候要注意影响，午休时间在走廊里打闹肯定不好嘛，我上次看到就提醒你了。何纯可能不知道，但陈牧你是一个男孩子，应该知道分寸，这样对我们班级影响也不好，对吧？"

他每说完一句话就忍不住要加上一句"对吧"，好让自己显得平易近人一点。

陈牧忍不住解释："老师，不是你想的那样的……"

"我哪有怎么想？你看你。"班主任率先笑了出来，"不是什么大事，我也没有说你们两个是早恋，但……以后午休的时候就不要在走廊上打闹说笑了，好不好？"

"好。"陈牧一直点头。

"何纯呢？"

"好。"很显然，她在憋笑。

"你们还是得注意一下影响。还有刚才钱老师说的，因为这个事你俩的座位要调整，希望你们也不要放在心里。毕竟学校也是出于对你们学业的关心。虽然两个人的座位调远了些，但你们还在一个班，你们说是吧？"

"是是是。"陈牧想了想又补充，"老师你说得对。"

"那就好，那就好。"班主任点点头，又拿起茶杯，像是松了口气，"没啥事的话就赶紧回去上课吧。"

陈牧是一直憋着笑回到座位上的。

他现在知道班主任为什么会莫名其妙地给他讲一大堆话了，估计年级主任也提醒过他。现在陈牧再怎么解释也没什么用，反正这件事情也没几个人知道。

何纯也明白。两个人心照不宣，轻描淡写地就把这个小误会给吞下了。

学生时代但凡有什么风吹草动，流言蜚语在一瞬间就能传遍整个年级。

对于不认识的人，陈牧不想理会，但跟李斌还是费了不少口舌解释。陈牧觉得有些头疼。

调座位的时候，阮晓琪看了陈牧一眼，没有说什么。

第七章 · 这是我所有的钱了

岁月一定是带着相机的吧？把最美好的瞬间都拍了下来，存在自己的记忆里。

阮晓琪最近过得并不像表面上那么安稳。

先是唐胜天。最近因为奥数比赛的关系，他们两个人的相处时间突然多了起来。唐胜天对她好像有一种特殊的迁就和照顾，就连做题的时候，当她进度很慢，唐胜天便会停下来耐心地等她。明明按照他的解题速度，那些题不算费工夫。阮晓琪解不出来的时候，他也会思考一会儿再跟阮晓琪讲解。唐胜天好像是在用自己的方式来照顾阮晓琪的感受。

阮晓琪依旧清晰地记得，那天两个人从办公室走出来的时候，唐胜天说："只要你觉得是正确的事，那就坚持去做，得罪人伤害人什么的，不是考虑的重点。"

但是他偏偏在这个时候很照顾阮晓琪的情绪。

这天放学的时候，两个人按照惯例留在教室攻克奥数题。

唐胜天很快解决了一道题，将各种解法都罗列在草稿纸上。

而阮晓琪瞪着题目呆了半天，依旧没瞧出个所以然来。

"不用急，慢慢来，我可以等一下你。"唐胜天示意她专心看题，"这道题不算难，有三种办法可以解开，但考试只考一种，你会一种做法就行了。"

阮晓琪不好意思拒绝他的好心。

"我真是太笨了。"她在心里鄙视自己。

"错了，辅助线应该画在这里。"唐胜天凑过来，把她的笔拿过去，给她讲解。

两个人的头靠得很近，阮晓琪觉得有点别扭，稍微往后挪了挪，唐胜天看了她一眼，没说什么。

　　阮晓琪有一次开玩笑地对唐胜天说："我们这个又不是集体竞赛，虽然是以学校名义出去比赛的，但是说到底还是看哪个人能冲到更前面。你自然是越往前越好，我其实无所谓的，反正高考又不加分，是吧？"

　　唐胜天没回答，但依旧会适当照顾她一下。

　　另外一个就是阴魂不散的陈牧了。

　　阮晓琪明明在心底打定主意，一定要跟陈牧划清界限，但她越是不想去理对方，陈牧的身影就越是时不时地从脑海里冒出来——那个打完球，满头大汗地把一张试卷塞到自己面前，倔强地不肯说话的样子。

　　但是她感觉自己并没有做错什么，最近这段时间以奥数比赛为主要目标是班主任决定的。她只是一心朝着这个目标努力而已。

　　但她心里知道，这些都只是骗自己的借口。

　　最重要的原因，是心里面那种感觉……她说不清楚到底是什么感觉，反正她就是一个劲地想要逃离。

　　可越是打定主意想要逃离，就越是忍不住想去看看他到底在做什么。

　　虽然她到现在还在为陈牧之前对她吼的那两句话生气。

　　可是陈牧也没错啊，他消失了一个下午，去了哪里，关自己什么事呢？自己当时为什么就非要多嘴问那么两句话？

　　要是不问的话就好了。

　　阮晓琪不知道自己什么时候变得这么患得患失。

　　总之，和陈牧划清界限，一切就恢复正常了吧。

　　然而真正的疏远不是这样的，越是刻意疏远，就越证明自己心虚。

　　当然，阮晓琪是想不明白这个道理的。

　　听到陈牧和何纯的传言的时候，阮晓琪心里咯噔一下，在草稿纸上画了半天几何图形，等同桌用胳膊肘捅了她一下，她才反应过来。

2

阮晓琪还有一件更心烦的事。

原本爸爸每两周送一次生活费。

可今天距离爸爸上次出现已经过了三个星期了。她知道爸爸可能因为家里的事走不开，但她手头上真的没有多少钱了，她更不想开口去跟别人借钱。

她知道自己能够来立定中学读书是一件多不容易的事。因为她家里很穷，是真的很穷。

原本家里经营着一个小饭馆，后来因为爸爸赌钱全拿去抵债了，到最后，爸爸连妈妈的嫁妆都全部赌没了。她七岁那年，妈妈决定跟爸爸离婚。离婚的时候，妈妈想要带她走，爸爸不肯。

这么多年过去，妈妈再也没有过消息。

继母来到家里的时候，她才九岁，读三年级。

后来爸爸戒赌，跟继母两个人弄了一个小杂货铺。但因为在村里名声不好，生意也很冷清。还好他们村里有很多自建房需要泥瓦工人，爸爸偶尔会去工地做一些苦力活赚钱贴补家用，但是一天下来也挣不了多少钱。

在阮晓琪的记忆中，继母一直想要生个儿子，但未能如愿，家里一直只有她一个小孩。继母便把生活中的所有怨气都撒在阮晓琪身上，觉得她是克星，导致他们一直没有小孩。

阮晓琪的立定高中录取通知书送到家里时，老师去她家里家访，希望她能去读。可是继母不同意，要她留在杂货店帮忙。

立定中学三年的学费不便宜，如果考上大学，还需要更多的钱。继母觉得有这些钱还不如存起来盖个房子，将来要是生了儿子，还能够把房子留给儿子。一旁的爸爸没有说话。

老师走了之后，他在门口抽了一下午的烟，最后出去了。

晚上回来的时候，他偷偷跟阮晓琪说，要送阮晓琪去读书，学费借到了一些，够一年用的了。

"爸不中用，但你考上了就要好好读，肯定不会让你跟着受苦的。"

爸爸的话让阮晓琪红了眼眶。

"早些年还有些积蓄，爸爸那时候……"他叹了一口气，想点根烟，看到女儿在，又把烟塞回烟盒里，"书是一定要读的，爸文化不高，但未来是你们读书人的天下，要好好努力。"

阮晓琪点头。她有点哽咽，不知道该说什么。

从小到大，阮晓琪跟爸爸的交流不多。本来她也不太爱说话，继母来到家以后，她更沉默寡言了。

"要好好争气，爸爸去多做点零工，不要让你阿姨知道。家里离学校太远，住家不方便。我打听好了，高一学生是不给住宿的，高二的时候就可以住校了。这一年我去那边给你租个房子，这事不要告诉你阿姨，毕竟租房这事儿……"他苦笑了一下，又想把烟摸出来。

"没事儿，我不讨厌烟味。"阮晓琪摇摇头，但眼泪没忍住。

"别哭，怎么能哭呢？这么大个人。"许是太久没有面对面交流，爸爸一时间手足无措，不知道怎么安慰她。

"我没事儿，谢谢爸。"阮晓琪抬起头，看着爸爸笑了一下。

开学前，爸爸带她来到租的房子里。

"你阿姨她心肠不坏，就是怕这钱花得不值，你也别往心里去。"爸爸是这么跟她解释的，"租房的事情她是不知道的，反正钱你不用担心，爸爸会想办法，你就安安心心读书。爸爸可能偶尔才能来一次，学校是有饭堂可以吃饭的，周六也会开放，周日你可以自己买点东西吃，不要为了怕花钱饿肚子……"

后面的话阮晓琪只听了一半，当时她很想问爸爸，钱花得不值是什么意思？但她到底还是没能说出口。

"如果有什么急事，你可以联系你叔叔，电话号码你有的。"

阮晓琪有一个叔叔就住在县城商业中心那一带，但早些时候因为爸爸好赌闹翻了，多年没有来往。

阮晓琪也不愿意去找很多年没见过面的亲戚，即便血浓于水，但对于她来说，需要她有求于人的时候，她还是低不下头。

她从小就是这样，不想让别人窥探到哪怕一丝窘迫。

继母骂她的时候，她也从来不肯服软。她唯一的想法就是想从这里走出去，她希望自己在很久以后能够大大方方走回来，并且告诉他们，靠自己也能变得强大。

但是怎么靠自己变得强大呢？

眼下的事情她都解决不了，爸爸再不出现，她可能就得回家，或者给叔叔打电话。

她有些踌躇了。

3

十一月底了，气温已经逐渐开始变冷了，南方沿海城市的冬天总是姗姗来迟，过不了两三个月，又轻飘飘地走了。

陈父不在家，陈牧的家显得冷清了很多，时常是陈母一个人在客厅埋头写教案，陈牧在房间里开台灯看书或者学习。

只是最近的事弄得陈牧心里乱糟糟的，一本物理练习册翻开半个小时，依旧一个字都没写。

他叹了口气，站起来打开窗，突然决定到楼下走走。

出门的时候，陈母叮嘱了一句："大半夜的不要跑出小区，外面不安全。"

陈牧应了一声，趿着拖鞋就跑下了楼。

小区里静悄悄的没什么人。

他在楼下晃悠一圈，忽然看到另外一栋楼的楼梯口有一个坐着的人影，穿着立定中学的校服。他吓了一跳，鼓起勇气走过去看。

陈牧想走过去打个招呼，指不准还能多认识个朋友，毕竟这小区里还住了不少立定中学的学生。

他大大咧咧地走过去，喊了一声："同学。"

昏暗的灯光下，人影模糊。阮晓琪又把头埋在膝盖间，抬头之前，陈牧还真不知道是她。这下，陈牧愣住了。

"那个……"陈牧害怕她冷冰冰的态度，挠挠头解释道，"我就是……做题做得有点烦了，来楼下到处走走，对……就到处走走。"

说完他在心里嘀咕："陈牧你在心虚什么？"

阮晓琪没有回答，依旧呆呆地坐在楼梯口。其实她下楼不是因为别的，是想看爸爸今天会不会来。

她已经在这里坐了很久，依旧没看到爸爸出现在小区门口。

陈牧喊她的时候，她才发现天已经这么黑了。

陈牧刚想走，又觉得阮晓琪好像有什么心事的样子，慢慢地挪过去，看到阮晓琪的眼角带着一点晶莹的光，好像是在哭。

"那个……"陈牧走到她身边，看阮晓琪没有赶人的意思，索性跟她一起在楼梯口坐下来了，"是发生了什么事情吗？或许，我可以帮帮忙？"

"帮帮忙"这三个字一入耳，阮晓琪就崩溃了。

"阮晓琪啊阮晓琪，你怎么就这么没用呢？"她在心里痛恨自己。

"你看，你拼命想着不去靠近的人，却主动问能不能帮帮你。他是出于同情心吗？你沦落到这样的地步，只能靠同情心来引起别人的注意。自己都那么刻意地不去理他，不去靠近他，甚至对他那么冷淡。却为什么又偏偏是他？阮晓琪，你那么小心眼，那么爱面子，宁愿冷落别人来维持自己仅有的一点点自尊心，有什么用呢？"

她倔强得太久了，真的太久了，好像忘了什么样才是酣畅淋漓的大哭。

她也不知道自己哭了多久。等她哭累了反应过来的时候，才看到陈牧在一旁手足无措，不知道怎么办才好，不停地嘟囔："你别哭啊，有话好好说嘛，你别哭你别哭……"

有话好好说，要怎么好好说呢？

她有太多话想说了，可是她怕被人看不起，她从来没有跟任何人说过，她觉得没有人愿意听。

"你说，我愿意听的。"陈牧突然间来了这么一句。

阮晓琪看了他一眼。

"你别这样看我，有时候你冷冰冰的，会让我觉得害怕，我是觉得你应该是有什么事吧，而且你基本上很少说你家里的情况，我是猜跟这个有关，但是我也不敢问……就……"陈牧只剩下一个动作，就是挠头，"就……你不想说的原因可能是觉得我不想听，但其实……但其实我愿意听的！"

该死，自己乱七八糟讲了些什么东西。陈牧恨不得把自己打一顿。

倒是他紧张兮兮的样子把阮晓琪逗得破涕为笑。

"我有那么可怕吗？"阮晓琪吸了一下鼻子，"你干吗说我冷冰冰的，你才冷冰冰的。"

"是你冷冰冰啊，我问你问题，你都不肯帮我解答。"陈牧委屈地说道。

"是谁在我表示关心的时候吼我？"阮晓琪恨不得把眼前的人揍一顿，"不是不关我啥事吗？不关我事那我肯定就不管了，有什么问题？"

陈牧愣了一下，随即嘿嘿地笑了起来："你看你这人，还挺小气。"

"彼此彼此。"阮晓琪不甘示弱。

两个人都笑了。

"好啦，所以你到底有什么事？我出马为你排忧解难。"

看到陈牧一脸贱兮兮的样子，阮晓琪狠狠地拍了一下他的脑袋，说道："去你的，我没心情跟你开玩笑。"

"好好好，是我的错我的错，对不起，我不该吼你的。"陈牧忙不迭道歉。

"其实……也没什么……"阮晓琪眨眨眼睛，"如果你愿意听的话……"

"愿意愿意。"陈牧急了，"唉！你这个人怎么这么磨叽，这不等你半天了吗？"

阮晓琪摇摇头："我只是……怕你们嘲笑我。"

"有什么好嘲笑的？家庭又不是你能选的，有谁会嘲笑你？"

对啊，又不是自己选的，错误也不是自己犯的，只是……比别人困难一点点而已，为什么她还是觉得丢人呢？

阮晓琪重新打量了一下眼前这个大男生，他眼里好像闪着光。她说不清楚是为什么，只要陈牧出现，哪怕摆出那一副贱兮兮、不靠谱的模样，她也会觉得安心许多。

"谁要是看不起你，我去揍他。"陈牧咬牙切齿的模样又把阮晓琪逗笑了，"反正就是……我觉得你看不起我倒是真的，毕竟我成绩差，在你们这些成绩好的人眼里，我们才是最应该被看不起的那一批人吧。"

"瞎说。"阮晓琪打他。

隔了一会儿，阮晓琪才彻底平复了情绪。

她看了看陈牧："也不是不能告诉你……就是你要答应我，不能跟别人说。"

陈牧点头如捣蒜。

4

　　其实阮晓琪一开始没打算说的，只是这些事情她藏在心里太久了，她从来都没有泄露过哪怕一个字。

　　她心想要嘲笑就嘲笑吧，看不起就看不起吧，反正也不差这一次。如果这次被陈牧看不起，那肯定也不是最后一次。

　　阮晓琪从自己小时候开始讲起，陈牧听得很认真。

　　她不知道自己讲了多久，等回过神来的时候，陈牧还是保持着原先的姿态。少年的眼睛在黑暗里闪着光，阮晓琪没有从他眼中看出一丝嘲笑的感觉。

　　"好了，我说完了，能说出来的感觉真好。"阮晓琪吐了一口气，她感觉这几天的不开心都烟消云散了。也许爸爸明天就出现了呢，也许这又是老天给自己的一个小小的挫折，但是总会过去的。

　　"你怎么不说话？"阮晓琪拿胳膊肘捅了陈牧一下。

　　没想到这么轻轻一捅，把陈牧捅跑了。陈牧的速度比体育课百米冲刺时还快。

　　他一边跑一边喊："你等等……就等一下，不要走，五分钟！"

　　阮晓琪愣了一下，她没打算走。

　　心里憋着的话说出来之后舒服很多，她想在这儿待一会儿，呼吸一下深夜里的空气，比早晨起来的时候还要清新的空气。

　　当陈牧气喘吁吁再次出现在阮晓琪面前时，不过两三分钟之后。

　　"你……去干吗了？上厕所啊？"阮晓琪心情好的时候也会调侃人了，都是跟眼前这个男生学的。

　　陈牧摆摆手，喘了一会儿气才缓过来。他不好意思地从裤兜里掏出来一卷东西，塞到阮晓琪手里。

　　"这个！你拿着！就是有点少，我不知道够不够啊……"陈牧紧张的时候会语无伦次，"本来我是打算用来买手机的，就那个诺基亚5700，不知道你看过没有，就红白相间的那个。反正你别管，我也就攒了这么点儿钱，这是我所有的钱了，都给你，反正你拿着用，不用管我……你到底有没有在听啊？"

阮晓琪呆呆地看着陈牧，她又想哭。

晚上的风刚刚好，刚好把她眼角流出来的泪都吹干了。

她看着那个男生在自己面前紧张兮兮的样子，听着他说的每一句话。

他的眼睛里的光，在昏暗的灯光下一闪一闪的。

"这是我所有的钱了。"那个男孩子说，"都给你。"

岁月一定是带着相机的吧？把最美好的瞬间都拍了下来，存在自己的记忆里。

陈牧见阮晓琪不说话，也不知道怎么办才好，像是怕她突然间把钱还给自己似的，急忙说道："我不管了啊，你就先拿着，我先走了。"

然后就匆匆地跑了回去。

阮晓琪在楼下坐了好长时间，直到感觉到一丝凉意，她才起身走回房间。手里的钱她一直紧紧捏着，生怕它会消失一样。

她不是害怕钱消失，她是害怕刚才的一幕只是自己的幻觉，一瞬间就消失。

直到她打开家门的时候，眼泪才吧嗒吧嗒又一次掉下来。

"阮晓琪，你真是太不争气了。"

她骂了自己一句，但心里的开心却满得快要溢出来了。

第八章·告别 ■

　　幼稚就幼稚吧，只要觉得跟阮晓琪之间好像有了一点别人不知道的秘密就够了。这点秘密对于陈牧来说很珍贵，他不想破坏它。

　　到底还是得把钱还回去。阮晓琪觉得。

　　趁着课间休息，阮晓琪偷偷把钱放在了陈牧书包里。纵然内心是开心与感动的，但她更加明白要靠自己才行。

　　陈牧也没有将钱再塞给她。

　　上课的时候，阮晓琪收到一张小字条，上面写着：

　　"我知道你在想什么，如果有需要的话，再找我拿。"

　　字迹歪歪扭扭的，阮晓琪看着感觉好笑，忍不住想吐槽。

　　阮晓琪把字条放在文具盒里，又怕弄丢了，于是把笔都掏出来，将字条整整齐齐地叠好放在底部。

　　放学的时候，唐胜天找阮晓琪一起钻研奥数题，她示意唐胜天等一下，接着拿出了第三次月考的试卷，走到陈牧面前，冷静又坚定地说道："有哪些不懂的，我们现在解决。"

　　陈牧被吓了一跳，叫苦连连。本来约了李斌要一起打球的，现在去不了了。他嘟囔着坐下来，不情不愿地掏出纸和笔。

　　两个人的脑袋砰的一下撞到了一起。

　　阮晓琪吃痛，摸着额头看见陈牧一脸坏笑，她在桌下踢了陈牧一脚。

　　"别玩了，赶紧看题。"

2

日子不紧不慢地往前滑去，新的问题很快又来了。

奥数比赛在别的县城举办。学校出了报名费，但是路费需要学生自己掏。因为参加的人数少，学校不包车。

阮晓琪查过地图，路程很远。就算是坐最早的一班公交车，也赶不上八点的考试。只剩下两个选择，要么去考场附近住一晚，阮晓琪没这个钱；要么几个人拼车，然后平摊车费，阮晓琪也没这个钱。

其实拼车的钱不多，但阮晓琪的爸爸依旧没出现。

她只剩下二三十块钱了。一顿饭五块钱，就算不吃早餐的话，也只能过三天左右。

阮晓琪想着实在不行就只能给叔叔打电话了。

快到期末考试的紧要关头，她可能没办法请假回家，再说家里还有继母……

她乱七八糟想了一通，猛地把所有的想法都丢开了。

眼下最重要的，是怎么解决车费的问题。

阮晓琪思来想去，也就只有一个办法了——跟班主任借。

刚好课间的时候，她要跟唐胜天一起去交期末考试的信息表格。

"干脆就那个时候说吧，反正就是一咬牙的事。"阮晓琪从来没有想过，十几岁的她竟然有一天会鼓起勇气开口跟别人借钱。

好像……自从跟陈牧聊天的那个晚上开始，她做什么都变得有底气了一点点了。

阮晓琪和唐胜天走进办公室的时候，班主任正在自己的位子上喝茶。班主任嗜茶如命，阮晓琪就没有见过他喝除了茶以外的东西。

她把表格递过去，想等唐胜天先走再提起这件事，班主任却先问道："对了，晓琪，还有胜天啊，你们那个奥数比赛准备得怎么样了？"

"不算有把握，但还可以吧。"唐胜天先开口回答了。

"没什么问题就行。你们看，期末考也快到了，你们两个我自然是不用担心的，但是你们也要发挥学习小组组长的带头作用，平时要带着同学多讨论，多沟通。也不要觉得别人成绩没有你们好，就没有什么值得你们学习的地方，人都是有长处的，相互学习没有什么坏处。奥数比赛不过就是一个比赛而已，不用太紧张，往后你们人生中的比赛多着呢。"班主任平时不爱讲话，一讲起来就滔滔不绝。

"知道了，老师。"唐胜天点点头，"我们还有一些功课要做，没什么事的话就先走了。"

阮晓琪听到唐胜天说的是"我们"，心里想着，这个时候……应该不好留下来吧。只好跟着唐胜天走出了办公室。

等回到教室的时候，阮晓琪才开始后悔，为什么就开不了口呢？短短的一句话，她明明用了半节课的时间排练了好多次，但到了办公室，唐胜天开口说话的时候，她就是开不了口……

太窝囊了。

那现在怎么办呢？

阮晓琪转念一想，要是没有把陈牧的钱还回去就好了，那就没有现在这么多烦恼了。

阮晓琪被自己的这个想法吓了一大跳。

上课铃响了，阮晓琪索性不再纠结这个问题，反正当下不能解决，那就再找机会去说吧。

她拿出课本，到底还是在心里沉重地叹了一口气。

午休结束后，阮晓琪去接水，看见了陈牧。

陈牧看到阮晓琪的时候，本来想打个招呼，结果招呼没有打成，打成了一个大大的呵欠。

"就知道睡。"阮晓琪没好气地看了他一眼，把水杯先放下，往厕所去了。

回教室的时候，阮晓琪发现陈牧人不见了。

下午第一节课是语文课。

语文课是大家除了体育课之外最喜欢的课了，大多数时候都可以不用怎么听。有的同学光明正大地刷数学题，也有的同学选择看课外书、发发呆之类的。

阮晓琪刚打开自己的数学练习册，突然发现里面夹着一张红色的钱。

阮晓琪回头往后排看去，陈牧正冲着自己眨眼睛。

她知道是怎么回事了。

只是为什么每次都是钱？

阮晓琪的自尊心还是在作祟，她多希望她需要的帮助不是钱，而是其他的东西。钱这个东西太敏感了，好像……自己对他的态度之所以会好转，只是因为他能在这些让自己窘迫的时刻给自己金钱上的帮助似的。

这很势利，非常的势利。

但是这一次，阮晓琪做不到像之前那样还回去了。她需要这一百块钱。

只能等爸爸来找自己的时候，再把钱还给陈牧了。

她咬咬牙，把钱揣进了兜里，然后偷偷写了张字条，拜托后面的同学传给陈牧。

但愿很快就不再有这样的烦恼了，阮晓琪在心里祈祷。

课堂上，陈牧心里正在暗爽，主要是因为他终于怼了唐胜天一回。

刚才午休倒完水，陈牧看到阮晓琪去了厕所，就偷偷溜回教室，把准备好的钱夹在阮晓琪的数学练习册里。

刚好碰上了从外面进来的唐胜天，唐胜天看他鬼鬼祟祟的，问他做什么，他怼回去了一句："关你屁事。"

在陈牧心里，就好像……他终于能比唐胜天更加靠近阮晓琪一些。

陈牧不知道这种赌气算不算幼稚。反正何纯经常笑话自己。

直到此刻，他也告诉自己只是心系友情的"珍贵"。

不然还能是什么呢?

在力所能及的范围内为别人着想,帮助别人,对陈牧来说是一件快乐的事儿。

这会儿前排传来一张字条,陈牧打开来看,阮晓琪在字条上面端端正正地写着"谢谢你",陈牧咧开嘴笑了笑。又怕被周围的同学看见,他赶紧把字条收起来,埋头看起了自己新买的课外书。

但意想不到的事情发生了。

晚自习前,陈牧看见阮晓琪被班主任叫去了办公室。

等阮晓琪回到班级的时候,陈牧注意到了她红红的眼眶。

陈牧刚想上前去问,上课铃响了。他只好扯了张草稿纸,潦草地写下"你怎么了?"传给阮晓琪。

但没有回应。

陈牧打算下课找机会问一下。结果下课铃声还没响完,李斌就冲进来拉着陈牧出去,说是有要紧事。陈牧架不住他又拉又扯的,跟着出去了,结果李斌又是打听关于何纯的事情。

陈牧敷衍了几句,趁着还没上课跑回教室,发现阮晓琪不在位子上,抽屉里也空荡荡的,书包也不见了,只剩下桌面上摊着的几本书。

陈牧心里纳闷,阮晓琪发生了什么事?

"可能是家里有什么急事赶回去了。"陈牧心里这样想。

可是接下来的一段时间:一天,两天,一个星期……都没有见到阮晓琪的人。

陈牧借着学习小组没有了组长的事情去问班主任,班主任也只是说她家里有事,不方便透露。

陈牧的书包里还藏着阮晓琪给他的那张"谢谢你"的字条,但阮晓琪的人却再也找不到了。

直至寒假,阮晓琪都没有再出现过。

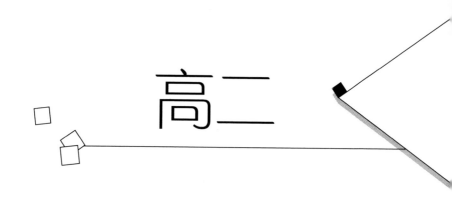

高二

第一章·文理分班 ▪ ──────

十七岁的他对大多数事物的感觉都是模糊的，也正是因为这种模糊，才会让回忆带有一种别样的美感，像是给时光镀上了一层玫瑰色。

高一就这么结束了。

文理分班的时候，陈牧举棋不定。

看平时的成绩，陈牧属于偏科的学生。但别人偏科是一股脑儿地往文科或者理科方向偏。他不是，他偏科偏得歪歪扭扭，具有分散性：生物成绩还可以，但物理不行；历史还不错，地理成绩又一塌糊涂。

文理科都有短板学科，陈牧想了好几天也没做出决定。

陈母对文理分班的事儿看得挺开，让陈牧自己选，她也能看出来选文选理对陈牧来说差别不大，大抵是觉得孩子长大了，该有自己的主见。

陈牧思考了很长时间，又问了身边的几个过来人的意见，咬咬牙，还是决定报理科。对陈牧而言，文科背起来累，而理科灵活一点。学理吃天赋，像物理这种科目，没准自己哪天开了窍，还能再提高一点。

当然，除了这些先行考虑的东西之外，陈牧也有自己的小算盘。

他谁也没说，只是偶尔还是会看一下第一组第二排那个座位——半年时间过去了，坐在那里的早已不是阮晓琪了。

只是陈牧有时会恍惚觉得，那个位子就应该留给某个人。

阮晓琪理科成绩是挺好的，如果不是突然间消失的话，文理分科这种事情，她会选理科吧？

陈牧不知道自己到底在期待什么。

十七岁的他对大多数事物的感觉都是模糊的，也正是因为这种模糊，才会让回忆带有一种别样的美感，像是给时光镀上了一层玫瑰色。

朦胧才会让人心动，才会让人久久怀念，十几岁永远猜不到喜欢的人的心思，甚至连"是否喜欢"都得打上一个问号。所以在漫长的时间里，少年少女才会不断去猜，期待每一天即将发生的事，期待最后的那个结局。

陈牧还想过去问唐胜天关于阮晓琪的去向。但到底还是没问出口，何况两个人关系也算不上好。

有时体育课跟李斌他们班撞在一起，男生们就约一起打篮球。唐胜天也会参加，但他根本不懂打篮球，带球的时候只顾着护住球，根本注意不到自己架着的胳膊肘撞疼了别人。

一旦有人受伤，打球就变了味。渐渐地，大家都说他打球脏。

一来二去，唐胜天和陈牧更像两条平行线上的人。

文理分班信息表发布后，有人就要从三班的教室搬走了。大家颇有此番一去，往后江湖再难相见的意思，脸上写满了不舍。

陈牧耷拉着脑袋坐在最后一排的课桌上，眼看乱哄哄的一堆人搬着东西，相互告别。

陈牧觉得真是奇了怪，明明文科班跟理科班就相隔几间教室，大家怎么搞得像"西出阳关无故人"一样。而且依依惜别的那几个人，还不就是每次在成绩上较劲的那几个人。

陈牧一转头，看见刘公子站在外头的走廊默默地看着大家搬东西，他总是给人一种淡泊的感觉，看上去四十来岁的人却有着六十岁的心境。

陈牧一个激灵从座位上起身，溜了出去。刘公子还是3班的班主任。陈牧有时候还挺喜欢去逗一逗他的。

"刘公子，今天我们还上课不？"陈牧凑到班主任面前，笑嘻嘻地问道。

"怎么？"刘公子笑着看了陈牧一眼，"我告诉你啊陈牧，今天可别想逃课下去打球，待会儿跟新同学认识认识，要开班会的。"

"我知道。我就问问，嘿嘿……"陈牧就差把"说谎"两个字写在脸上了。

刘公子有时候就是太好说话了，学生请假都是能批就批，像陈牧他们经常趁着吃晚饭的时间跑去操场打球，他都睁一只眼闭一只眼。

年级主任就不同了，有时候他会专门去操场抓3班打球的学生，然后领回办公室，骂完了再交给刘公子。

刘公子也只是笑一笑，挥挥手说："回去吧回去吧，年轻人打打球也是好事，别占用太多学习时间就好。"

当然他也会在班会上跟他们强调，偶尔运动可以，但不能逃课，午休时间也要好好休息，不要伤筋动骨，谁也不想因为课余时间打一场球就去医院。

这会儿又有几个女生嘻嘻哈哈地拉着刘公子聊人生了。

陈牧觉得能有这样的人当班主任挺好，大家也都喜欢他。

他想去找李斌，看看他要不要帮忙。李斌理科成绩实在太差，只好报了文科班，这会儿估计也在搬东西。

刚走没两步，陈牧便听到后面有人喊自己。

陈牧一回头，愣住了。

2

陈牧很小的时候，他们一家人在陈母任教的学校旁边租房住。

房子附近有一个游泳池。在当时空调还算高档电器的年代，南方漫长燥热的夏天尤其难熬。暑假的时候，陈母便每天带陈牧去游泳池里扑腾，也顺便结识了一些周围学校的老师们。

方永玲的妈妈以前在隔壁学校教数学，后来调到陈母所在的学校，方永玲也顺带转学过来。

陈牧就是在那个时候认识方永玲的。

在陈牧的印象中，那时候的方永玲还是一个小胖子，身高比同龄的女孩子都要高一个头。

他俩小学同班过一段时间，毕业后分到了不同的初中。除了陈母和方妈两个人串门的时候会见个面，私底下也没怎么联系。

这会儿看到方永玲大大方方地站在自己面前，陈牧难免目瞪口呆。

"怎么，一副见了鬼的模样？"方永玲拿了一本作业簿往陈牧头上拍了一下。

"没……"陈牧愣神没躲开，"你……怎么会在这里？"

方永玲摆摆手："转学过来的呀！"

"你们家不是早就……"陈牧更惊讶了。

陈牧上初三的时候，方永玲的妈妈因为职位调动，去别的城镇教书了，一家人也一起搬走了。跟陈牧家渐渐断了联系。

方永玲冲他神秘地眨眨眼，说道："搬回来了呀。"还没等陈牧发问，她又唯恐天下不乱地插了一句，"对了，还有一个你的老相好也转校过来了。"

"谁？"

"陈敏。"

陈牧本来还错愕的脸哗的一下垮了下来，笑容彻底消失了。

3

陈牧有一段时间认为，每个人的成长过程中都注定会遇到自己的克星。

那种一消失你就会松一口气，以为不会再遇到了，结果又神出鬼没般地出现在你生活中的每一个角落的克星。

仿佛永远也摆脱不了。

但凡这个人一出现，很多简单的事情就会变得很棘手、寸步难行——至少在十七岁的陈牧眼中是这样的——反正就是让人处处不得意。

要么成绩稳压你一头，你铆足了劲儿也总是超越不了人家。

要么就是在你引以为傲的某些事物面前，他总能轻而易举地比你先一步得到，更气人的是，他往往还是轻描淡写的样子。

他总能一瞬间击碎你那点脆弱的骄傲，或者一眼看清你心里的小算盘，并对之不屑一顾。

他负责把你的傲气打下去，将你的棱角磨平，让你天马行空的梦想瞬间破灭。

让你早早地看清这个世界的残酷。

陈敏就是陈牧生命中的这个人。

和陈敏的故事要从小学说起。

陈牧上五年级的时候，陈母是六年级的老师。陈敏就是陈母班上的学生。

她漂亮、伶俐、外向，并且任何时候都很自律，是典型的"别人家的孩子"，让陈母赞不绝口的聪明学生。"陈敏"这个名字在家里反反复复被提及，陈牧有时候听得都烦。

陈母所在的小学里，陈敏就是一枝独秀。大家都期待她能考上市重点中学。

可惜陈敏到了六年级下学期，因为身体不适休学了半年，不得不留一级。

等陈牧升六年级的时候，陈敏就跟陈牧一起都成了陈母班上的学生。本来两人相差一年级，陈母顶多让陈牧多向人家学习。

结果当两个人同场竞技，性质突然就变了。

大多数教师子女都会有过这样的童年——因为父母是老师，所以自己的成绩绝不能比别人差。

陈牧也不例外，而且陈母对陈牧的要求更加严苛。陈牧拿不到第一名，陈母就觉得面子挂不住。

但对陈牧来说，小学考试其实也不难，大不了跟陈敏并列第一嘛。

偏偏他粗心，考试的时候总是这里出一点错那里出一点错。成绩总会被陈敏压一头。

陈牧因此没少被陈母打骂。所以，陈牧从小就讨厌陈敏。

但陈敏这个人就像是没有缺点一样，她什么都好——

她长得漂亮，是那种往人堆里一站，你一眼就能看到的那种漂亮。

她情商也高，对长辈有礼貌，从来不会炫耀自己。

她做事细心，不论大小考试，基本上可以不出错。

而陈牧的性格完全不一样。

陈牧贪玩，一有点儿成绩就容易翘尾巴，上课爱开小差，还总是背着陈母跟同学一起到操场围墙那里偷买零食吃。

陈牧被陈敏稳稳当当地压了一年，憋屈得很。

后来小学升初中考试，陈敏不知道为什么发挥失常，与市重点中学失之交臂，跟陈牧一样考到了立定中学。

陈牧以为终于摆脱陈敏了，哪怕得知陈敏发挥失常跟自己考上同一个中学的事儿后也不放在心上。他想着，人外有人嘛，陈母不可能一直拿她来跟自己作比较吧？

没想到进入初中前的那个暑假，陈母送陈牧去少年宫学画画，好巧不巧又遇到陈敏。

陈牧心里一直憋着一股气：好歹自己四、五年级的时候也上过美术培训班，成绩比不过她，难道画画也不如人吗？

结果一个月后，陈敏已经熟练掌握了水彩画的构图和调色，陈牧因为对色彩极其不敏感，依旧还在苦学静物素描。

没人知道，陈敏在陈牧面前，跟在长辈面前可不一样。

她对陈牧总是趾高气扬的。偏偏她长得好看，总有一群小男生围着她转。那时候少年宫也有不少其他学校的学生，有几个上了初中的男孩子给陈敏写信。

他们排挤陈牧，因为陈敏总是跟他走在一起。在他们眼里，陈牧就是那一坨插着鲜花的牛粪——可能连牛粪也不如。

陈牧不仅不喜欢跟陈敏走在一起，反而总觉得陈敏阴魂不散。他巴不得陈敏能离自己远一点，再远一点。

后来，初二上半学期的时候，发生了一件事。陈敏也因为这件事转校走了。

陈牧心里松了一口气，以为从此摆脱了自己的克星。

现在她又转校回来了。

陈牧站在 3 班门口，看着陈敏从自己身边路过去接水，还趾高气扬地打了个招呼。

4

分班后的上半学期，理科生也要上文科的课程，因为十一月份还有一次统考。统考之后，陈牧才能彻底跟文科告别。

统考科目跟高考差不多，只是文科班的学生考理科题目，理科班的学生考文科题目。题型都是选择题，满分一百分，六十分以上算及格，考试及格的学生才有高考报名资格。

班会上，班主任说："这是一件好事，不是说高考考什么，我们就只学什么。理科学生掌握一些历史地理的知识还是很有必要的。"

分班后，陈牧感觉没啥变化，除了班上的同学一半去了文科班，课程也没什么变化。

不过有一点变化倒是挺明显的——陈牧从高一的走读生变成了住宿生。

立定中学的扩建一直饱受地理位置的限制，困难重重。传了一年要给高一学生多建两栋宿舍楼的消息，到现在也还没落实。

因此，高一的学生依旧得每天风里来雨里去地在学校和家里间往返，高二高三的学生才能自主选择是否在校住宿。

陈母的意思是，陈父在外地做生意，逢年过节才会回家，她自己也要上课。每天放学急匆匆地赶去买菜回家做饭也挺累的，晚饭倒不如直接在小学的食堂解决。陈牧改成住宿生，也能让学校的老师多管教管教，减轻一点陈母的负担。

陈牧表现得很服从陈母的安排，其实内心暗喜，因为李斌高二也变成了住宿生。

相熟的一群人闹哄哄地搬进宿舍，大家都挺自在。面对两年后的高考，大家一副摩拳擦掌、志在必得的样子。

陈牧受到感染，也暗暗下定决心要好好学习。不过这决心就像是夏季暴雨后的潮湿，来得快去得也快，天一放晴就荡然无存。

不过，陈牧最近遇到了一个难题。

以前走读的时候，中午有零食吃，晚饭回家吃，对学校食堂的意见不大。现在一日三餐都要在食堂解决，陈牧这才深刻地体会到食堂饭菜到底有多难以下咽。

有的学生有先见之明，带了泡面和碗筷，晚上可以回宿舍煮泡面吃。但是，陈牧只连续吃了一个星期的泡面，就不想再闻到泡面味儿了。

被逼无奈吃了一个月的食堂饭菜后，陈牧有时候宁愿饿着肚子也不想再去了。

这天，他饿得没办法了，下课铃刚响就准备收拾东西去食堂。

李斌这时揣着篮球溜进了高二（3）班的教室，探头探脑地叫陈牧去球场，生怕被人发现。

趁着别人吃饭回宿舍洗澡的空当跑去打球，是他们的日常安排——酣畅淋漓地打上半个小时，上课前十分钟才赶紧跑回宿舍洗个澡赶去教室。就是晚上免不了要饿肚子。

"今天不打，去吃饭。"陈牧有气无力地说道。

"食堂那饭能吃？"李斌好像永远都感受不到饿一样。

陈牧无语，白了他一眼："你以为人人都跟你一样活蹦乱跳的？泡面我都快吃吐了。"

"欸，别走。"李斌神秘兮兮地说道，"我有一个办法，跟我走，出去先。"他冲陈牧眨了眨眼睛。

5

"叫外卖？"陈牧喊得有点大声。

李斌赶紧揣住了他的嘴，小声说道："别吵吵！喊那么大声怕别人不知道？"

"放开放开。"陈牧挣脱了他，"这里是操场，年级主任又不是千里耳，你怕啥？"

这个时间，除了操场上爱打球的几个人之外，其他人都涌到食堂吃饭去了。

"你小点声！"李斌大惊小怪的，"我可不想因为这事儿再背个处分。"

立定中学有个不成文的规定——不允许学生叫外卖。

因为学校之前发生过一件事：某年高考前一天，一个宿舍的学生肚子饿叫外卖吃，结果外卖食物不干净，集体食物中毒，耽误了第二天的高考。

据说当时这件事情闹得很大，学生家长找到学校，质疑学校食堂的饭菜卫生问题。事情调查清楚之前，立定中学的食堂还因为这件事上了当地的新闻。

事情调查清楚后，学校为了杜绝此类事件的发生，召开全校大会，通报不允许任何学生在任何时候叫外卖。如有再犯，一律记大过处理。

李斌大义凛然地说："要是饭都不能吃饱，还哪有力气学习？"

这话得到了以陈牧为首的一群男生的共鸣，大家纷纷表示赞同。

"但是我这周没带手机。"李斌挠头。

陈牧大包大揽："外卖老板电话给我，我有手机。"

一群人打完球回宿舍，还得再讨论一个更严峻的问题：要是被抓到怎么办？

"我们可以多拉几个人一起。"李斌的脑袋难得地灵光一回，还懂得法不责众的道理。

陈牧觉得有道理，索性拉了一群平常一块儿打球的男生入伙儿。大家正值发育期，晚自习饿得发慌，也只能等晚上回宿舍再吃泡面。

他把何纯和方永玲也算上了。

两个人开学的时候通过陈牧认识，不到一个星期就牵着手一起上厕所了，好像永远都有聊不完的话题。

女孩子的友情让陈牧叹为观止。

下一个议题是流程问题。

何纯经常说陈牧是天生干坏事的料，因为他只有在干坏事的时候才会考虑得面面俱到。平时做数学题的时候，几个求和条件摆在眼前都能算错。

这会儿几个人在宿舍里闷头一商量，讨论出在他们一群人心中一套滴水不漏的严密流程——

开始上晚自习的时候，一张字条会传遍整个班级，不过只有参与叫外卖的人才能打开。如果想一起叫外卖，就在字条上写上自己的名字。字条传了一圈之后到陈牧手里，统计好了再打电话给外卖老板。

打完电话后，陈牧会销毁字条，不留证据。

谁下楼去操场围墙边拿外卖也有一套方案——

陈牧用抽签的方式从点外卖的人中，选出两个人，去围墙上跟送外卖的老板碰头，把外卖装在书包里，再溜回教室。其余的男生这期间站在走廊上把风，观察老师办公室的动静，报告巡逻老师的位置。所有男生轮流"值勤站岗"。

每次一大个书包拎上来，香飘十里。一群人吃得开开心心，个个油光满面。

大家配合完美，一个星期下来，外卖计划执行得格外顺利。

人在得意的时候往往不会想到做坏事的后果，但在陈牧眼里，这个恶果来得未免太快了。

周五，陈牧一群人又趁着晚饭时间到操场打球，洗完澡回教室的时候已经饿得发慌，又盘算叫外卖。

这一次轮到李斌和另外一个男生下去拿。

第一节晚自习下课后，两个人就跑了下去。快上课了，一群人在走廊上望了半天，也没见着两个人回来的身影。

第二节晚自习上到一半，他俩还没出现。陈牧觉得不对劲儿，借口出去上厕所，到李斌班级外溜达了一圈，发现人不在。

陈牧这才意识到，他们大概是被抓到了。

6

班主任也知道饭堂的东西算不上好吃。一群男生都是十七八岁的年纪，想多吃点儿东西也不算什么大事儿，所以选择睁一只眼闭一只眼，对他们也只是偶尔旁敲侧击，让大家不要太明目张胆就行。

但李斌就倒霉在，他被年级主任逮了个正着。

晚自习下课后，陈牧在宿舍等了李斌他们好长一段时间，两个人才一脸沮丧两手空空地回来。

众人还在庆幸这次没有叫家长也不用写检讨，就是挨一顿骂而已。

没想到李斌说道："不请家长的原因，是我们被年级主任逼着供出所有参与叫外卖的人。女生没有说，你们班的男生都参与了，所以就都供出来了。"

李斌一脸愧疚，垂头丧气的。

陈牧反而觉得问题不大，叫李斌不用太介意，顶多大家一起被臭骂一顿嘛，反正他们这群男生因为偷跑到操场打球这件事已经被骂得够多了。

只是按照年级主任的脾性，往后这件事儿会抓得更严，起码一段时间内又得饿肚子了。

第二天，陈牧从晨读开始就严阵以待。

还没到晨读下课，刘公子就夹着本书走进教室，把书往讲台上一放，大手一挥："把外面走廊的同学都叫进来，开个班会！"

当然是叫外卖的事。

刘公子一脸怒火，大概能猜到是被年级主任骂过一顿，忍到今天还没发作。

"昨晚参与叫外卖的同学，都给我站起来。"

陈牧慢吞吞地站起来，还有后面一拨儿男生。

何纯和方永玲也慢吞吞地起身，还有零星几个女同学都站了起来。

"不打自招，都是傻的吗？！"陈牧心里骂了一句。

全班站着的学生一半有余。

刘公子放眼望去，气不打一处来，砰的一下把书重重地摔在讲台上，把一干人都吓了一跳。

"我跟你们说过，学校不允许做的事情千万不要去做。这么能吃是吧？"刘公子环视一圈，"平时成绩没多少提升就算了，这才刚刚分班，我看还有一些是新同学。怎么，平时对你们太好了？要不是这一次有学生举报到年级主任那里，我看你们还得吃下去，这么能吃怎么不回家里吃？家里吃多好，想吃什么就吃什么，来学校住宿就要遵守学校的规定。下一次如果再给我发现，全部叫家长来接回去，别给我们3班抹黑。回家里住舒服点，也没人非要你们来住校……"

后面的话陈牧没听进去多少，他倒是记住了一件事，有人举报。

"晨读继续，陈牧你出来一下。"

等陈牧抬起头来的时候，刘公子已经大跨步走向办公室了。

陈牧慢慢地挪到了办公室，发现没什么人。估计是因为昨天晚上的事情，其他班的班主任都去各班教室召开班会。

刘公子一个人坐在办公桌前，黑着一张脸。

陈牧唯唯诺诺地走到他跟前，已经做好挨一顿骂的准备了。

"坐。"刘公子叹了口气，拿起了自己的茶杯，发现里面没有水，又叹口气放下了。

陈牧如坐针毡，手脚都没处放。

"我听说了，你带手机来学校了是吧？"

陈牧心里咯噔一下。完了，把这件事给忘了。

昨晚大家只知道商讨如果被骂要怎么应对，反倒忘了这件事的关键所在。

学校是不允许住宿生带手机的，家长有事找孩子，可以打班主任电话；如果学生有事情找家长，也可以用办公室的座机打电话回去。

班主任看到陈牧没有否认，摇摇头问："手机放在哪里了？"

陈牧自知躲不过去了，咬咬牙，才从裤兜里把手机掏了出来。

"你就这么放在身上？"班主任一愣。

他见过学生带手机来学校的，有的藏书包里，有的放宿舍，有的甚至拿一本新华字典，把内页挖空，刚好放进去一部手机。花样不怕多，就怕藏不住。

第一次见偷带手机却这么光明正大放在身上的。

"最危险的地方就是最安全的地方。"陈牧把手机递出去的时候，忍不住嘀咕了一句。

这句话把班主任给逗笑了。

"陈牧啊，我看你干什么都很机灵，倒是学习这一块，你真的要抓紧。"班主任把手机放到了自己办公桌的抽屉里，"你看你，高一期末考试都能进前三十名。如果你再努努力，其实可以让自己名次更靠前一点的。"

他看陈牧盯着自己的抽屉，说道："别想了，手机我是不会没收的，暂时帮你保管。这件事只有我们两个人知道，待会儿放学的时候你再找我拿，我会给你，但是下星期就别再带过来了。给主任抓到了，那可就得等到学期末再还你了，听到了吧？"

陈牧连连点头。

"去吧。"班主任摆摆手。

这会儿陈牧心里诧异，自己竟然没因为叫外卖的事情挨骂。

陈牧心里多少有点过意不去。

到了下午，手机被没收的事情立刻就被放假的喜悦给冲淡了。

陈牧一群人放学前还讨论了一下，举报的那个人到底是谁？

李斌头脑简单，想不出来。

陈牧略微统计了一下，李斌在文科班，女生偏多，大多安安静静学习，基本上也不会吃饱了没事干去举报别人；男生也不可能，因为都一起叫外卖了，谁没事会不打自招？

陈牧班里的女生也有好几个叫外卖的。他偷偷问过何纯和方永玲，虽然大家是新同学，但相处的时候都挺和谐的，不至于偷偷打小报告。

陈牧脑中浮现出一个名字：唐胜天。

第二章·空城计

　　十七岁的陈牧只觉得少年的一腔热血是能够引起全世界共鸣的。以为真心永不被辜负，以为热情永远有回馈，以为任何事情都会有回音。他也因此而吃了很多亏。

　　阮晓琪悄声无息地消失之后，陈牧跟唐胜天两个人的关系好像有所缓和。倒不是有话聊，就是两个人再无交集，互不理睬。唐胜天一直都是这种性格，他除了学习上必要的交流，很少跟别人有过多的交谈。

　　陈牧觉得只要大家之间没有矛盾，相安无事也好。哪怕李斌因为打球跟唐胜天有点小摩擦，陈牧也都拦了下来。

　　陈牧以为唐胜天会跟自己一样的心态。没想到这人会在人背后捅刀子。

　　这么一想，陈牧气得肝疼。

　　但是陈牧手上没证据，也不好直接质问他。想破脑袋也没想出个查证的办法来。

　　周日返校的时候，陈牧原本想找何纯和方永玲聊一下。

　　等到上晚自习的时候，陈牧抬头一看，才发现何纯和方永玲人影都不见了。

　　何纯和方永玲最近无话不说，上一次换座位的时候还变成了同桌，关系更如胶似漆了。

　　学生时代，女生的友情往往比男生要复杂得多，谁跟谁走得近、玩得好都是很有可能得罪另外一拨儿人的。

　　陈牧觉得大家像是草原上的羊群，东一群西一群的。落单的羊便自觉惊慌，必须要找一个圈子钻进去才能心安理得地吃草。

　　陈牧趴在桌子上，忖度着这件事，觉得不大可能是女生举报的，要是有矛盾，何纯早就跟自己一吐为快了。

在外人看来，何纯看起来是藏得住情绪的人，但她在熟悉的人面前可什么事都能说。何纯心里有一道明确的分界线，线内的是值得亲近的人，线外则是要保持疏远礼貌对待的人。

后来陈牧才知道，划清界限有时候更像是一种自我保护的方法。哪怕这样容易让别人察觉出与你之间的距离。

只是那时候的他，不懂凡事掏心掏肺或者为了博取认同感而全盘托出未必是最好的选择。

多年以后，陈牧偶尔回忆起自己的学生时代，发现很多要命的傻事就是这么干下的。

可是，那个时候的他懵懵懂懂，凡事要分清楚对错，什么都想知道得清清楚楚。这种幼稚而笨拙的少年气，需要用很长的时间才能被现实涤荡干净。

在陈牧眼里，十几岁就该有十几岁的模样，他只是跟所有人一样，用自以为的成熟去打量整个世界，并且坚信自己所有想法都是正确的。

最近，方永玲和何纯仿佛都抛弃了陈牧。

方永玲平时除了跟何纯在教室里聊天，要不就动不动就往楼上跑，大概率就是去找高一的学生了。

教学楼的二、三楼是高三年级的教室，四、五楼是高二年级的，六、七楼是高一年级的。宿舍分配也一样，高三在低楼层，高二在高楼层。据说，是学校为了节省高三的学生往返宿舍楼和教学楼的时间特意安排的。

何纯最近跟苏欣的关系又回到了刚开始时候的状态。苏欣自从上次伤到脚后，到现在都没完全恢复。走路倒没什么问题，就是不敢再随意蹦跶了。两个人还是会下课一起去倒水，站在走廊里说悄悄话。有时候何纯前一秒还在跟方永玲聊得热火朝天，后一秒看见苏欣走过去，唰的一下就跑出去了。

但陈牧懒得理方永玲和何纯的八卦，他脑袋里还放着被举报的那件事儿。

既然猜到是唐胜天，如何去证明呢？

毕竟大家都没有什么实质性的证据，问班主任肯定是不行的，年级主任就更不用说。

陈牧跑去跟李斌几个人商量了一天，一群男生只是义愤填膺的一阵声讨，也没有商量出个方法来。

机会总是来得格外突然。

周二晚自习时，年级主任突然通知，所有女生周三晚自习要去开会，大概是宣传一些生理卫生之类的知识。

所有男生留在教室里继续自习。

陈牧突然间心生一计。

2

第二天晚上，女生都去多媒体会议室开会了。陈牧看着教室里剩下的男生。唐胜天自然也在。

陈牧坐在最后一排朝教室外探头探脑地看着，看到李斌从教室出来，他还故意咳嗽了一声，才探出头去大喊了李斌的名字，生怕别人注意不到似的。

李斌心领神会，他看起来神经大条，演戏还是有点天分的。

他大大咧咧地从后门闯进陈牧的教室，一进门就大喊："今晚继续吗？"

一群男生附和道："继续继续。"

"今晚都没吃饭，快饿死了。"有人喊了一句。

做戏做全套，陈牧有模有样地拿出纸跟笔，叫得比谁都大声。

"胖子你要几份？两份是吧？撑不死你。"

"李斌人呢？要几份？"

"竹竿你别吃了，再吃也不会胖，都浪费掉了，你那份还不如给胖子吃，好歹能囤成脂肪。"

大家一阵打闹。

"下单"的时候，李斌还煞有介事地站在门口把风。看到大家点完了，他才进来，动作明显地把陈牧写好的字条揣进兜里。

"上次没发挥好，这一次还是我去拿，保证完成任务。"他大声说道，走出教室门口的时候一双拖鞋把地板踩得啪啪响。

陈牧瞟了唐胜天一眼，他坐在前排埋头苦学，好像什么都没有听到一样。

晚自习下课后，一群人围在宿舍吃泡面。

李斌说这次行动应该叫作"空城计"，等年级主任在操场蹲点发现没人去的时候不知道会不会因此发火。

"发什么火，我们吃泡面还不行吗？"有人插了句话。

大家笑成一片。

还没笑完，宿舍门就被人推开了。

是年级主任，后面还跟着体育老师，两人背着手进来巡视，看了看陈牧几个人手里的泡面，想要说点什么，但又没开口。

他们在宿舍里晃悠了一圈，在陈牧一群人的注视下走了出去。

陈牧冲李斌眨眨眼。

第二天晨读课的时候，陈牧觉得教室太闷，跑到走廊去看书，刚打了个呵欠，刘公子就冷不丁地出现在后面，把他吓了一跳。

"你昨晚又做什么了？"刘公子铁青着脸。

"没……没干什么啊。"陈牧被吓得一个呵欠硬生生咽了下去。

"进来开班会。"

走廊上的一群男生面面相觑，彼此心知肚明，装作无辜的样子悻悻然走回教室。

刘公子显然又憋着一肚子火，这次直接就开门见山了："昨晚谁又违反学校规定，私自叫外卖了，都站起来。"

没有人动。

"陈牧，是不是你？"班主任直接点名了。

"没有啊。"陈牧一脸无辜。

"郭卓斌，是不是你？"

"报告老师，绝对没有！"被点名的人腾的一下站起来，后排有男生没忍住，扑哧一声笑了。

"我不是跟你们开玩笑，如果有人违反规定，又不肯主动站出来的，我直接叫家长带回家！"刘公子沉着脸扫视整个班级。

"报告老师，如果有的话，我立马收拾东西滚蛋！"后排又有人阴阳怪气地喊了一句，全班哄笑起来。

"好了，都别笑，继续晨读！"刘公子依旧铁青着一张脸，拿着茶杯走出去了。

陈牧跟几个男生示意了一下，一群人又跑到走廊上，大声读起英语来。

走廊的拐角就是老师办公室，年级主任也在里面。陈牧几个人鬼鬼祟祟的，其实就是为了听清楚办公室里发生了什么。

一开始什么声音都听不到，过了一会刘公子的声音从里面传出来，大得就差全校广播了。

"我不管是谁跟你说的，但是我们班的学生没做什么坏事，难道因为是一个人举报，就能断定我们班学生做了吗？这简直就是瞎搞胡搞……"
后面的话没听清楚，因为办公室的门被其他任课老师关上了。

陈牧几个人对视一眼，露出了心领神会的微笑，夹着书偷偷溜回了教室。

过了一会儿，刘公子又出现在教室里，脸上怒气明显未消，喊了唐胜天出去，就让大家继续晨读。

陈牧看着唐胜天走出去，脸上仍旧没有任何的表情。

陈牧有点不懂唐胜天这个人，不懂那种有自己既定原则的人。

好像只要自认为是正确的事情，他就一定会去做，哪怕这件事情也许会伤害到别人，他也并不在乎。

站在唐胜天的角度，他没有错。但是这种正义感，陈牧无法认同。

这是陈牧第一次接触到这样与自己截然相反的人，如果说陈牧习惯"讨好他人"，那唐胜天只讨好自己。

"这样听起来很自私，但……倘若拿自己都做不到的事去要求别人，是不是也不对呢？"陈牧想。

就好像他要求唐胜天讲义气，也许唐胜天也不能理解。

一个人不可能彻头彻尾、完完全全地理解另一个人。就像他到现在其实也没有真正理解过当时的阮晓琪一样。

为什么她会突如其来地消失，连一句正式的告别都没有呢？起码……起码他们算是朋友吧？

不应该是这样的。

陈牧每次看到唐胜天都会想起阮晓琪。

他们来自同一个初中，唐胜天会不会知道点什么呢？

她到底发生了什么事儿？

一想到阮晓琪，陈牧心里原本因为报复成功的快感突然消失得无影无踪。

而此刻唐胜天从教室门口走进来，脸上看不出任何情绪。

后面一排男生眉来眼去，心领神会，立马嘘声一片。

唐胜天面不改色，坐到了自己位子上，仿佛一切与自己无关。

陈牧看着唐胜天的背影，他知道，先前那些小矛盾和小摩擦可能只导致他们私底下彼此划清界限，但这一次外卖事件，是彻彻底底地把唐胜天推到他们这一群人的对立面了，大家以后相处的脸色也不会太好看。

陈牧一时间竟然不知道这样的态度是对是错。

因为明面上的厌恶是将他们划分成不同的阵营，彼此排挤。一旦有更大的冲突发生，这种厌恶可能会演变成一种暴力。

3

高二的第一次月考很快就要到了，感觉氛围比期末考试还要紧张。

虽然文理分班刚刚结束，现阶段还是每一科都要考，但理科生的历史、地理之类的文科科目成绩不会计入总分。

有些理科班的学生可能文科成绩也不错，高一时靠文科成绩能让自己名次靠前一些，但现在不行了，计分制度跟高考一个样。

陈牧知道自己的成绩名次也许会有挺大的变动。但他自己没有一点紧张感。高考是两年后的事，如今高二才刚刚开头，他觉得什么都不着急。

外卖风波过后，陈牧每个周末都要拎一大包吃的到宿舍。

他依旧趁着晚饭时间，跟李斌一群人往篮球场跑，晚上回宿舍将就吃点干粮和泡面，好歹也能填饱肚子。

一个星期后，陈牧又开始偷偷摸摸带手机来学校了。

这次他学聪明了，把手机藏在宿舍里，睡觉前用来看小说。有时候在被窝里一不小心看入迷睡晚了，第二天整个人都无精打采的。

周三午休时，陈牧趴在课桌上呼呼大睡。

方永玲把他摇醒说有大事情发生的时候，他还迷迷糊糊地以为自己是在梦里。

何纯因为早恋被抓了。

陈牧真不知道何纯平时看起来柔柔弱弱的，情绪失控的时候竟然什么事情都做得出来。

方永玲说，午休的时候，何纯跟苏欣两个人跑去操场，还叫上她把风。

方永玲还说，何纯被叫去办公室的时候还冲年级主任大吼："对！我就是喜欢他，关你什么事，喜欢人又不犯法。"

好一个"喜欢人又不犯法"。

陈牧一个头两个大，这种话是怎么说出来的？平时他做坏事被抓，跟班主任服个软，也不是什么大事儿，写写检讨就算了。

何纯倒好，给了台阶她还不肯往下走。

距离下午上课还有半小时，大家都很安静地在自习或者休息，胖子趴在桌子上还在打呼噜，陈牧示意方永玲到外面去说。

到了走廊上，陈牧才回过神来，询问事由："所以你们到底跑去操场干吗？"

"哎，不是操场，那么大太阳谁没事去操场。他们是去后操场那边，主席台那一块。"方永玲说话的时候很紧张，四处张望。

"别看了，这件事待会儿班主任一开班会，不全都知道了，不差这一时半会儿。"陈牧脑袋终于清醒了，"我说你没事干，你去给人家把风干吗？"

"我们这是轮流……"方永玲说漏嘴，赶紧岔开话题，"你别管这个，现在怎么办？"

"轮流干吗？轮流把风啊？"陈牧很敏锐地捕捉到了疑点。

"哎！你这人……"方永玲急了，"现在怎么办才好？"

"被逮个正着，能怎么办？"陈牧倒是挺镇定。"大不了写个检讨，不至于很严重吧？又没做什么事，实在不行，就说是两个人下去交流学习。"在陈牧看来，反正没有直接证据，鬼扯一通，写写检讨应该就没啥事儿。

谁能想到何纯在办公室还上演了前面那一幕。

午休结束后，班主任进来开了个班会，大意就是要大家把心思放在学习上，男生和女生不要过分亲密。虽然没有指名道姓，但大家都大概知道发生了什么事。

何纯从办公室回来后，趴在桌上哭了一下午。

上完最后一节课，大家纷纷去饭堂吃饭。

陈牧去楼下转悠了一圈，本来想打球的，但是场上人员满了。于是他慢悠悠地走回到教室，看到何纯还趴在位子上，一动不动。

陈牧走过去在何纯旁边坐下。"人都走了，赶紧起来吧。"

何纯抬起头来，看到教室里只剩自己和陈牧两人。其实她早就没在哭了，只是觉得丢人，不想在众目睽睽之下收拾书包回家。

"没被叫家长吧？"陈牧怕她情绪崩溃，又多问了一句。

何纯摇摇头。

"没叫写检讨？"

何纯也摇摇头。

"那不就行了，我都不知道写过多少次检讨了，你看这不没什么事。"陈牧拍着胸脯说道。

何纯愣愣的，整个人还没回过神来，坐了好一会儿才开始收拾东西。

"我……想回家了。"

她是走读生，上完第一节晚自习就可以回家了。她平日里只是为了多跟方永玲聊聊天，或者跟苏欣偷偷多待一会儿才多上一节晚自习。

"走吧，我送你出去。"陈牧帮何纯拎起书包。

往学校大门走的时候，何纯还到处张望，生怕被人看见一样。

陈牧看着她的样子，一边大大咧咧地推着她往前走，一边说道："怕什么，大家也不过猜一猜，班主任在班会上也没指名道姓。你倒好，一副做贼心虚的样子。"

"陈牧……"何纯突然站定，严肃地问道，"你说，喜欢一个人怎么会是这样的啊？"

陈牧有一点错愕。这个问题他回答不了，因为听到这句话的一瞬间，阮晓琪的身影在他的脑海里再次一闪而过。

陈牧一时无言，愣了神。

"就好像突然间身体里充满了勇气，巴不得向全世界证明。"何纯还在接着说，"只是……很容易就头脑发热……你说会不会因为这件事情，他之后就不跟我走在一起了？"

她想的是，以后他是不是就不跟她走到一起了，而不是自己会不会因为今天的事受到什么处罚。

陈牧快被她逗乐了，胡乱安慰道："姑奶奶，你就别想其他的了，反正不会有事的。"

"可是……"何纯好像有一百万个"可是"，但又说不出来，"我这样，是不是变成了别人口中的坏学生了？"

她终于想到自己的问题了。

陈牧挠挠头，他不擅长安慰别人，但他能明白何纯在想什么。

何纯的成绩一直都比较好，排名比较靠前。在外人看来，她也总是安安静静的，应该是班主任最放心的那种学生，但今天好像突然就变得"不那么放心"了。

"不啊，这不是你说的嘛，喜欢别人又不犯法。"陈牧好不容易找到了一个说法。

何纯一听差点就要哭出声来："我……只是，我只是一时冲动说了那句话……"

"别别别。"陈牧急了，绕到后面继续推着她走，"你没听清楚我的意思，你想想，我的意思是，你们两个没明确说在谈恋爱吧？"

何纯摇头。

"那就对了。"陈牧回到何纯前面，"你只是喜欢别人，喜欢又怎么样，又不是早恋，这有啥？没人会因为你偷偷喜欢一个人，就强行让你不喜欢对方吧？老师也不会因为你喜欢一个人，就让你去写检讨叫家长，让你别待在学校里吧？"

何纯用力地点点头，好不容易把眼泪逼了回去，又绕回了之前的问题，担心地问道："那你说……阿苏他会不会因为这件事，就不理我了？"

陈牧哭笑不得，不知道要怎么回答她了。

何纯这一次注意到了陈牧的表情，脸唰的一下红了，转头害羞地说道："你别笑话我，你自己以前不是说过吗？喜欢一个人会变得幼稚。"

"我啥时候说过我喜欢谁了？"陈牧急了。

"你别否认了。阮晓琪突然消失后，你不还找我聊了一段时间？看你那段时间魂不守舍的样子。"

"你瞎说。"陈牧立马否认，"我们只是朋友关系。她突然消失了这么久，我总觉得古怪。"

"大家都一样。"

"大家？"陈牧疑惑了一下，"还有谁？"

"你不知道？"何纯有点疑惑，"方永玲的事。"

陈牧倒吸一口凉气，摇摇头。

陈牧想起方永玲最近，一下课就往楼上跑。听何纯说了，他才大概知道她喜欢上了一个高一的小男生。

陈牧吓下了一跳，怪不得她上次说漏嘴。

"轮流给对方把风是吧？也就只有你们能做出来这种蠢事。"陈牧笑得不能自已，"你说你们，又不是谈恋爱，又没干吗的，找同学聊天有什么不对的吗？现在什么年代了，学校有说不让男生女生交流吗，没有吧？你们倒好，自己做贼心虚，鬼鬼祟祟地像是在干什么偷鸡摸狗的事一样，不被抓才怪。"

但何纯下一句话就让陈牧乖乖闭了嘴。

"那个人……你知道是谁吗？"何纯有点神秘地盯着陈牧，"是唐胜天的弟弟，叫唐立地。"

陈牧听到这个名字本来想放声大笑的，却又像是无形中被人掐住了喉咙，把笑硬生生地憋了回去，惊得两眼瞪得溜圆。

怪不得方永玲不肯说。

"干吗？我知道你们之间有些矛盾，但也不至于听到个名字就一副见了鬼的样子吧？"

陈牧摇摇头刚想开口，突然看到一个熟悉的身影闯进视线。

是陈敏。

5

把何纯送出校门，陈牧转身走回教学楼，看到陈敏还倚在教学楼二楼的栏杆上，似笑非笑地看着他。

"真是晦气。"陈牧在心里嘀咕。

"走吗？"陈敏甩了甩手中的一张纸片，朝陈牧嬉笑道。

那是一张放行条。

"去哪？"陈牧收起了刚才和何纯聊天时候脸上的笑意。

"去吃饭呀，还能去哪？"

陈牧刚想拒绝这个扫把星，但听到这句话他犹豫了一下。

自从初二发生了那件事以后，他就再也不想遇到这个人了，可现在肚子正在抗议。

他想起中午和晚上都没怎么吃，下午体育课还打了一场球。泡面也吃腻了，他看到都想吐。

这么饿着肚子也顶不到第二天早上。

看到陈牧低着头站在下面不动，陈敏连忙转身下了楼。经过陈牧身边的时候，她还故意用肩膀撞了他一下。

陈牧跟着陈敏身后踏出了校门，却恨得牙痒痒：为什么陈敏这个人，就是这个人，不管是以前也好，现在也好，她总是能轻而易举地抓住自己的软肋？总是能对自己的所作所为一副了然于心的样子？

要求帮忙也好，命令陈牧去为她做某些事情也好，她高高在上的态度对陈牧永远有效。

陈牧对她既无奈，又不得不妥协。

真是郁闷。

直到两个人坐上公交车，陈牧才开始后悔。

第三章·闯祸

　　人与人之间有时候不存在一对一的对等交易，尤其是在感情上，只不过十七岁的陈牧从来没想过那么多。

　　陈敏一路上都很雀跃。

　　陈牧低沉着一张脸，不怎么搭话，一直在玩手机。

　　"跟谁聊天呢，这么专注？"陈敏凑过来看，陈牧瞟了她一眼，把手机揣兜里去了。

　　"拿来。"陈敏伸出手。

　　"干吗？"

　　"给我。"

　　"我的手机干吗要给你？"

　　"我是说手机号码。"

　　"不给。"陈牧没好气地回了一句。

　　"欸，你可别忘了谁带你跑出来的。"陈敏眨眨眼睛。

　　"怎么？现在都出来了，你威胁不到我。"

　　"你可能还忘了一样东西。"陈敏从口袋里摸出来一个钱包，"你是不是没带钱？"

　　陈牧在心里骂了一句。刚才自己送何纯出来，书包还扔在教室，没有带钱在身上。

　　陈敏像是有准备一样，从书包里掏出纸跟笔，陈牧唰唰唰在上面写了一串号码，就差把一本薄薄的作业本戳穿了。

　　"第二节晚自习前班主任会点名，那个时候可得赶回去。"陈牧没好气地把纸跟笔一股脑儿塞到陈敏怀里。

"我知道。你急什么？我请你吃东西还怕你吃太多呢，吃完就回来。"陈敏把笔和作业本放进书包里，一副心满意足的样子。

立定中学到商业中心一带其实也算不上有多远，坐车二十分钟不到的距离，很快就到了。

陈敏说去吃初中经常吃的鸭血粉丝汤，陈牧就想到自己跟阮晓琪闹别扭的那次，硬是不去。

这次陈敏没能说服得了他，两个人只好选了肯德基。排队花了点儿时间，好不容易排到了柜台前，店员又说鸡米花没有了，换了两份东西才上齐。

"喏。"陈敏递过来一个汉堡。

"你为什么不问我什么时候回来的？"陈敏一边看着落地窗外的人来人往，一边问。

"关我什么事。"陈牧咬了一大口，差点把自己噎住，陈敏及时递过来一杯可乐。

"才过去三年不到的时间呀，这里变化这么大。"陈敏指着这个小城镇的商业中心，"那边好像都开始建新的商场了，还有星巴克。以前那里是个什么地方来着？"

陈敏见陈牧不说话，在桌子底下轻轻踢了他一脚。

"是个老戏剧院。"陈牧还是不太想接她的话。

"对，戏剧院，有印象。其实应该说是个很老式的电影院，以前上小学的时候，学校还发过电影票，都是一些教育片，要求父母陪同去看的……"说到这里的时候陈敏顿了一下，看到陈牧脸色不对，便没有再继续说下去。

两个人沉默了相当长一段时间。

快吃完的时候，陈敏轻声说了句："那个……以前的事情，我早就已经忘了……"

陈牧没有说话，他看陈敏也吃完了，站起身来叹了口气："走吧，我们该回去了。"

走出肯德基的时候，陈敏突然间喊住了陈牧："等等！"

"干吗？"陈牧回头看她。

"现在时间还早，我们还可以到处走走，比如说……去打游戏？"

2

在陈牧的记忆中，小时候的小城镇没有这么多的游玩场所，比如装修很好看的网咖，或者是一家三口可以一起玩的游乐厅。

那时候，去网吧玩游戏是一件会惹得老师和家长勃然大怒的事情，当然，现在也是。

他们兜兜转转进了一个乌烟瘴气的网吧，里面黑压压的一片人。

陈敏第一次来这种地方，瞪大了眼睛四处张望，网吧老板为此还多看了陈敏两眼。

陈牧最近沉迷于一款游戏，周末的时间都花在这个游戏上面了，陈敏说要陈牧带着她一起打。

青春期的男生只有在做两件事情的时候会忘记时间，一是睡觉，二是打游戏。

陈牧进游戏打完几个副本退出来，网吧依旧人声鼎沸。刚想开下一把，他在对面飘过来的二手烟云里瞟了一眼电脑桌面右下角的时间。

"21：15。"

陈牧腾的一下站起来，把还在盯着游戏界面的陈敏吓了一跳。

"你干吗？"

"你自己看看几点了。"

陈牧抓起校服外套，催着陈敏就往外跑。

立定中学校规很严格，如果说逃课打球、叫外卖都是小事，那不打报告私自离校就是足以惊动校长的大事情了。

坐公交车是来不及了。

两个人慌慌张张地在路边拦了一辆的士，陈牧一头就扎了进去。

"完了完了完了……"陈牧心里直哆嗦。

他好后悔多打了那两局副本。现在只能祈祷赶回去的时候不被教导主任发现。

慌忙之中，他没发现在身后公交站旁的人群中，有一个熟悉的身影，像一个毫不起眼的点，一闪即逝。

陈牧他们赶回来的时候，第二节晚自习都快下课了。

不知道今天班主任点名没有。老师点名的时间是不固定的，就是为了防止有学生偷懒，提前回宿舍，或者像陈牧这种情况，偷跑出去玩的。

陈牧从后门口想偷偷溜进教室，被门口的男生喊住了："你怎么现在才回来？"

从他大惊小怪的脸上，陈牧就有了不好的预感。

"班主任刚才点名没找到你，又去宿舍找宿管阿姨了，现在满学校找你，都打电话通知你妈了！"

陈牧倒吸一口凉气。

"完了。"

3

办公室的气氛很严肃，年级主任也在，刘公子也没说什么话。大批下课的学生路过办公室的时候，都往里面张望，想看看发生了什么。

陈牧感到了暴风雨到来之前的平静。

刘公子跟陈牧说："等下说吧，等你家长到了再解释。"

过了十几分钟，陈母才火急火燎地赶到办公室，气得嘴唇发颤。

陈母刚才接到学校电话后急得不行，冲动之下打电话给所有的亲朋好友，求他们一起帮忙找。一群人满大街找人的时候，别人还以为他们家出了什么大事。

陈母进来就想打人，班主任赶紧拦了下来，安慰道："别着急，有话好好说，好好说。"说着拿了把椅子让陈母坐下，"孩子调皮，没啥事就好，消消气消消气。"

年级主任这时接了个电话走了出去。办公室里还剩下陈牧、班主任和陈母。

陈牧一直低着头，不知道该说什么好。

他一直觉得自己是那种比较聪明的男生，会犯错，但绝对不是什么大错。

从没想过会有今天这种局面。

"陈牧，你好好跟老师和你妈妈解释一下，为什么要擅自离校？"刘公子倒了杯茶给陈母，"陈妈妈，孩子正是青春期嘛，叛逆是正常的，但不要动手，有事都可以说。现在孩子跟父母也缺少交流，偶尔也会有这样的事情发生。"

"跟老师好好说说，到底是去干吗了？"陈母平复了情绪，她也是当老师的，跟立定中学一些老师也比较熟悉。

正是因为熟悉，陈牧犯错被通知家长她才会觉得更没面子。

"去吃饭，然后就……到处去逛逛。"陈牧本来想说去网吧了，但话到嘴边咽了下去。

"没吃晚饭是吧？"班主任叹口气，"你们啊……学校食堂有得吃啊，犯不着因为肚子饿就擅自离校。你看看，大家都因为你一个人到处找，你妈妈还得专门过来一趟……"

话没说完，办公室的门被打开了。

年级主任带着一个人走了进来，说道："问清楚了。张老师说他们班也有一个学生晚自习不在，是一起出去的，偷了办公室的放行条。"

陈牧脑袋轰的一下，心情一瞬间跌落谷底。

4

过了很多年以后，陈牧回头看当时的自己，其实不难理解为什么会有那样的心情。

陈牧和陈敏的事情应该从初中说起。

在陈牧懵懂的少年时光，突然有一个满是光环的人闯了进来。

她是那种走到人群中自带万丈光芒的人，并且所有人都认定她将来一定会闪闪发光，包括她自己。

这人什么都好，却只对陈牧趾高气扬，永远都是一副高高在上的样子。

因为她有高高在上的资本——她家境好，聪明伶俐对人热情，各方面都比陈牧好太多了。

同时，她又把自己的高傲和礼貌的分寸拿捏得极好。

哪怕陈牧觉得自己明明很讨厌她，但又感觉讨厌和喜欢有时候并不矛盾。只是这种感觉偷偷藏在心里——也许那个时候，陈牧也分不清楚崇拜和喜欢的区别——但像陈敏这样的人，被一个普普通通的少年仰慕也并不是什么奇怪的事。

但陈牧错就错在，他把自己的心思都写进了日记本里。

陈母当时跟陈牧所在班级的班主任认识，自然对陈牧格外严格。翻到陈牧的日记本内容也不是什么奇怪的事。

当她看到日记本里的内容后，怒气冲冲地拉着陈牧到办公室里，当着班主任的面承认错误。

可年少时喜欢一个人有什么错呢？

更何况，陈牧后来也都没有分清自己对她的感情到底是仰慕多一点，还是喜欢多一点。

他自己也说不清楚。

讨厌对方，不过是因为她凡事总想跟自己一较高低。但当自己发现对方真的是一个特别优秀的人，甚至比自己想象中的还要更加优秀的时候，内心就忽然催生了这种在荷尔蒙作用下的情绪。

陈牧并没有犯什么不可饶恕的错。

只是因为陈母跟他的班主任认识，所以出了这种事情，让陈母觉得脸上无光。既然脸上无光，那自然就要展示一下自己的"教导有方"。

于是，刚上初二脸上稚气未退的陈牧，还没过十四岁生日的陈牧，被陈母拎到班级的讲台上，当众念出了自己日记本里的内容。

对于陈牧来说，这是一种羞辱。

陈母却心满意足，觉得陈牧再也不敢在自己日记里写这种东西了。

陈牧觉得自己就像是光天化日之下被人扒光了衣服，在操场上裸奔，而走廊上还站着一群平时一起嬉笑打闹的同学，就那样笑嘻嘻地看着他。

陈牧后来才知道，大多数家庭的孩子，都经历过这样的事情，只不过没自己这么不堪——家长总是把孩子当作自己的私有物，孩子想什么说什么，家长都务必要知道得清清楚楚，孩子不得有些许违背，更不允许做出任何出格的事情。

这种教育模式让陈牧滋生了叛逆的心理，即便不敢明面上跟陈母对着干，但也会报复性地不想好好学习，犯一些看上去不明显的小错误，好像这样就能证明自己是一个有独立思想的人，而不是一个言听计从的乖孩子。

这件事对于初二的陈敏来说，也是一种走不出来的困惑。

她明明什么都没有做过，就因为一篇日记，就被周遭的同学指指点点。

两个人原本是前后桌。从那以后，班主任直接把他俩远远隔开，好像只要这样子，就能阻断陈牧内心里的想法一样。

往后的很长一段时间，陈牧变得很叛逆，动不动就在家里跟陈母大吵大闹。

而在陈牧当堂读日记大概一个月之后，陈敏转学了。

具体原因大家心照不宣，陈牧倒不会因为自己"逼走对方"而愧疚。

他知道陈敏的家庭条件，她其实能去更好的学校。如果不是小升初考试失误，上市重点初中绰绰有余，她在哪里都不会比在立定中学更差。

再过上一个学期，大家就把这件事情忘得差不多了。

陈牧以为自己不会再回忆起这件往事。

但现在，陈敏和陈牧，两个人就这样站在了陈母面前。

5

陈牧把所有的错都揽到自己身上了——放行条是他偷的，出去玩的主意是他提的，人是他拉的，跟陈敏无关。

他只是下意识地觉得，初二那件事她其实是最无辜的。如果这一次她错得多的话，那就算是自己给她的补偿吧。

陈牧以为这件事情会让陈母暴怒，没想到事情结束得出乎意料得快。

陈母到最后也没有发火，她只是叹了一口气。

在陈牧看来，陈母仿佛一瞬间老了十岁。

"以后不要再犯这种错误了。"她最后只说了这么一句话。

既然家长都叫来了，问题问清楚了，年级主任也不好当着家长的面记大过。鉴于是第一次犯错，年级主任给陈牧网开一面，只要他第二天到主席台下做深刻检讨。

晚上，陈牧躺在宿舍床上睡不着，觉得心里有点儿堵。

几年前那个雷厉风行的陈母好像在岁月的打磨中消失不见了。

他不希望陈母发火，但没想到看到不发火的妈妈，更觉得说不出来的难受。

陈母那声重重的叹气声，压在他心头上，让他喘不过气来。

6

重新回到这里的时候，阮晓琪有一种恍如隔世的感觉。

她对这里既熟悉又陌生——人来人往的街道，交错嘈杂的车辆，灯火通明的广场，还有黄昏时分的一*丝丝*凉意。

马路对面是肯德基，她吃过一次，是上一次来这里找叔叔的时候，堂哥带她过来吃的。

那一次没有像现在这样带着大包小包的行李，但好像更狼狈一点。

她突发奇想，想自己一个人去吃一次。

坐在落地窗边吃东西的时候，阮晓琪突然想起自己小时候在家里的大头电视上看到麦当劳的广告，特别想吃炸薯条。

可那个时候妈妈已经不在家了，就剩爸爸一个人。

她想了好久，才跟爸爸开口说想吃薯条。

爸爸说好。然后去买了好几个带着泥土的地瓜，洗干净了切成一条条的，放在油里炸成地瓜条给她吃，刚出锅的地瓜条吃起来很甜。那个时候，她以为自己吃的跟电视上的人吃的是一样的。

想到这里，她再次看着街上的人来人往，突然很想跑出去大口大口地呼吸这里的空气。但她忍住了，不想让大家觉得自己像个神经病。

这里是她第一次真正只身前往的地方，她想用力一点记住当下这一刻、这里的人、这里的每一个街角。即便对于别人来说，可能只是一个再普通不过的黄昏，但这一切对她来说，是不一样的。

自从继母搬进自己家里后，她就一直梦想从那个小小的家里走出去。

她那么努力地想要逃离，没想到现在实现了。

她回想起这近半年的时间，好像经历了漫长的一生。

在办公室接到那通电话后，她马不停蹄地赶回村里的医院。

别人说爸爸是从五层楼高的地方失足摔下来的，后脑勺着地。

继母在病房里大声责怪她，说都是她的错，如果不是因为她要去读书，要去外面租房子需要更多的钱，爸爸就不用去工地上做零工。四十多岁的人了，身手哪有那么矫健，会失足摔下来，都是因为她这个灾星。

村里医院的医疗设施落后，她带着爸爸转到镇上的医院来。

她陪着爸爸的最后那几天时间，爸爸都没有睁开过眼睛。

在很长很长的一段时间里，阮晓琪每天睡觉的时候都会梦到爸爸，然后就哭醒了。

她很自责，如果当时不是自己想去立定中学读书，可能爸爸就真的不用去工地做零工，不用瞒着继母给自己更多一点的生活费，就不会发生这样的意外。

如果当初自己没有说想去上学就好了，如果当初自己留在家里帮忙，如果……

一切都是假设性的“如果”。

但一切都太晚了。

人生中凡事只要晚一点点，就会完全不一样。

爸爸走后很长一段时间，阮晓琪都一直待在家里。

即便继母对她很不好，但这是爸爸亲手组建起来的家，爸爸留下来的小小的杂货店，才是这个世界上最有温度的存在。

阮晓琪觉得发生的这一切，对十七岁的自己来说太残酷了——突如其来的变故，让她需要面对大多数同龄人都不用面对的问题。

她偶尔会想起唐胜天，他比自己幸运吧。他聪明，有原则，看得比自己更远。

她很想成为像他那样的人，但是她又做不到。

她也会羡慕陈牧那样的人。幼稚多好啊！幼稚应该算得上是一种幸运，可以无忧无虑地过日子。

只是她没有这种幸运。

她想起那天晚上，在老公寓小区的楼下，他把钱塞到自己手心里。

少年慌张的眼神，还有那天有一点点萧瑟的秋风。

7

爆发源于一次争吵。

如果她不去上学，如果她留在家里……如果如果，一切都是如果。

这种话已经听了太多遍了。

那天，阮晓琪气血上涌，突然觉得自己不能再忍了！

凭什么把爸爸的死全部怪到自己头上？如果不是继母不让自己读书，如果不是她千般阻挠，爸爸为什么又非得瞒着她去多挣点钱给自己呢？

她只是想去读书、去上学，去做同龄人都会做并且应该做的事情，就这么十恶不赦吗？

她忘记自己是怎么吼回去的了，只知道当时大脑一片空白，这么长时间的委屈、难过，以及不甘心全部都吼了出来。

她觉得自己手脚冰凉发软，但声音又是那么铿锵有力，一字一句砸在地上，砸在桌子上，砸在这间小小的屋子里的每一个地方——砸在继母埋怨自己时愤懑的脸上。

之后就是漫长的沉默。

冷静下来后，阮晓琪终于想起自己还有一个叔叔，那个跟爸爸不再联系的叔叔，她记得爸爸写给自己的号码。

其实不用看，她背得滚瓜烂熟。

打过电话的第二天，叔叔就出现在自己家门口了。

爸爸离开的消息，他直到接到电话时才知道。

"你爸爸只是年轻的时候好赌，我也只是一时生气。他这犟脾气，缺钱为什么就不找我呢……"叔叔说起来的时候忍不住叹气，"我们真的很久没有联系了……我们两兄弟以前闹脾气的时候就是这样，谁都不理谁。没想到……"

叔叔在这里住了一段时间用来善后。

这期间他跟继母商定，要把阮晓琪接过去，继续供她上学。阮晓琪终于可以离开这个爸爸已经不在的家了。

离开的时候，阮晓琪不知道自己哪里来的勇气，跟继母说："爸爸留给我上学的钱，我要拿走。"

她面无表情，眼睛直愣愣地盯着继母，像是要把她死死地记在脑海里一样，继母愣了一下。

叔叔从后面过来打圆场道："好了好了，又不是不回来是吧。我接晓琪去我那里暂住而已，逢年过节的时候可以回家，你以后也可以来我家这边吃饭——晓琪！你快过来，不要跟阿姨这么讲话。"

她对没有爸爸的家，一点留恋的感觉都没有了。

随后，她终于跟叔叔回到学校，重新办理了入学手续。

返校之前，叔叔说要送她回家收拾东西。

阮晓琪坚决不要，说自己一个人就可以。

回家之后，她把所有东西都打包完，还跟继母拿到了自己要过来的钱。

坐上中巴离开的时候，她甚至都没有回头。

阮晓琪从肯德基走出来，提着大包小包的东西去坐公交车。

走到公交车站的时候，她突然间想起跟陈牧的那一次出逃行动。好像也是在这里。

那个时候，自己是出于自卑才会选择那种过激的自我保护方式吧？

那时的自己就像一只刺猬，生怕暴露自己的胆怯，蜷缩起来，从不考虑露出来的刺终究会刺伤别人。

阮晓琪踏上公交车的时候，一个熟悉的身影闯进了她的视线里——一个少年钻进了出租车，后面还跟着一个看上去很漂亮的女生，俩人都穿着熟悉的立定中学的校服。

透过出租车的后窗，阮晓琪能看到男生的后脑勺，可是出租车很快就开走了。

是他吗？

阮晓琪愣了一会，等回过神来的时候，公交车也已经开出了车站。

第四章 · 回来了

陈牧有时候觉得，当你隐隐期待一件事情的时候，哪怕日思夜想它都很可能不会发生。但凡你把它抛诸脑后，它就总会在你意想不到的时候突然出现。

去学校住宿不是突然间的决定，阮晓琪早就想好了。

叔叔一家人对自己都很好，对自己的到来没有任何排斥，只是……再好也不是她的家。

自己越是融入这种"家庭"的氛围里，阮晓琪就越觉得自己好像侵犯了别人的幸福。

她为住校找了一个理由，跟叔叔说自己功课落下太多，去学校住宿的话可以跟同学多一点交流，能够快点赶上老师教学的步伐。

返校前一天的晚上，阮晓琪有点睡不着，婶婶推开她的房门走了进来。

婶婶在床边坐下，递给她一沓钱，小心翼翼地说道："晓琪啊，这些钱你拿着。住读的话，总是要生活费的，钱不够的话，就跟我说。"

"不了婶婶，我有钱的。"阮晓琪从床上坐起来。

"拿着！"婶婶假装生气，把阮晓琪吓得一愣，继而笑了起来，"你啊，跟你爸一个样，就是有什么事情都不说，憋着。别犟了啊，拿着，不够记得跟我要。"

她摸摸阮晓琪的脑袋，叹了口气。她知道这个孩子经历了什么，更多了一丝心疼。

婶婶轻手轻脚走出去关上门的时候，叔叔还在往门里张望。

"别看了，钱我给她了。"

"那就好那就好。"叔叔叹了口气，像是放下了心底一块大石头，"我还怕她不接受我们。"

"赶紧睡赶紧睡，明天还上班呢。"婶婶拍了一下叔叔的肩膀。

阮晓琪坐在床上，她手里捏着钱，直愣愣地看了好长时间，才把钱放好，躺回被窝里。

只是不知道为什么，她想哭。

2

回到班级的第一天，阮晓琪刚进教室，还没有来得及跟一些留在3班的老同学打招呼，校园广播就通知所有人去主席台下开会。

站在操场上，阮晓琪感觉离开这么长时间，立定中学好像也没有什么特别的变化。

她四处张望了一下，看到一个熟悉的身影沮丧地走到了主席台上。

是陈牧。

很显然，他不是作为优秀学生代表上去发言的。

"尊敬的各位老师，亲爱的同学们，我是高二（3）班陈牧，因昨晚擅自离校的事情做一次深刻的自我检讨……"

阮晓琪眯起眼睛，想到昨晚看到的那个男生还真的是他了。不过好像不止他一个人吧？那个女生是谁？

阮晓琪忽然觉得自己是不是想太多了。那个女生是谁，跟自己一点关系没有，自己有什么资格去质问。

看着台上陈牧狼狈的样子，阮晓琪有点想笑。

她也想趁着现在做一些叛逆的事情，就算因为犯错被抓，到全校师生面前做检讨，也不会觉得丢脸。

这样的青春才算得上是无悔的青春吧。也许自己多年后回想起来，会觉得傻里傻气，应该也会觉得很美好吧？

阮晓琪只是想想，就觉得羡慕。

陈牧做完检讨从主席台上下来，心里乱糟糟的，赶紧绕到班级队伍的最后。

年级主任又上台，把陈牧的事情当作典型拎出来，给所有学生打预防针。

陈牧没心思听下去，一散会立马回了教室。结果班主任又召集大家开班会，继续念叨这件事。

陈牧全程装聋，连班主任在班会上讲的什么都没听，包括那句"今天我给大家介绍一位新同学"。

开完班会后，陈牧的心情还一直郁闷，他倒不是在乎别人怎么看自己，只是因为这些错误原本可以避免，而且回家之后也不知道怎么面对陈母。

陈牧一上午在自己的位子上挨过了三节课。

第四节课是体育课，陈牧好不容易打起精神来想下楼，突然间看到前排一个身影，他的眼睛定在那里，人也走不动了。

3

看着阮晓琪的背影，陈牧呆住了——这人什么时候回来的？

陈牧刚犹豫着要不要走到前面去打个招呼，李斌神出鬼没地出现在班级后门口，喊了一句："陈牧！"

听到这个名字，阮晓琪下意识地回过头，刚好跟陈牧四目相对。

陈牧愣了一下，过了一会才在李斌不断的催促下走了出去。

李斌每次来找陈牧的时候总是气势汹汹的，感觉路上看谁不顺眼都能上去干一架。

"你知道一个叫唐立地的人吗？高一的。"

"知道啊。"陈牧下意识地回答，随即才想到方永玲。

"这事你别拦着，我一定要找他算账，他是几班的？"

陈牧摇摇头，还没听懂到底什么事。

"这小子打球的时候把我们班的人搞伤了，还扬言要教训我们。"李斌怒气冲冲，"自己小动作多就算了，还冲我们班的人嚣张。"

陈牧不太想搭理他，他下意识地往教室里面看了一眼，方永玲不在，再看看阮晓琪，正坐在自己座位上埋头苦学。

陈牧敷衍了李斌几句，准备回教室。

这时上课铃响了，李斌一边慌慌张张往教室跑，一边跟陈牧叮嘱道："你有空帮我打听打听，这一次不是开玩笑的……"

陈牧无奈，这货整天看这个不顺眼那个不顺眼的，仗着自己人高马大就非要打一架才罢休，多少检讨都不够让他收敛一点。

陈牧体育课都不想去上了，回到教室里，正想去找阮晓琪，却看到阮晓琪已经不在自己位子上了，而是坐到了唐胜天旁边。

两个人低着头，唐胜天在讲解什么。

陈牧的心一下子又低落下来，在自己的位子上待了一会儿，又看看前面两个人还是靠在一起讲个不停。他干脆眼不见心不烦，回宿舍吃泡面去了。

只是他心里乱糟糟的，脑子里一大堆问号。

为什么阮晓琪突然间就出现在教室里？自己上午一直在发呆是错过了什么吗？还有她为什么好像陌生人一样对待自己？为什么连个招呼都不打？为什么又一下子坐到唐胜天旁边？

突然消失，又突然出现，就算是普通朋友，她也应该给自己一个解释吧？

自己帮助了她啊，怎么说也应该跟自己道声谢吧？

——也不对。当初帮忙的时候，陈牧并没有想过要有什么回馈。

这样想是不对的。

陈牧还是觉得不服气。

单是论友情，他们的关系也不是好到无话不说的地步，并没有权利要求别人事事有交代。

但是……

他一直在心里跟自己吵架，也不知道自己到底在纠结哪一个点，心烦意乱地只想倒头睡一觉，午休时索性就在宿舍里睡了。

4

陈牧迷迷糊糊地醒了，看了看表，还没到下午上课的时间，于是慢吞吞起来洗了把脸，又慢吞吞往教室挪去，结果在走廊上，跟慌慌张张的方永玲撞了个满怀，差点摔倒。

"出事了！"方永玲看到陈牧仿佛找到了一根救命稻草，"你跑到哪里去了？刚才一直都在找你。"

陈牧还没反应过来就被方永玲推着往前走。等他们跑到操场上，陈牧也清醒了，看到主席台后面有两拨儿人在对峙。

不用猜，陈牧就知道是李斌。

"干什么！"陈牧走过去，挡在两群人中间，"怎么，想打架是不是？待会儿年级主任过来了，看你们怎么解释。"

李斌和唐立地分别带着两个班的男生在这约架。

陈牧看到何纯也在，大概是被方永玲拉过来的。

这俩人没见过这种阵仗，怕出什么大事，站在唐立地那拨儿人后面踮着脚尖地看着。

"回去，别惹事。"陈牧用肩膀挡了李斌一下。

"陈牧你别瞎掺和，这是我们两个班的事。"李斌大义凛然。

陈牧差点儿就笑场了——两个班的事，在这里偷偷打群架算什么两个班的事？

唐立地也发话了，满脸不屑地问道："你是谁啊？"

陈牧回头打量了他一眼，说道："唐立地是吧？我跟你哥一个班的，别怪我没提醒你，这架你要是打了，你哥也得被批评一顿。"

他本想唬一下对方的，没想到唐立地真的有点动摇了。

李斌却突然咄咄逼人起来，说道："怎么，怕了？来啊，看谁人多。"

眼看着本来有所缓和的气氛又回到了剑拔弩张的状态。

陈牧拦住了李斌："你干吗？被记的大过还想不想消了，你自己想想写了多少次检讨了？做事带点脑子行不行，非要打架才能解决？"

"对啊李斌，就是你没事惹事，什么事非要打架才能解决？简直是暴力狂魔。"何纯不知道什么时候溜到陈牧身边了，对李斌喊了一句。

方永玲也站在何纯边上，用眼神示意唐立地赶紧走。

李斌被何纯一顿话说得直接哑火。

其实两拨儿人本来也不想真打。群架嘛，都是比比气势。人往那里一站，哪边人多哪边就赢了。

陈牧赶紧做和事佬。

"都散了都散了。"他摆摆手说道。

后面一群人早有退意，跟着唐立地一起走了。

李斌后面几个男生要走不走的模样，陈牧看一眼都认识，赶紧撂点狠话："还不走等钱欲飞来抓人啊。"

一听到年级主任的名字，一群人都散了。

操场上只剩下陈牧、李斌、何纯和方永玲。

"赶紧回去，有什么事儿一会再说。"陈牧把两个女生赶回去了。

李斌还站在原地一副心有不甘的模样。

"你小子怎么净瞎折腾，什么事都要打一架才罢休？"

"这不是打篮球有矛盾嘛，那不就……"

"不就什么，出头啊？"陈牧啼笑皆非地说道，"你当自己是来混社会，用拳头讲道理吗？"

李斌不说话了。

陈牧叹口气在他身边坐下来，沉默了一会儿。

"其实也不是爱打架……就是想找个说法。"李斌没头没脑地说了一句。

"又不是欺负到你头上，你去找什么说法。当事人也没说啥呀。"

"这是义气，你不懂。"

陈牧哑然，一时间不知道要说什么。

李斌什么都好，除了脑袋一根筋，而且除了这一根筋就什么都没有了。

"李斌，你得想想，这一次你看同班同学被欺负一下就出头。讲义气可以，但你有没有想过，你要是被抓了，他会替你出头不？"

李斌一时间被问住了。

"而且哪怕你真想讨个说法也好，为什么非得打一架？校规白学了啊？"陈牧真是又好气又好笑，"你自己想想，打架是要被处分的。你犯的错还不够多啊？今天要是打起来了，你哪怕打赢了，明天就该换你爸来办公室打你了。"

李斌好像真的听进去了，也不反驳了。

陈牧继续说道："以后别动不动就打架了，有什么事情你哪怕直接汇报给班主任都行。别动不动就拿拳头说话。你也不是小学生了，凡事多忍一忍，想清楚再去做，不就避免很多麻烦。"

李斌沉默了好久，才开口说道："以前我爸说我蠢我还不信，我只是不太懂怎么跟别人交流，他们偶尔也捉弄我，我只是不想让自己给人欺负……陈牧，你说我这样，是不是没什么朋友？"他冷不丁来这么一句，把陈牧吓了一跳。

"行了，大老爷们神神道道的，不是朋友我还懒得过来拦你呢。还有你后面的胖子他们，不是跟你一起冲过来了？别整天想些有的没的，少惹事就对了。没看见我今天上台做检讨了吗？"

"对了。"李斌终于想起来了，"昨晚是怎么回事？你跟陈敏……"

陈牧抬手打断了他的话："别提她，快上课了，再不回去班主任怕是要找到这来了。"说完便推了一下李斌的脑袋，好让他清醒一下。

李斌仿佛转眼就忘了刚才的事，马上说道："我回宿舍去拿篮球，待会儿还能偷溜到操场打一场。"

陈牧拿他没办法，独自往教学楼走去。正要上楼的时候，方永玲突然从拐角处跳出来拦住了陈牧，把他吓了一跳。

"不回教室，在这里干吗？"陈牧没好气地问。

"没事了吧？不会又……"方永玲担心地问道。

"没事没事，赶紧回班上去。"陈牧被搞得不耐烦了，"对了，你跟唐立地的事咋不告诉我，要不是何纯告诉我，我还不知道。"

"我不是怕尴尬吗？我一开始也不知道他是唐胜天的弟弟，你们男生上次不是有矛盾吗？叫外卖那次……"

"行了赶紧上去，都快上课了。"陈牧把方永玲赶走，自己却慢吞吞地往教室走。

他不想管方永玲和唐立地的事情，反正跟自己没什么关系，更不想听到唐胜天的名字。

自从外卖事件之后，他越来越烦这个人了。

他当然不会承认，阮晓琪的突然出现才是最主要的原因。毕竟，早些时候他还在想，一群人把唐胜天彻底推到对立面会不会不太好呢。

阮晓琪莫名其妙地消失，又莫名其妙地回来，唐胜天好像什么都知道，而陈牧感觉自己完全是个局外人。他不知道原因，不知道事情的来龙去脉，甚至也没收到一条相关的消息。

可能，自己本来就是局外人。

这样一想，陈牧更郁闷了。

5

接下来的几天，陈牧还是没有主动去找阮晓琪问清楚。

他看到阮晓琪每天都要找唐胜天补课——在晨读时的走廊上，或是晚饭后在教室里。她手里永远都拿着练习册。

陈牧也不知道自己这么关注阮晓琪，到底是在期待什么。愈发觉得看到他们就碍眼，索性不看了。

这周因为科任老师人员调动，周五大扫除完毕，所有学生就可以直接回家了。

陈牧被安排擦玻璃。这是最费力不讨好的工作。

陈牧嘴里嘟囔着，还是站到桌子上开始擦后门框上的玻璃。

唐胜天正在教室里指挥大伙儿干活。陈牧听到他的声音就不痛快。

这时，阮晓琪提了一桶水走到教室后门门口。陈牧搬来垫脚的桌子刚好挡住了阮晓琪的路。

唐胜天看到后，说道："陈牧你先下来，让一让。"

陈牧没理。

"陈牧，你先下来让女生过一下。"

"凭什么？"陈牧没来由地怼了一句，"我搬桌子也不容易，我还得下去挪个位置，待会儿还得挪回来，是不是每个人从门口这里走，我都要让位啊？前门是做摆设的啊？非要从我这里过。"

唐胜天依旧看不出什么表情波动，冷静地说道："后门更靠近厕所，让一个女生提一桶水绕一圈，不好吧？"

"就你会指挥，你倒是自己来，去帮人提啊！我还在擦玻璃，你就只会站着动动嘴皮子。"

看唐胜天走过来，陈牧一下子从桌子上跳下来站到他面前，态度很差地说道："怎么，要动手啊？"

后排几个男生也围过来。大家平时都跟陈牧关系更好，因为上次外卖事件，早就想借题发挥教训一下唐胜天了。

"大扫除的安排是这样的，我们全班都是轮流制，我也会有自己负责的区域，我只是让你让阮晓琪同学进来。"

陈牧沉着脸还想说点什么，感觉身后有一股力量把自己给扯开了。

"陈牧你干吗！"阮晓琪一下子挡在了唐胜天和他中间。

陈牧顿时就泄气了。

其实他清楚地知道，这一次就是自己无理取闹。但是，谁叫唐胜天让那么多男生讨厌呢？

"嗯，不能怪自己。"陈牧在心里给自己找了个如此蹩脚的借口。

可是，他多希望阮晓琪护着的是自己，而不是唐胜天。

不过……阮晓琪还是记得自己的。陈牧想。她喊的是"陈牧你干吗"，不是单单喊"你干吗"。

她当然记得自己啊。既然记得自己，为什么又总是一副对自己爱搭不理的样子呢？爱搭不理也正常吧，毕竟自己不也对人家爱搭不理的吗？

被阮晓琪拦住了之后，陈牧黑着脸，什么也没说，拿起书包就走了。

他想故意气一气唐胜天，不是大班长吗？那么有能耐再安排别人去擦玻璃吧，反正他陈牧是不干了。

还好今天何纯身体不舒服跟方永玲一起先回去了，否则看到了对自己又少不了一通冷嘲热讽——显然是因为某个人有了情绪嘛。

"我这是怎么了？这么做是不对的。"

等走到半路，陈牧渐渐冷静下来，这才意识到自己的行为有多蠢。

有些事情会在别人心里留下一道印记，他只能告诉自己"下次不能这样"。

可刚刚发生的事情没有重来的机会了。

陈牧慢吞吞地走着，一边踩着林荫道上的落叶，边想："为什么总是这样呢？"

总是做了某件事情之后才知道后悔。人不可以这样子的。

应该在事情爆发前，就迅速地控制住自己那点一直往外冒的情绪。

这点，陈牧从来没有考虑过。

这样磨蹭到小区的时候，陈牧才想起阮晓琪以前也住在这里。

她回来上课的话，应该还住在这里吧？

他不知道阮晓琪家里发生了什么事，也不知道她周末的时候已经不会回来这里了。

阮晓琪大部分时间都留在宿舍，可能要等到周日食堂不开门的时候，才会去叔叔家里住一晚。

陈牧在楼下待着不想上楼，一方面是想等阮晓琪，一方面是因为陈敏的事，怕回家又被陈母好一顿说教。

陈牧等了半晌，眼看着太阳都落下去了，路灯都亮了起来。

他踱步到小区门口张望，路上一个人影都没有。

陈牧又绕回小花坛坐了一会儿，觉得应该是等不到人了，才叹口气转身回家。

一张落寞的脸拐进了楼梯口，消失在黑暗中。

第五章·请你一定要告诉我

喜欢是占有，喜欢是跟别人不一样，喜欢也是唯一。

唯一才让人有安全感，是被偏爱的感觉，是你对我跟对别人是完全不同的态度。

秋天到来之前，陈牧遇到的麻烦事情特别多。最麻烦的事就是英语课代表请假了。

陈牧最差的学科就是英语，别说对英语提起兴趣，能主动抄一下别人的英语作业就算不错了。之前凭着自己跟课代表的关系好，他还总是能要到一两个同学的作业来抄。

这次英语课代表说是身体原因，请假了一个月。班主任需要找一个临时课代表。

阮晓琪英语摸底考试成绩全班第一，这份差事自然就落到了她身上。

于是，阮晓琪每天都会来跟陈牧收作业。

陈牧刚开始觉得有点不好意思，还胡乱写着应付，后来懒得应付，想要跟阮晓琪要一份作业来抄。

阮晓琪不给，陈牧像是跟她斗气一样，直接就不交了。

"幼稚。"这是阮晓琪对陈牧使用最多的评价。

在阮晓琪眼中，陈牧还是跟之前没什么差别。

但阮晓琪的性格就是这样，只要陈牧不主动来自己挑明，她也不说。

虽然阮晓琪不知道陈牧到底想怎么样，但她知道自己最近因为学习忙得焦头烂额。

拉下半年多的课，想一下子撵上来还是有点困难的。

英语这种基础科目还好，阮晓琪休学在家里时也在自学，背背英语单词，做做阅读理解，成绩没落下多少。

但有些科目就不行了，比如她之前一直比较擅长的数学、物理、化学。有些课本上的知识，看一遍好像能懂，但没听老师讲解过，做习题就会错得一塌糊涂。

再加上班里的女生基本上都转去文科班了，阮晓琪没几个认识的。

现在的同桌每天跟自己一样埋头苦学。阮晓琪偶尔有问题请教她时，她像生怕自己成绩被超过一样，一直说不会做。

阮晓琪不得已，只好一直请教唐胜天。其实她心里也挺不好意思的。好在唐胜天愿意抽空给她补课，阮晓琪内心很感激他。

2

陈牧原本就一肚子气，现在每天看着阮晓琪和唐胜天凑在一起，越发恨不得把阮晓琪揪过来问清楚。

他回忆过去的时候突然发现，跟阮晓琪这个人在一起时，好像就没有过什么好事。

陈牧觉得，陈敏的"克星"称号应该转给阮晓琪。

说起陈敏——因为上次的事情，她倒是好一阵子没出现过了。

想啥来啥。

这天午休，陈敏突然出现在陈牧的教室外，隔着窗户说道："陈牧，你出来一下。"

陈牧不情不愿的，又怕陈敏再多叫两句就把教室里的人吵醒了，慢吞吞地站起来。走出去的时候，他发现阮晓琪不在教室。

陈敏低着头支支吾吾地解释着上一次放行条的事，说本来只是打算自己跑出去玩一下，刚好遇到陈牧就喊他一起去了，没想到造成这么恶劣的后果。

陈牧听着，懒得去细想，因为陈敏的话根本经不起推敲。

陈牧的眼睛无聊地扫视着校园，突然看到阮晓琪和唐胜天两个人站在食堂大楼的楼梯口，不知道在聊什么。

"哎，陈牧，你到底有没有在听啊！"见陈牧对自己说的话毫无反应，陈敏急了，抬起头才看到陈牧直勾勾地盯着一个方向。

她也望过去——是阮晓琪和唐胜天。

"是你们班的？"

"嗯。"

"我记得他，那个男生不是跟你有矛盾吗？"陈敏疑惑地问了一句。

"唐胜天，就是这次月考跟你成绩不相上下的那个。"陈牧没好气呛了她一句，"你怎么连我跟谁有矛盾都知道？"

"哦就他啊……"陈敏点点头，继而一副"你做什么我都能一眼看出来"的神情，但陈牧注意力不在她这里。

"对，就是他，你应该找他跟你出去，而不是找我，知道吧。"陈牧一边说还一边想要听阮晓琪那边的动静，"你们这种聪明人才算是旗鼓相当，我算什么？不要总是找我这种半吊子的人聊天，我跟你合不来的。"

陈敏在听到"旗鼓相当"和"我算什么"四个字的时候，脸上的表情僵了一下，陈牧的注意力根本不在自己身上，她没好气地说道："别听了，隔这么远，认清人影都难，你还以为能听到点什么啊？"

陈牧这才沮丧地缩回脑袋。

"欸，你这么八卦干吗？喜欢人家小姑娘啊？"陈敏揶揄道。

"关你什么事。"陈牧不想理她，见陈敏也解释完了，扭头就回教室了。

陈敏见到陈牧走得这么干脆，本来想喊一句，但终究没有开口。

她在原地愣了一会，突然叹了口气，走到后操场主席台的台阶上坐了下来。

她很少这样发呆。

最主要的原因是，她觉得自己没有时间能用来浪费。因为妈妈在她很小的时候，就要求她就必须做一个"挑不出毛病"的人。

在别人眼里，她琴棋书画样样会，成绩好，有礼貌，家教好，懂分寸。陈敏每天都很忙，所有的课余时间都被安排得满满当当的——什么时候上培优班，什么时候学钢琴，什么时候做其他的事情。很少有属于自己的时间。

陈敏从小就懂得，这世界上所有好的东西，都是要用不菲的代价去换回来的。

但做一个挑不出毛病的人是很累的，真的很累。

她黯然神伤了一会，没有人知道她在想什么。

眼看着午休时间快过了，她发现食堂大楼楼梯口的那两个人，也早就不见了。

这会儿她才悻悻然站起来，往教室走去。

3

下午的英语课变成了随堂模拟考。

陈牧心情不好，在后排把试卷翻得哗啦啦响，愣是没有写一个字。

下课铃响了，他也不交试卷，因为他一个答案没写。只趴在课桌上一动不动，心里郁闷得很。

阮晓琪走过来收试卷的时候，陈牧还在把玩自己手里的笔。

"试卷呢？"

"没写。"陈牧头都没抬，他能感觉到阮晓琪离开了自己的座位。

等到周围的同学都离开教室了，这个身影又出现了。

"干吗？"陈牧抬头。

"喏，这个给你。"阮晓琪把一个东西塞到了陈牧手里。

是一个晴天娃娃。

"给我这个干吗？"陈牧心里突然一喜，但是脸上仍不动声色。

"专程感谢你的。"阮晓琪看着揶揄了一句，"莫名其妙给我甩脸子就因为这个是吧，上星期想给你的，后来忘了。这是我亲手做的。"

阮晓琪觉得很奇妙，她面对陈牧的时候往往更加放松，好像什么话都可以讲，无须掩饰，用不着跟唐胜天讲话那样，说一半藏一半的。

"哦。"陈牧又闷闷地应了一声。

他本来想先问"你这段时间去哪里了"，但实在没忍住，立刻问道："我今天看到你跟唐胜天在食堂大楼的楼梯口……"问到一半陈牧看到阮晓琪脸色不对，赶紧跳起来给自己解释，"我不是……我不是跟踪你，就是刚好路过，绝对是刚好路过，我的意思是说……上一次何纯他们也是因为……然后……"

越抹越黑，陈牧讪讪地闭了嘴。因为他忽然发现自己的话，无形中给阮晓琪和唐胜天两个人扣了一顶大帽子。

"你整天脑袋里装的都是什么？"阮晓琪白了他一眼。

陈牧赶紧转移了话题："那这个……是感谢什么的？"

礼物陈牧虽然收了，但阮晓琪的"专程感谢"其实他没听懂。

"不是因为这个？"阮晓琪眨眨眼睛。

"因为什么啊？"陈牧挠挠头，把晴天娃娃拎起来研究，"你说什么感谢我，还有我为什么甩脸子？"

这下换阮晓琪语塞了。

"干吗？我可是无功不受禄的。"

"我以为……你这几天是怪我，就是因为我突然消失，没还你钱……"

听阮晓琪说了半天，陈牧才想起来，奥数比赛那次，自己在阮晓琪的书里夹了一百块钱。

三分钟后，几乎整栋教学楼都能听到陈牧的大笑声。

"我是那么小气的人吗，我的姑奶奶？"陈牧笑得前俯后仰，他是被阮晓琪自以为看破他的小心思逗乐了。

阮晓琪被陈牧笑得都不好意思了。自己好像有点以小人之心度君子之腹了，不过隔了一会儿想想也不对，拍了一下陈牧脑袋让他别笑了，认真问道："那既然不是因为这个，你这几天干吗甩脸子给我看，你好歹配合一下我课代表的工作吧？"

对啊，为什么呢？

是因为看到你跟唐胜天走在一起心里郁闷？

还是因为你为什么回来连一声招呼都不打？

为什么不跟我解释你离开的原因？

为什么我看起来一点都不被重视？

为什么……

陈牧有好多个为什么，但是怎么问得出口？

这么多个为什么真要说出口，显得自己多矫情又小家子气啊。

陈牧不能直接问阮晓琪，又把话题引回到了唐胜天身上，生怕这一次问清楚的机会就这样白白溜走了。

"那你们今天在那里……你也送了他这个？"

"我没事送他这个干吗？"阮晓琪被陈牧的问话搞得莫名其妙。

"那就是只送给我的意思了。"这句话陈牧没有讲出来，他心里窃喜。

他总是把自己跟唐胜天做比较，一开始以为自己是因为讨厌对方，但讨厌为什么又非要跟他比较呢？

他懒得去想这个问题。

很多类似于这样的问题，陈牧过了很久之后才明白。

喜欢是占有，喜欢是跟别人不一样，喜欢也是唯一。

唯一才让人有安全感，是被偏爱的感觉，是你对我跟对别人是完全不同的态度。

只有偷偷喜欢着别人的那个人，才懂得这种唯一是多么可贵。

"只有我才有，而且在这个世界上，除了我之外，没有第二个人能够收到你亲手做的晴天娃娃。"

但那个时候的陈牧是不会承认的。

"没什么事的话我去吃饭了，肚子饿坏了。"

阮晓琪刚想走，被陈牧喊住了："今天食堂没什么好吃的，好像是炒饭，你吃过吧？就是一大坨饭放在里面搅动，炒都炒不开，给你打饭的时候就一坨东西在上面……"

"你闭嘴！"阮晓琪正想拿他桌上的那本英语书砸他脑袋，"你不吃别人还吃，别形容得这么……"

"恶心"两个字她没能说出口，可在嘴里憋着倒觉得更恶心了。

"别急呀，我有吃的。"陈牧像变戏法一样从书包里摸出来两个面包，"吃不吃？"

阮晓琪看了陈牧一眼，觉得他正经事没有，鬼点子倒是多。

但到底还是不争气地点了点头。

4

晚饭后的操场上是学生最多的地方。

大家陆陆续续从食堂走出来，有的回宿舍洗澡，也有一部分学生到操场上散步。

阮晓琪跟陈牧这时也走在塑胶跑道上。

阮晓琪觉得很奇妙，原来跟不同的人待在一起的感觉差别这么大。

跟唐胜天在一起的时候，自己总是处于一种紧张的状态，说的每一个字都像是架在弓弦上的箭，生怕说错一句话箭就射偏了，让两个人的关系彻底崩了。

但自己跟陈牧在一起时，完全没有紧张的感觉。

如果说她时时刻刻都像是窝在草地里胆战心惊的兔子，那陈牧就像是那块她更熟悉一点的草坪，她可以慵懒地躺一会儿，伸个懒腰——尽管过了一会儿，她就要回到那片充满危险的大草原上了。

他们走到操场的角落里，席地坐下。

"所以……唐胜天找你聊了什么？"陈牧还是忍不住穷追不舍地问道。

"你怎么那么八卦！"阮晓琪眯起眼睛，看到操场上来来往往的学生。

塑胶跑道上有一种被阳光晒过后的柔软感，即便是黄昏时分，坐下依旧能感觉到那股热浪，屁股暖烘烘的。

阮晓琪回想起中午唐胜天找自己聊天，讲的大扫除那件事。

"陈牧跟我斗气，是因为你吧？"唐胜天总是能够一语中的。

"不知道。"阮晓琪是真不知道。

"他对你好像……"唐胜天皱了下眉头，他好像找不出具体的形容词，旋即转移了话题，"你家里的情况怎么样了？是处理完了回来的吗？"

阮晓琪没跟人说过自己家里的事情，不过稍微一想也能明白，突然间休学这么久，多半就是家里出了什么大事儿。

"没什么，处理完了。"阮晓琪对于唐胜天突如其来的关心有点不习惯，站着的时候也别别扭扭的。

唐胜天又换了一种关心的口吻说道："陈牧那些人，跟我们是不一样的，还是少接近一些为好。"

阮晓琪当下有点不舒服。

倒不是因为唐胜天寥寥几句关于陈牧的话。她只是不习惯被人说应该干吗，怎么样做才会更好。

她觉得自己有选择的权利。

"想什么呢？"陈牧问了一句。

阮晓琪摇摇头，不想解释，反而问道："对了，你有想过以后你要考什么样的大学吗？"

陈牧正在摆弄塑胶跑道边缘上的几棵小草，被她这么一问倒是愣了一下，他的确没有为自己的将来认真规划过。

"没有，考哪算哪，反正都一样。"

怎么能一样呢？

阮晓琪刚想反驳，但没有说出口——也许，对有些人来说就是一样的。

"你之前……是因为什么突然休学的？"沉默了很久之后，陈牧终于从牙缝里挤出来这个问题，他抬头就看到阮晓琪带着笑的眼睛，有点不好意思地说道，"干吗？不能问吗？"

"陈牧，我发现你比谁都八卦。"

"这怎么是八卦……只是……只是你应该跟我说一声的！"陈牧憋了半天，又补充了一句，"我当我们是朋友。"

朋友——这个词真是恰到好处。

青春期任何不为人知的心动，任何看似随意一问但又切切实实的关心，都可以用这个词来解释。

因为我们是朋友，我当你是朋友，所以你要告诉我。

阮晓琪却觉得心头一热，对啊，自己为什么不能有朋友呢？

什么事情都藏着掖着未必就是件好事，哪怕他们两个人的距离现在看似很近，其实踏出这个校门以后，就会被拉得很远，但这一刻他们是朋友。

阮晓琪也不知道从哪里开始讲——爸爸的离开，继母的态度，叔叔一家人对自己的关照，还有回学校之后的慌张。

是的，慌张，阮晓琪用这个词语来形容自己。

现在，她好像彻底打开心扉，终于掏出了自己最真实的感受，摆在陈牧面前。

立定中学也不乏成绩优秀的学生，她已经落下了不少课，如果不是唐胜天愿意给自己讲题，她很难迎头赶上其他人。

她害怕自己最后拿不出好成绩，让叔叔一家人觉得自己不值得，觉得这孩子也就那样。

在阮晓琪的世界里，任何人对她好，从来都不是一种无条件地付出，除了爸爸。

她唯一掌控的，就是自己的成绩——考一个更好的大学，找一份更好的工作，然后来报答叔叔一家人对自己的好。

阮晓琪终于想要把这段时间的心路历程全盘托出——直到陈牧打断了她："上课铃响了。"

阮晓琪这才发现，操场上的学生已经都不见了。

"你你你……"阮晓琪急得跳起来，准备往教室跑，"哎呀快点走。"

陈牧却把阮晓琪拽着，歪着脑袋看着她，嘴里还念叨："你还没讲完呢。"

"上课了，还讲什么讲！"

"那你要找时间跟我说完。"

"行了行了，赶紧走。"

阮晓琪不知哪里来的勇气，转头拉着陈牧的衣袖在操场上奔跑起来。

陈牧看着眼前的阮晓琪，心里默默地说道：

"以后有什么事，请你一定要跟我讲，拜托了。"

他由此心安了，不再因为阮晓琪而神经分分了——

因为我们是朋友，所以你什么事都会跟我说。

因为我们是朋友，所以我跟其他人不一样，跟唐胜天也不一样。

因为我们是朋友，所以我可以大大方方地跟你聊天，跟你开玩笑，可以有更多的理由去靠近你。

因为我当你是我最好的朋友，所以我想要更靠近你。

5

日子终究回归了平静。

陈牧这段时间看方永玲没往楼上跑了，唐立地也不在自己教室门口晃悠了。

他跑去向何纯打听，何纯说是因为俩人吵架，他也就懒得再追问。

快到期中考试的时候，苏欣被学校通报批评了，原因是带手机来学校，不尊重老师。

后来据何纯说，是因为苏欣班级里的一个物理老师私底下给学生有偿补课，估计是觉得有赚头，就要求大家都来报名。

他们班的男生就打电话直接向校长举报了。结果物理老师就被校长抓去批评。但这个物理老师跟年级主任私交甚好，刚从校长办公室出来，就开始查是谁举报的。

好巧不巧，一群男生举报时，用的就是苏欣的手机。

年级主任没收手机后，还看到了苏欣和何纯聊天的短信，一顶"早恋"的帽子就这么扣上了。

通讯录里没有备注姓名，只有号码。

年级主任只能要求苏欣说出对方是谁，苏欣不肯说。

年级主任没办法，只好全校通报批评，让苏欣的家长把他带回家教育一个星期。

得知这个消息后，何纯发愁地对方永玲说："这可怎么办啊……"

她怕跟苏欣从此断了联系，又怕再联系会露馅儿，因为手机还在年级主任手里。

陈牧最近学习还挺勤奋的，当然主要是靠阮晓琪监督。他周末也会到学校里来——自从知道阮晓琪周末不怎么回叔叔家后，陈牧就赖上了对方。

他有时候会让陈母做好饭，带着过来跟阮晓琪一起吃。

"不用去食堂吃饭，我给你带饭吃。我家的比较好吃。"

阮晓琪说不清楚是什么感觉，反正就是……挺高兴的。

有一次周末两个人在教室里吃东西，同班女生在走廊上路过的时候，对着陈牧和阮晓琪两个人指指点点。

"是跟你一个宿舍的啊？"陈牧问阮晓琪。

阮晓琪不置可否。

"有矛盾？"陈牧多问了一句。

"别整天八卦有的没的。"阮晓琪拍了一下陈牧的头，"赶紧吃，吃完还有习题要做。"

南方的秋天让人感觉跟夏天差不多，然后突然间一降温，冬天就来了。

第六章 · 野炊 ■

十七八岁的青春回忆起来美好，但身处当下，那些数着日子去过的每一天往往乏味而又漫长。

即将开启高考倒计时了。

高二上学期最后一次月考过后，所有人都陷入了紧张的期末复习中。

年级主任不知道为什么这个时候突然开窍，说为了让大家放松一下，组织全年级的学生进行一次野炊。

十七八岁的青春回忆起来美好，但身处当下，那些数着日子去过的每一天往往乏味而又漫长。

那个时候，每个人对于集体活动都翘首以盼。

这天班会上，唐胜天负责给全班同学分组。他让同学们先自行组队，不好安排的，他再来协调。

"阮晓琪！你跟我们一组啊！"陈牧在座位上大声喊了出来。

阮晓琪回过头恶狠狠地瞪了他一眼，然后继续埋头刷题去了。

陈牧故意这么大声，生怕阮晓琪被某人协调走了。小组里还有几个平日里一起打球的男生。

而这样一个男多女少的尴尬分组，自然引来不少乱七八糟的声音——

"小地方来的人有人罩着就是好。"

"跟男生走得那么近，怪不得平时对我们爱搭不理。"

"天天那么努力学习也没见到成绩多好啊，休学那么长时间还想跟别人一较高下？"

"天天去找唐胜天问问题，也不知道是不是真的问问题，说不定……"

陈牧本来不想理会，听到后面的时候实在听不下去了。

"你们在说什么？"他冷笑着看着前排几个女生。

"关你什么事？"有人回了一句。

"怎么，你妈生你出来，嘴巴那么长，就是为了在这里说闲言碎语是吧？"

眼看一场唇枪舌剑就要上演，唐胜天走下讲台，来到陈牧面前，依然是"正确"的语气，说道："都安静下！分组是自愿的，到时候出去野炊也是所有人一起行动，不要因为这个事情就闹不和，大家还是以团结为主。"

陈牧本来也不想吵，他知道跟女生吵架最后也不占理，就不屑地走到教室外面去了。

唐胜天还在教室里跟几个嚼舌根的女生聊着，过了一会儿也走了出来。

"谢谢。"陈牧觉得还是应该道个谢，毕竟对方帮自己解了围。

唐胜天看了陈牧一眼："没什么，这是应该做的，还是要照顾到大家的情绪。"

是应该做的。

陈牧嘴角抽动了一下，不知道说什么好。

唐胜天凡事总能说得那么义正词严。

确实是应该做的，也是必须做的，只是他不是很能理解，什么事情都分为应该做和不应该做，活得这么严谨，不累吗？

"我知道你对我的看法。"唐胜天难得地笑了一下，倚在栏杆上。他在等里面的同学自愿分组完成之后，把统计名单交到班主任那里去。

他平心静气地说道："我跟你没有什么矛盾，我不是针对你也不是针对你们那群人，只是那是对的事情，对的事情就应该去做。"

"对的事情，未必就是完全正确的。"对面唐胜天，陈牧难得表现出一副很讲道理的样子。

但唐胜天竟然没有反驳："你说的对。"

他笑了一下，看着时间差不多了，走进教室去收分组的表格。

陈牧印象中，这是两个人第一次正常的交流。起码是陈牧自己第一次不带有反感情绪的交流。

对于外卖事件，陈牧不知道唐胜天是否心存芥蒂，但陈牧自己是有的，在他心里，两人已经成了对立阵营的人。

陈牧知道自己说服不了对方，也没想过说服对方，是唐胜天自己提及，他忍不住就讲了那么一句看似反驳的话。

可唐胜天没有跟他争辩，他只说"你说的对"。

陈牧感觉说出来的话就好比在空气中挥舞的拳头，最终什么都没打中。

直到这个时候，陈牧才发现自己对唐胜天几乎一无所知——他坚持自己的某种观点，只做某些所谓"对的事情"。

他似乎永远对事不对人。

哪怕是帮陈牧解围，他也是以一种大公无私的形象出现的。

在此之前，陈牧也懂得每个人都有自己的想法，但还是不太能接受跟自己三观不同的人交朋友。

可现在他有点明白了——

看待同一件事，有的人站在情义的角度，有的人更倾向于讲道理。

唐胜天是讲道理的人，只是有时候未免太过于冷冰冰，以至于陈牧觉得他"不算是个好人"。

也是从这一刻起，陈牧才对唐胜天的看法有了一点点改变。

野炊的时间定在周五。

周三的时候，陈牧就拉着阮晓琪和一群男生，煞有介事地讨论谁去买东西，谁到时候负责带队伍寻找野炊的最佳地点，谁负责洗菜，谁负责做饭。

"我负责做饭。"陈牧首先提议道。

阮晓琪诧异地看了陈牧一眼，本来提议做饭的她话到嘴边又咽下去了。

陈牧看到阮晓琪的眼神，感觉非常自豪，认为自己在阮晓琪心目中的形象更加高大了。

一群男生嘲讽道："别弄得我们一群人拉肚子！"

陈牧赶紧伸手去捂他们的嘴。一群人哈哈大笑。

她喜欢这种氛围。

阮晓琪觉得自己以前更像是一个把自己完全封闭起来的人——她不需要朋友，不需要多余的东西。她只希望自己埋头苦学，成绩稳定，然后就可以远远地逃离这个地方。

直到这个时候她才感受到，朋友其实很重要。

她喜欢大家一起叽叽喳喳地讨论，那些听上去幼稚傻气的调侃，能让人心情放松。

这时，她才猛然间发现，自己紧绷着的一根神经已经太久太久没有放松过了。

然而她也不太能迈过去自己心中的那道坎。

跟陈牧在一起聊天时，跟大家一起开开心心讲话时，她还是会下意识地跟大家划清一点点界限，毕竟她跟他们是不一样的。哪怕现在的这道界限，已经很浅很浅了。

唐胜天说得对，哪怕靠得再近，踏出这个校门后每个人都是不一样的。

但没有关系。

阮晓琪心里想，哪怕只是基于当下的一种飘忽不定的友情也好，既然现在拥有它，那就不要漠视它。

在这一点上，她跟唐胜天的态度是不一样的。

所以她喜欢陈牧这个说话直来直去，没什么心思，从来也不考虑以后的大男生。

"我也可以假装自己是那个不用考虑将来的幸运儿。"她这么想——如果这样能够减轻一点点紧张感的话。

3

野炊的地点在学校后山上的半山腰处。

学校还安排了校车，早上八点准时从学校大门出发。

大家到达野炊地点后，各个小组自行选择据点。大家把各自带的家什放在地上。

"我们去找些枯枝树叶来生火，陈牧和晓琪，做饭交给你们了。"几个男生冲陈牧眨眨眼睛，一溜烟跑上山去了。

陈牧愣了一下，看向阮晓琪，她也一脸疑惑。

陈牧旋即明白他们这几个家伙是什么意思了，脸腾的一下红了，坐下来把买的东西全部都拿出来。

阮晓琪好奇地靠过来问："陈牧，你真的会做饭？"

"会啊。以前上初中的时候，我去奶奶家里住过一阵。那时候奶奶手脚不便，我就自己学了点，不过不好吃你可别怪我。"陈牧耸耸肩，把一根火腿肠剥开包装后递给阮晓琪，"这群人跑上山肯定要玩一阵才回来，你先吃点。"

阮晓琪咬了一口，皱了皱眉："不好吃。"

"不喜欢玉米味的吗？那给我。"陈牧接过火腿肠，想都没想就咬了一口。

阮晓琪一愣，脸一下也红了，看了看四周，还好没有人注意到这边。

陈牧抬起头来刚好看见阮晓琪满脸通红的样子，他挽起袖子的手在半空中停了下来："你干吗？"

"没事。"

"没事还不快去把这些东西洗一洗，喏，在那边——"陈牧指指阮晓琪身后的一条从山上流下来的小溪。

小溪边已经有一些同学开始洗东西了。

"哦。"阮晓琪红着脸蹲下去拿东西，抱着东西走过去的时候，突然对陈牧轻声说了句，"谢谢你。"

陈牧愣了一下，在回头的时候阮晓琪一溜烟跑远了。

"谢我什么？"陈牧挠头，没想明白。

4

野炊弄得一片狼藉是预料中的事——

好不容易做的窑鸡，还没焖熟就拿出来吃了。

炒菜的时候，火一会太大一会太小。

一群人搞得灰头土脸，最后看着一锅黑漆漆的菜哈哈大笑。

"你不是会做菜吗？"阮晓琪笑嘻嘻地盯着陈牧说道。

陈牧笑得眼泪都快流出来了："来！你吃！我刚叫你给我递酱油，你给我来了瓶醋，吃吃看，酸不酸。"

还好陈牧早有准备，从书包里掏出一些零食来分给大家吃。

"奇怪。"阮晓琪坐在山坡上，一边啃着面包一边看向学校，"我们从学校后操场看过来，这片山还挺近的，但是从这里看学校就感觉很远。"

"其实也不远。"陈牧把一瓶牛奶递给阮晓琪，"走一下就觉得不远了。"

陈牧坐到阮晓琪身边继续说道："这座山以前叫作铁山，因为从远一点的地方看过来的话，山上光秃秃的，好像没什么树。后来改名字了，因为朝南，现在叫大南山。小时候我来过一次，你别看这里不算高，其实真要爬上去能把人累死。翻过山就是另外一个城镇了，再过去一点就是海，我小时候也去过那个沙滩。现在那边建了一个核电厂，开车上高速公路的话也会经过，钢筋铁骨的，晚上路过时，明晃晃的白炽灯下看上去很吓人。"

陈牧神采飞扬地说着，完全没看到阮晓琪一脸认真和向往的神情。

"不过因为是免费开放的沙滩，去的人多垃圾也多，没有人维护环境卫生，比较脏。后来那个海就没什么人去了。"

"我没看过海。"阮晓琪小声地说，像是怕被人听到一样，还往后看了一眼。

这个小举动被陈牧发觉了，有点心疼地说道："你啊，能不能不要那么敏感，没看过就没看过，这有什么？"

"你小点声不行吗！"阮晓琪掐了他一下。

"行行行，等到了夏天我带你去看海。"

"真的？"

"真的，一言为定。"

阮晓琪一边认真地啃着自己手里的面包，一边想陈牧口中说的海是什么样子，很脏的沙滩看上去还会是黄灿灿的吗？

陈牧接着跟她讲起海边上的公园："以前那边是不收费的。现在为了清理垃圾收门票，不过票价也不贵，就是多了一些设施，但那些沙雕什么的都不太好玩。"

正说着，唐胜天走了过来，打断了陈牧的演讲："晓琪，副班长那边人手不够，你能去帮忙一起组织一下女生吗？我们差不多也要回去了。"

"哦，好。"阮晓琪站了起来，把吃了一半的面包自然地塞到陈牧怀里。

唐胜天看了陈牧一眼，没有说什么。

从上午出来到现在，其实也就过了几个小时，还远远没有到黄昏的时候。

陈牧估摸着回去还得上课，于是趁着收拾东西的时候出了个鬼主意——组织大家一起走回去。

"班长！"陈牧阴阳怪气地喊了阮晓琪一声。

"你瞎喊什么，我只是帮忙组织一下。"阮晓琪踢了陈牧一脚。

"我有个主意，不如你让唐胜天跟班主任申请一下？"

"什么主意？"

"我们组织大家一起走路回去，怎么样？"

阮晓琪一听就明白了这群人到底想做什么，她翻了个白眼："你自己怎么不去说？"

"你们两个关系好嘛，我可没有这种待遇。"陈牧说得酸溜溜的。

"好你个屁！"阮晓琪拍了陈牧一下，才猛然反应过来自己说了粗话，脸一下红了。她恶狠狠地瞪了陈牧一眼，回身去组织另一群人整队。

陈牧四下搜寻着班主任的身影，没有注意到唐胜天的眼睛一直追随着他和阮晓琪。

唐胜天的脸上依旧没有什么表情，只是——如果陈牧能看到的话——这一次，他眼神里没有那种冷冰冰的气息。似乎只有看向阮晓琪的时候，不苟言笑的他才会柔软一点，再柔软一点。

陈牧和几个男生拉了体育委员去找班主任。经不住一群人软磨硬泡，班主任勉强同意。

"你们啊……"班主任无奈地说道，"既然出来玩，想尽兴也可以。

不过走路回去不只是你们这几个人的事儿，问问其他同学的意见吧。"

"刘公子万岁！"陈牧几个人起哄。

最终，除了唐胜天和几个原本惜时如金的学生没有表态之外，大家都兴致很高地同意了。

没有人想提前回去上两节数学课，大家选择一起走路回学校。

阮晓琪的视线在人群中找到陈牧，后者朝她神气地眨眨眼睛。

5

一路上，陈牧滔滔不绝。

"小时候我跟我妈住在学校的宿舍里，就我老妈现在还任教的那所小学，那里也有这些树，不知道叫什么，但是看起来还挺好看的。"陈牧跟阮晓琪并排走在队伍的后面，一边走一边说，"沿路的那些花你看到没有，叫夜来香，听说晚上的花香还会引蛇出洞。我们小时候还在学校的后门找到一条正在孵蛋的蛇，其实你不攻击它它也不会来咬你，但要是你惹到了它就完了……"

阮晓琪好奇地歪着脑袋听。

她其实一直都很好奇，别人的童年会是什么样的？

她会不自觉地在别人的话语中找一些彼此的共同点——似乎是为了说服自己，自己和他们没有什么不一样。

这群少年，其实都拥有一样的家庭、一样的困惑，面对未知事物的时候，也一样会慌张失措。

大家都一样。

只要是一样的，那就好。

那时候阮晓琪没有意识到，当自己下意识地去寻找跟另一个人的共同点时，去努力告诉自己"我们是一样的"时，就是喜欢的开始。

那时候的她，以为这种心思只是因为自卑。

陈牧自顾自讲了一路，并没有察觉到阮晓琪的小心思。

两个人的肩膀一高一低的，并排走着，步伐一致，几乎就要靠在一起。

后来陈牧回忆起十七八岁时的事，印象最深刻的依旧是这一幕。

太阳在天边慢慢地落下去。冬日的夕阳多了一分寒意，像是要把白天给予这个世界的温暖一点点吸掉。

欢声笑语充满了这条小路，每个人脸上都挂着笑容。

沿路是大片的田野，有一两头牛或窝在水洼里或正在吃草。

暮色降临，把远处的景色一口一口地吞没。

阮晓琪突然说道："学校快到了。"

"是啊，快到了。"陈牧扭过头认真地说，"真希望跟你一起再走一遍。"

陈牧看不到阮晓琪的表情，见她不说话，赶紧给自己打圆场："我的意思是说，挺好的，就是……很少有人愿意听我这样唠叨。"

"说的什么话！"陈牧在心里暗骂自己。他确实是有感而发，平日里他好像没有这么多话。

他也有不少好朋友：何纯、李斌和方永玲。只是跟阮晓琪在一起的感觉好像不同。

跟其他人在一起时，大家会叽叽喳喳地讨论某个人，为哪里好玩或哪里的东西比较好吃争论。而阮晓琪只是安静地倾听，比她做题的时候还要认真。

碎碎念和回忆可以"被倾听"，对陈牧来说，是一种很舒服的体验。

陈牧以前没有过这种体验，因为他也从来没认真地倾听过别人的心声。这会儿他才突然明白，彼此倾听的重要性。

而阮晓琪这一次终于看向了陈牧，她并不是介意陈牧的那句话，她是在认真思索。

在一片暮色中，她的眼睛一闪一闪的："会有机会的。"

会有机会的。

她说。

陈牧记住了。

随即她又补充了一句："不唠叨的，其实。"

第七章·烟花

哪怕该面对的仍要继续面对，无法逃避的终究逃避不了。可给自己一个"重新开始"和"一切都会好"的借口，也是很好的。

期末考试很快来了。

陈牧对这一次的考试胸有成竹。主要是因为这段时间阮晓琪补课补得好，帮助自己查漏补缺，所以陈牧对基础题都信心十足。

虽然有些难题，陈牧还是解答不出来，好歹也能写几个公式，拿一点步骤分。这是阮晓琪教他的考试小技巧。

放寒假前，班上公布了成绩，果不其然，陈牧排名全班第三十名。陈母还为此高兴了好一阵子。

整个寒假，阮晓琪都待在叔叔家里。

叔叔一家人小心地呵护着阮晓琪，生怕某句话让她难过。小心翼翼的相处方式，反而让阮晓琪觉得有点别扭。

不过这也是他们表达善意的一种方式吧。

她把这种善意藏在心里，虽然没有说出来，但其实很感动。

这是除了陈牧以外，她第二次感受到小心翼翼的关怀。

她有时候怀疑，老天是不是一开始把这个世界对她的关怀都没收了，以至于后面补偿给她的时候，她都有点手足无措。

有一天，吃完饭之后，叔叔和婶婶说一起出去走走，出门前还给堂哥使了个眼色。

阮晓琪起身要去洗碗，堂哥忙不迭地拦下说："我来我来！"

阮晓琪笑着把他推开了，让他回房间打游戏。

刷完了碗，阮晓琪也回了房间，躺在床上看书。

堂哥突然在门外轻声问道："可以进来吗？"

阮晓琪连忙坐起身，说道："进来吧。"

只见堂哥扭扭捏捏地走进来，变花样一样地从身后拿出来一个盒子。

"生日快乐！"

阮晓琪吓了一跳。

"嘿嘿。"堂哥不好意思地挠挠头，"这是我打工攒钱买的，今天是你的生日，喏，拿着。"

他有点霸道地抓起阮晓琪的手，把礼物塞到她手里。

阮晓琪还没来得及拒绝，叔叔和婶婶不知道什么时候也走来了。

"祝你生日快乐，祝你生日快乐……"叔叔拿着手机播放《祝你生日快乐》的歌。他唱得很难听，表情却很认真，似乎在努力控制自己不跑调。婶婶手里捧着一个蛋糕，上面插着蜡烛。

一家人的笑容在烛光里摇曳。

阮晓琪的眼泪一下就掉下来了。

"哎呀，哭什么呢，今天是你生日呀！"婶婶忙不迭地把蛋糕放在桌子上，一边责怪堂哥，"你是不是说了什么不该说的话了？"

堂哥"啊"了一声，委屈地说道："我没有啊。"

阮晓琪豆大的泪珠止不住地往下掉，急忙帮堂哥澄清："不是的，不是……"她用力摇头，"我就是……高兴，对，高兴……"

叔叔一家子人面面相觑，婶婶坐下来搂着她的肩膀："傻孩子，高兴的话有什么好哭的，快点，把蜡烛吹了，我们切蛋糕吃……"

婶婶给阮晓琪戴上一个纸叠的小小生日帽。

阮晓琪感觉帽子很轻，很怕它突然就掉了。

他们切完蛋糕，叔叔还说要唱一首歌，被婶婶和堂哥一口否决，说太难听。

阮晓琪扑哧一声被逗乐了。

大家聊着天，堂哥讲起自己上大学的时候舍友的趣事：

"我舍友是北方人，人高马大的，有一次跟另外一个舍友在上铺闹腾，然后床铺塌了……"

"他们学粤语，把'样衰'理解成'很帅'……"

"对了，上一次我们去聚会……"

全家人听着笑得前俯后仰。

阮晓琪感觉自己就像经历了一场梦魇。等到梦醒过来的时候，发现太多的美好在等待着她。

太好了，真的……太好了。

直到半夜重新躺到床上的时候，阮晓琪还觉得自己像是被棉花糖包裹着的公主。

她轻轻地打开了堂哥送给自己的礼物，里面是一部手机。

她想到之前叔叔跟自己说，要常常打电话回家。只是她每次要去办公室打电话，都感觉很不好意思。很多学生都偷偷带手机到学校，很少有人真的去办公室用座机打电话。

她把手机拿出来。盒子里还留了一张字条，明显是叔叔的笔迹。

字条上写着一串手机号码，还叮嘱阮晓琪如果带手机去学校，不要被老师发现，更不要贪玩影响学习。

阮晓琪摸索了好一会儿，才大概知道手机怎么用。

她想了想，爬下床，从书包的夹层里拿出一张字条，上面也是一串号码。

她轻轻地在键盘上把号码输进去，然后编辑了一条短信。

"是我，阮晓琪。"

再轻轻地点击"发送"。

关了灯的房间里，小小的屏幕透着光，映照出一张嘴角上扬的脸。

陈牧寒假在家也没闲着。

陈父终于在年前从深圳赶回来了，带着大包小包的礼品盒，都是过年要用来送亲戚朋友的。

陈父和陈牧休息没两天，就被陈母要求做大扫除。

爷俩先收拾了屋子，又把阳台上的栏杆清洗了一遍，紧接着又刷楼梯。前后忙了好几天，才把屋子收拾完。

数着还有三天就是大年三十了，陈母又开始张罗年货。

反正就是一个字：忙。

陈牧每天到晚上才有空看看课外书，玩玩手机。

这天，晚上十点多，陈牧迷迷糊糊地要睡着了。

手机突然一振，他拿起来一看。

"是我，阮晓琪。"

他惊呼了一声，差点把手机从床上摔下去。

2

唐胜天正在房间里学习，弟弟轻手轻脚地走进来，说妈妈打电话说明天回来。

唐胜天皱了皱眉头。

他不喜欢过年，因为每一次过年妈妈回家后，父母都会因为一些鸡毛蒜皮的事情吵架。

他有时候怀疑，爸妈两个人到底是不是相爱？

爸爸常年在外跑货车，妈妈在外地打工，俩人很久才回来一次。长久不见面，应该会很陌生吧？

两个人明明组成了家庭，但都对唐胜天和他弟弟不管不问。

这导致了兄弟俩的性格完全不一样，哥哥孤僻、稳重，心里清楚只有学习才有出路；弟弟叛逆、贪玩，考上立定中学是意料之外的事。

他叹了口气，抬头说："回来就回来吧，爸今晚是不是不回来睡了？"

"嗯，说是要跑完年底最后一单货。"

唐胜天点点头，继续看书，弟弟也出去了。

唐胜天最近发现，弟弟总是拿着手机打字，好像是在跟谁聊天，能在房间里待一天不出来。唐胜天也不去过问。

他想到了阮晓琪，心里咯噔一下，手中的笔也停下来了。

唐胜天不知道这种思念从什么时候开始，也不知道这种突然冒出来的情愫会不会有一天突然就结束。

他向来习惯克制自己的情绪，也从来不在外人面前表露。哪怕父母吵架，他也只是冷眼旁观，从不插手。

他很少有去想过自己的真实感受，因为在他看来，自我感受是没有任何作用的。

如果想从这个小山村里走出去，立定中学是远远不够的，他需要走得更远，再远一些。他要靠自己一步步打败未来世界可能面对的不公平，然后走到最高处。

而走到最高处的过程中，除了学习以外的任何的事情都是无用的。

既然无用，就不去想。

但怎么会不去想呢？

会想的。

他曾以为阮晓琪是跟自己一样的人。在这样一个小地方，铆足力气考上立定中学，无非就是想要冲破家庭的囚笼，希望自己能够再努力一点，飞得再高一点。

他一直认为，阮晓琪应该是最理解自己的，即便现在两个人好像走得不是很近，但他依旧这么认为。他没有朋友，也不需要朋友，但如果那个朋友是阮晓琪的话，他似乎可以接受。

看着阮晓琪跟陈牧走得很近，他心里有一种说不清楚的滋味——如果说这是嫉妒的话，那未免也太小气了一些。

阮晓琪有选择跟谁做朋友的权利，也有喜欢一个人的权利，只是这个人未必一定是自己。

陈牧有什么好让人嫉妒的呢？

他成绩一般，成天一副吊儿郎当的模样，看起来对一切都不在乎。也许他的家庭条件不错，但那也不是他自己争取来的，他只不过是幸运一点，就那么一点，不足以把自己比下去。

他叹了口气，不再去想。要抓紧时间学习。

可这会儿，他不知道为什么一个字都看不进去，只是坐在桌子前发呆，他很少让自己浪费这么长的时间发呆。

直到弟弟进房间睡觉，他才缓缓回过神来。

3

　　阮晓琪出门的时候婶婶还叮嘱了一句："晓琪啊，衣服多穿一点，外面怕有点冷，人多的话不要去跟人挤——"

　　"知道了，婶婶！"阮晓琪回应着，跟堂哥相视一笑。

　　他们两个人一起出门，只不过私底下说好了，堂哥去跟他的同学玩，阮晓琪去找陈牧。

　　"婶婶，门口的垃圾我先拿走啦！"阮晓琪喊了一声，拎着垃圾袋，跟堂哥两个人一路小跑下楼了。

　　"这两个孩子。"叔叔笑着摇摇头。

　　"现在过年跟以前过年可不一样。"婶婶一边洗碗一边说，"以前啊，都围在电视机前看春晚。现在的年轻人都想跟同学朋友一起去外面玩，一起跨年。就让他们去吧。"

　　"也是。"叔叔在客厅坐下，点了根烟，觉得有点闷，又起身去开窗，"能够多交几个朋友是好事，阮旭那小子倒是不用担心，就是晓琪愿意多跟同学出去交流交流，去玩一玩也好。"

　　阮晓琪跑到商业中心的时候，几个人已经在那里等她了。

　　南方城市跟北方城市过年不大一样，大年三十晚上街上还有各种活动。大家也不怎么待在家里看春晚，商场奶茶店也几乎都不关门。

　　整个商业中心灯火通明、喜气洋洋。

　　"新年快乐！"陈牧给她戴上了一顶结结实实的棉帽，"喏，这个是给你的新年礼物。"

　　何纯和方永玲在旁边异口同声："我们怎么没有？"

　　"你们自己买去。"陈牧没好气地瞪了这两个人一眼。

　　"行了，重色轻友。"何纯打趣道。

　　阮晓琪的脸腾的一下就红了，羞恼地说道："我不要，还给你。"

　　"戴着！哪那么多废话？"陈牧难得表现得这么霸道，不再是那个对什么都毫不在乎的少年。

　　"什么色什么友……"阮晓琪低声嘟囔。

"大家开玩笑呢，你当真干什么？"陈牧哭笑不得。

这时李斌也来了。五个人终于到齐了，一起去猜灯谜。

友情有时候就是这么奇怪。

阮晓琪在学校跟何纯和方永玲两个人并没有很多接触，这会儿也可以一起手挽手逛街。

阮晓琪第一次觉得有了属于自己的生活。

她贪婪地、小心地，却又大口大口地呼吸着这里的空气。她回想起叔叔婶婶给自己过生日，堂哥跟自己的玩笑打闹，还有陈牧和身边的这一群人。

她第一次觉得幸福。

"砰——"

一声巨响，把阮晓琪结结实实地吓了一跳。

有人开始放烟花了。

陈牧不知道什么时候站到了她身边，两个人的手轻轻地碰到了一起，随即又躲开。

阮晓琪的心猛地跳了一下。

"看。"陈牧一点都不在意，他示意阮晓琪抬头看看天上的烟花。

烟花绽放的光彩映照在每个人喜气洋洋的脸上。

阮晓琪沉浸在这种氛围里。这是她以前根本就没有感受过的氛围——每个人都带着笑容走在街上，仿佛坏事情都过去了，接下来发生的都是好的事情。

而她身边的每一个人，不管是陈牧、何纯、方永玲……哪怕是平时做事最不靠谱的李斌，都是好的。

"真好。"她在心里轻轻地对自己说了一句。

能留住这一刻就好了。

"喂！"陈牧突然间转过头来对她说话，鼻尖差一点点碰到她的脸，阮晓琪吓了一跳。

"啊？你在跟我说话吗？"烟花绽放的声音很大，阮晓琪听不清楚。

陈牧示意她把耳朵凑近些。少年温热的气息拂过她的脸，她听见陈牧一字一顿地说："我说，我很高兴！能和你一起看烟花！"

很高兴能和你一起看烟花。

"我也很高兴。"阮晓琪在心里回应着，心里像是有一块软软的地方被触动了。她猛地抬起头来呼吸。

有点眩晕。

她到现在都不敢相信，这样美好的一个寒假是属于她的。

4

"你看看你爸，根本不要我们两个人了，还有这个家……本来就不是家了，少了一个人叫什么过年！"

陈敏本来想约陈牧出去玩的，但看着桌上冷冷清清的年夜饭，她叹了口气，到底还是没有打去那一通电话。

今年爸爸又没有回来吃饭，而妈妈变得越来越神经质，总是动不动就对陈敏发火。

陈敏清楚地记得前一个晚上，妈妈在房间里跟爸爸打电话时的歇斯底里——

"对，我知道你那边有家庭，但是我们离婚的时候本来说好了，你过年的时候要回来陪陪孩子，现在连这都做不到吗？谁都有难处，就你有难处，我天天带着一个孩子，我容易吗我？……钱？我要的不是钱，你不为我着想，起码该为孩子着想！你让我们母女两个自己过年算是怎么回事，去年也是这么说，今年也是……"

然后就是在房间里摔手机的声音，接下来是呜呜的哭声。

陈敏已经习惯了。

爸妈离婚那年，她才上初三。在那之前，他们家可是多少人都羡慕不来的神仙家庭。

陈敏的爸妈都是大学生，而陈敏从小就是被捧在手上的一颗明珠。不管是在家里还是在学校，在同学或者老师的眼中，她都是最闪闪发光的公主。

然而谁能想到呢？这样的爸爸和妈妈，会因为天天吵架而离婚。

初三那年，她甚至哭着抱着爸爸的小腿，她不想爸爸走，但爸爸就那样轻轻地推开了她，对她说："小敏，爸爸对不起你，但是爸爸很爱你，只是……以后我还会回来的。"

对，还会回来的。

后来爸爸就只往家里寄钱，人却一直都没有再出现过。

陈敏的妈妈经常会用近乎讥讽的语气对陈敏说："你爸出去挣大钱，做大生意，不会再要我们了，可真厉害。"

她感到一阵厌恶。

她在心里告诉自己：爱情是个不靠谱的东西，不管多优秀的男人都会变心；不管看上去举止多得体的女人，也可能是一个会骂街的女人。

她不想成为这样的人。

离婚之后，爸爸妈妈分割财产，妈妈要了房子。这是他们两个人一起打拼买下来的房子，妈妈只是无力地想拽住点什么。

陈敏跟随妈妈搬回这里，这是她唯一的家了。

离婚的原因是出轨，可能这个词太过刺眼，她硬生生地把它藏在心里。

妈妈一直在强调，这是一桩丑事，不能让外人知道。

但其实谁不知道呢？邻居们天天听着她鬼哭狼嚎，早就在背后指指点点了，而且如果这算是丑事的话，她自己也有责任。

陈敏只想快点上完高中，然后考大学，去外面的城市，也许就不用面对这么多躲在背后议论是非的人了。

吃年夜饭的时候妈妈又照样不断念叨，不断抱怨，吃到一半开始哭哭啼啼，发疯一样地质问陈敏："你不觉得心痛吗？你没有良心吗？为什么你还在这里吃！"

"神经病。"陈敏在心中默念，没有理她。

她又有点心疼——眼前这个女人是自己的妈妈。用尽了半辈子，跟别人炫耀自己家庭的幸福，炫耀自己女儿多么优秀，到最后在大家虚情假意的称赞中，把一切都搞砸了。

所以她才有那么大怨气，才会变得神经质，她揪住一切过往的东西不放，并且将怨气发泄到陈敏身上。

刚离婚时，她还会抱着陈敏放声大哭。现在她不会了，她的心中只剩下赤裸裸的恨。

仇恨使人丑陋，陈敏不愿意再看见她丑陋的样子。

陈敏最终还是决定出门，逃离这个让人绝望的家。

她一个人走在热闹的商业街上。

在她眼里，每个人的笑容背后都掩盖着自己内心的不安和慌张，试图告诉自己一切还很美好，其实只不过是一种虚假的自我安慰罢了。

想到这里，陈敏又摇摇头，嘲笑自己什么时候变得这么悲观。

走到公交站时，她回想起自己上一次跟陈牧的出逃行动，继而又想起初二那年的事情。那时她觉得天塌下来一样大的事，现在看来，不过是生活跟自己开了一个小小的玩笑。

也许很多年以后，她也会觉得现在的处境也算不了什么，说不定与人讲述的时候，三言两语、轻描淡写地就带过了。

然而事实是，当下的她还得熬过这段时光。

她深吸一口气，不再去想家里的事。

她心里想："不知道陈牧在干吗？"

握着手机，她还是没把邀请他一起出来玩的信息发送出去。

一想起陈牧，她心里有点五味杂陈。

因为那些事，所以他很讨厌自己的吧？其实自己一直都很让人讨厌吧？

她自己是知道的。

"现在你在哪里呢？"

她想到那天拉着陈牧解释时，陈牧看到另外一个女生和唐胜天待在一起聊天时的眼神。

陈牧应该是喜欢她的吧？

不，不一定非得是喜欢，但看得出来，陈牧是想靠近对方的。

只是自己的小心思，什么时候会像陈牧那样，被旁观者察觉呢？

能被察觉也许是一种幸运吧。

刚想到这里的时候，陈敏抬头望去，天边有一朵烟花绽放了，像是黑暗中有人咧嘴对自己露出了一个好看的笑脸，余烬轻飘飘地落下来，覆盖在每一个人的头顶上。

"新的一年又来了。"

她想。

第八章·夏日 ■

青春期的少年总是这样——永远一腔热血，永远天马行空，永远天不怕地不怕，唯独就是不敢说出心里想说想问的话。

寒假结束，高二下学期来了。

高二和高三的学生进入了全员备考的阶段。年级主任几乎每个星期就要开一次动员大会，给大家制造高考近在眼前的紧张气氛。

高三的学生很自觉，不需要老师多叮嘱。高二的学生才是需要下大力气狠抓学习的对象。

这个学期过得格外平静。为了让大家收心认真学习，很多集体活动都被年级主任叫停了。陈牧和李斌一群人骂骂咧咧，但也不敢造次。

陈牧只能抽空偷偷打打球，大多数时间都被阮晓琪揪着恶补英语。

阮晓琪给陈牧制定了详细的学习计划：要求他每天背二十个英语单词，要听写，还会抽查之前背过的单词。

这也导致陈牧对英语这个科目的厌恶感又上升了，可他又拗不过阮晓琪，每天在教室里叫苦连天。

方永玲跟唐立地偶尔还有联系，不过可能是因为唐胜天的关系，唐立地收敛了一点，没有怎么再出现在教室里，都是方永玲往楼上跑。

何纯和苏欣的联系若有若无，算不上好，但也不坏。

陈敏好久都没有主动来找陈牧了。不过，陈牧倒是每天都能看到陈敏在走廊上晨读，但他从不主动去打招呼。

唐胜天还是依旧一个人进出教室，大考小考都稳居年级第一。

阮晓琪有几次月考成绩稍有波动，但也不会掉出年级前十。

陈牧有时候觉得阮晓琪慢慢地像换了一个人。

高一时的阮晓琪可不是这样的，那时的她成绩有一点起伏，马上得把自己关禁闭，废寝忘食地苦学一阵。现在的她好像对自己稍微宽容了一些，不会因一两次排名升降就影响自己的心情。

李斌则比较特殊，第二学期伊始便放弃了文化课的学习，选择走体育特长生的路子，天天在操场上训练。

陈牧上学这么久，第一次觉得时间以自己可以察觉到的方式快速流逝。

一次次月考过去了，紧接着就是期末考试。

然后就是夏天，暑假紧接着来了。

2

陈牧和陈母放暑假时，陈父是没有假期的，他依旧要在外面奔波，没有时间回来。

陈母便带着陈牧一起踏上了去深圳的大巴。

陈牧看到父亲在深圳打拼的场景，才真正体会到成年人生活的不易。

陈父在外面跑生意的时候，看起来光鲜亮丽，但其实租住在一间小阁楼里。陈牧进房间的时候，才发现自己还要打地铺睡。

不过，放假的日子总归是快乐的。陈牧就当出来旅游了，和家人一起去逛了世界之窗，还自己一个人去欢乐谷玩了一趟。

他跟阮晓琪打电话，说自己在过山车上快吓死了。

阮晓琪在那一头笑话他。

阮晓琪整个暑假还是在叔叔家里住着。过完这个暑假就是高三了，她想再努力一把，希望能考到更大的城市去。即便现在的家里，叔叔婶婶对她都很好，让她感觉很幸福。

她心里知道，这两年的幸福时光，放在自己的整个人生当中，也许就是一小段时间而已。而她要利用这一段时间，为未来更好的自己做好准备。

"会变得更好的。"阮晓琪在心里对自己说。

不知道为什么，以前对未来从没有信心的她，这一次终于变得胸有成竹。

陈牧隔三岔五就给她发短信。

"深圳的盐水鸭真好吃，你吃吗？我可以给你带。"

"我今天去了东门步行街，我的天，那里太黑了，你知道吗？他们说这里买东西砍价要对半砍，对半砍他们都是挣钱的。"

"今天去了红树湾看海，这里挺好看的，有租自行车的地方，可以租一辆自行车，然后沿着海边骑车。"

说到海，阮晓琪笑着回复他：

"你这个骗子，不是说好了要带我去看海的吗？"

那边隔了好久才回复：

"等我。"

"等我。"这算是一种承诺了吧？

即便这个承诺是轻而易举给出去的东西，她都视若珍宝，想要把它好好地收藏起来。

3

阮晓琪倒是没想过，真的来海边了。

是高三快开学的时候，陈牧兴奋异常地打了阮晓琪电话，约她出来，何纯和苏欣也一起。

阮晓琪第一次见到了苏欣，之前都是从陈牧的口中听到这个名字。

苏欣很安静，不怎么讲话，跟何纯走在一起的时候像是两尊沉默的小人像儿，但看上去又格外般配。

阮晓琪被自己的这个比喻逗笑了。

阮晓琪的脚踩在软软的沙滩上，突然想起来："今晚我们能回去吧？我叔叔会担心我的。"

终于是有人担心着并且牵挂着的人了，跟所有人都一样。

"放心吧，我们可以坐那种面包车回去，大巴车一天就两班，估计赶不上，但肯定能回去的。"像是要说服阮晓琪一般，陈牧又补充了一句，"要是今晚不回去，别说是你，我妈都会打死我。"

"面包车，那不是黑车吗？"阮晓琪还是有些担心。

"怕什么，我以前也坐过，就是价格比大巴贵一点，不过坐着还舒服呢，还不是一样送我们回家。"陈牧满不在乎地说道。

阮晓琪却乐得眼睛眯成了一条缝，傻笑了起来。

"你一天天到底在笑什么？"陈牧拍她的头。

"没有，就是觉得好玩。"她说。

真好玩，终于看到海了。

原来脏脏的海滩也是很好看的，只是走上去时，偶尔会踩到一两个易拉罐，但远处的海是蓝色的，跟天际接在一起。

阮晓琪一个人走近海边，看到浪一重接一重地扑在沙滩上，浪声听起来很凶猛，浪花到达她脚边的时候却变得无比温柔。

她抬头看见陈牧跑到海水更深一点的地方，还挥手向自己炫耀，紧接着整个人就被后面的海浪给打翻了。笑得她前俯后仰。

"走！休息一下，吃东西去！"陈牧拉着阮晓琪坐到沙滩上，从书包里拿出好多零食塞到她手里。

阮晓琪看着大包小包的零食，和这个咋咋呼呼的少年，忍不住嘴角上扬。

他们一边吃着零食，一边看着何纯和苏欣两个人跑到沙滩的另一边，两个人的身影重叠，用脚尖将浪花踢向对方身上。

"他们是……"阮晓琪仿佛能感受到他们的快乐。

"相互暗恋对方吧。"陈牧笑了笑。

"那这不是……吗？"阮晓琪把中间两个字随着零食一起吃了进去。

"早恋是吧？"陈牧摇摇头，"没有，暗恋而已，偷偷喜欢一个人没问题吧？怎么能叫早恋呢？"

"哦。"阮晓琪闷闷地应了声。

她突然想起过年跟陈牧一起看烟花的时候，他一转身差点碰到自己。

那时候的紧张感，也是因为喜欢吗？

但是不一样的。对，不一样。

她在说服自己。

"不过我看得出来，何纯喜欢苏欣。"阮晓琪说。

这下换陈牧目瞪口呆地看着她了。

"干吗？要死啊？"阮晓琪刚说完，突然发现自己最近学坏了，跟陈牧待在一起太久，什么话都张嘴就来。要在以前，这样的话她肯定是说不出口的。

"这事我不是早就跟你说过了吗？你平时是不是没听我讲话？"陈牧作势要来掐她。

"去去去！"阮晓琪拍掉了他的手，"我是说，我自己看的话也能看出来。就刚才我们一起坐车过来的时候。"

"怎么看出来的？"陈牧好奇。

"反正就是一种感觉，一种藏不住的感觉。"阮晓琪解释起来觉得自己嘴笨，讲着讲着，气呼呼闭了嘴。

陈牧倒是不说话了，看了看阮晓琪。

喜欢一个人是感觉得出来的，那我如果真的偷偷喜欢你的话，你能不能感觉出来呢？

如果你能察觉出来就好了。

毕竟，陈牧自己都不知道答案。

但如果——如果是真的话，你会因为没感觉出来，把我当成是朋友？还是感觉到后，依旧愿意和我走到一起呢？

陈牧当然没敢问。

"我好像有点喜欢你"这种话，怎么能轻易说出口呢？

这种问题像一个飘浮的泡泡球，陈牧明知里面有一个答案，但是不敢戳破它。他不知里面藏着的是甜言蜜语，还是一个惊雷。

而如果他还留着这个泡泡球，即便永远没有答案，起码现在仍格外晶莹剔透。

陈牧觉得，之所以回想起十几岁的时候会觉得美好，恰恰就是因为这种朦胧感，朦朦胧胧才会让人觉得愈加期待。

　　成年人往往不够浪漫，他们总是迫不及待地戳破自己身边的那个泡泡球，如果不是自己想要的结果，就会立马抛诸脑后，继续寻找下一个。

　　但十七岁的少年对未来的一切都不可知，他只是知道这个人的珍贵。

　　他有很漫长的时间去了解对方，也有足够的耐心去寻找答案。

　　一切都刚刚好，一切都不着急。

　　回去的路上，阮晓琪在颠簸的车上睡着了。

　　面包车一路飞驰，夏日晚风从车窗吹进来，拂动着陈牧的短发。

　　何纯和苏欣坐在前排的座位上，何纯回过头来看着陈牧和阮晓琪，拿出手机对准他们。

　　陈牧带着微笑看着镜头。

　　可惜相机在颠簸中没有成功对焦，只能看出两个人靠在一起的轮廓，浸泡在氤氲湿咸的海风里，淹没在身后疯长的灌木丛里。

　　看着手机上的照片，仿佛能闻到树叶散发出来的芬芳。

　　夏天就在这种看似朦胧又清晰的日子里缓缓落下帷幕。

　　新的学期到来了。

高三

第一章 · 时间

喜欢一个人的时候，大概都是这样的感觉。哪怕不承认，但当自己看到网上关于喜欢一个人有什么表现的话题时，就会忍不住点进去，然后将自己的行为与这些表现一一对应。但是，这些行为在对方眼里，可能并没有什么特别。

时间真是一个神奇的东西，你身处当下的时候不会感觉到它的流逝，但当你猛地回头去看的时候，会发现自己已经走过很长一段距离了。

某个瞬间，陈牧以为自己还是两年前刚刚踏进校门的高一新生，因为迟到慌慌张张地闯进教室，因为冒失还划破了前桌同学的校服。

两年后，自己是一个即将面对高考的高三学生了。

班主任还是刘公子。

他在开学的时候进行了一番慷慨激昂的演讲，给同学们打气。

这些话早些时候听着还没有任何感觉，但眼下开始高考倒计时，陈牧难得地在大决战前努力了一把。

别说是他，连后排一群打打闹闹的学生都一脸"勇往直前"的表情，就差把这几个大字写在脑门上了。

多年后再回想起来，陈牧会觉得这种心态很可爱。高考其实也没什么大不了的，不过就是一场考试，是人生中的一个分水岭。高考结果也许会对一个人未来的道路有所影响，但并不能决定未来的一切。

不过，在十八岁的陈牧眼里，高考是一条要维持一整年的长征路，是真正的战场。

是人生路上最公平的竞争之一。

这学期，还转来了两个新同学。

一个成了陈牧的新同桌，名叫蔡斐。这人讲话抑扬顿挫，跟刘公子有得一拼。人也有趣，鬼点子多，一来就受到了大家的欢迎。大家都叫他"蔡老师"。

另外一个新生是一个胖胖的女孩子，叫张一雪。班主任安排她跟阮晓琪做同桌。

新同学的到来增添紧张的学习氛围，大家自己还没喘过气来，就赶紧开始你追我赶地拼命学，生怕被人赶上。

紧张的气氛早早弥漫在高三（3）班的教室里。

不过，这种学习氛围持续了不到一个星期，后排的男生又开始懈怠起来了。胖子几人上课的时候，都抵挡不住困意，一个个东倒西歪的。

这学期开始，陈母怕陈牧贪玩，不让他带手机去学校了。

陈牧努力了一个星期后，也开始觉得无聊了，到处找课外书看。

班级图书角的几本旧书，连封面都磨破了。最近多出来几本新杂志，也不知道是谁放上去的。

这天，陈牧课间随手拿了一本最新的杂志，准备上语文课的时候看。

一节课还没上完，陈牧就把杂志翻完了。他突然看到最后一页的一个作文比赛的消息。

这个作文大赛的名气很大，他初中就听说过。一大批出生于20世纪80年代90年代后的年轻作家都因为这个比赛名声大噪，引发大批有作家梦想的同龄人前赴后继去参加。

陈牧顿时按捺不住了。

他的语文功底还行。陈母以前是小学语文老师，逼着陈牧从小背诵古诗词，三年级开始更是要求他一天写一篇日记——虽然陈牧总是记流水账，渐渐地，也练就了一些写作才能。

陈牧本身也挺爱看书的，家里堆积的一些旧书被他翻来覆去地看。看多了还忍不住开始动笔写，他模仿各种文风写作，但是写出来的文章只能说风马牛不相及。

他每次都把自己写的东西扔在书桌的抽屉里，时隔一两个月，忍不住再翻开看看的时候，只觉得羞愧难当。

陈牧这样写了扔，扔了写，"笔耕不辍"。

不过陈牧打心底里还是挺喜欢写点儿东西。这次说不定可以试一试。

他不知道杂志是谁的，不过想着扔在图书角就是给大家传阅的，参赛表应该没人会用了吧?

他索性找到一把尺子,沿着边框把报名表整整齐齐撕下来了。

蔡斐看到陈牧在撕课外书,以为他受了什么刺激,凑过来看。

"这个比赛,听说过没?"陈牧给他看报名表。

"听说过,好像高考还有机会加分,你参加啊?"

"试一试。"陈牧假装轻描淡写地说道。

"就当投个稿,要被选中了不等于赚了。"陈牧心里想。

2

阮晓琪趁着午休找陈牧补习功课的时候,他还在草稿纸上唰唰地写着。

"你又在干吗?"阮晓琪拍了拍陈牧的脑袋。

每一次阮晓琪走过来都要拿作业本拍他脑袋,好像这样能让他更聪明一点似的。面对这种行为,陈牧已经不会下意识去躲开了,他也希望自己某一天能真的被打开窍。

"喏,我想参加这个比赛。"陈牧给她看报名表。

阮晓琪嘟着嘴:"平时不见你这么认真,搞这些不三不四的倒很积极。"

"什么叫不三不四,这比赛要是获奖了高考能加分的。我试一试,也不耽误多少时间。"陈牧嘿嘿笑着,把草稿纸丢到一边,问道,"干吗?最近找我找得这么勤。"

阮晓琪冷冰冰地塞了一张试卷给陈牧,说道:"这是高二期末考试的试卷,你对照一下答案看看哪里做错了,有问题的地方我给你讲一讲。这些老师都是不讲的,很快就过了。"

陈牧心底一暖,故意盯着她的眼睛,笑着问道:"你帮我去要了答案啊?"

阮晓琪躲避着陈牧的目光,没有否认,只是拿着笔戳着陈牧手里的试卷:"别想东想西,快看。"

陈牧翻了翻试卷,发现自己的问题确实不少,他怕打扰到其他同学,就趁着午休的时间把阮晓琪拉到走廊上给自己讲解题目。

他抬头看到何纯和苏欣两个人神神秘秘地从楼梯口走上来——能猜到他们又趁着午休的时间到后操场去散步了。

陈牧正冲何纯露出一个心照不宣的微笑，突然间感觉到有人在拍自己的肩膀。

"好啦好啦，这就听。"他以为阮晓琪在提醒自己听讲。

扭过头去一看，是唐胜天。

"有事吗？"陈牧的脸瞬间拉了下来，冷漠地问道。

阮晓琪也回过头去，看到唐胜天手里拿着一本杂志。

"报名表是你撕下来的吗？"

"是啊，怎么了？"陈牧一头雾水。

"这是我买的杂志。"

"完了！"陈牧心里咯噔一下。

谁能想到那本杂志正好是唐胜天买的。一般图书角的课外书都是同学买来看完后，丢在那里让其他人传阅的。

陈牧撕下报名表后，那本杂志又被蔡斐几个人拿去看，他也没过问。

不过唐胜天硬要找到是谁撕下来的也不难。顺着传阅的人一个个往前推就知道了。

阮晓琪看看陈牧，又看看唐胜天。

"陈牧，你把报名表还回去吧。"她帮陈牧解围。

唐胜天也不说话。

陈牧他愣了一会儿，知道自己理亏，于是说道："多少钱？我赔你，是我不对。"

唐胜天慢慢地摇摇头："不用了，你把报名表还给我就行。"

陈牧哑然，他看了阮晓琪一眼。

"那个……"陈牧心里好无奈，自己对不起的不是别人，偏偏是唐胜天，而且阮晓琪也在场。

一句话在他嘴里咕噜了半天才说出来："那个……报名表被我用了。"

唐胜天皱了皱眉头，严肃地问："不是自己的东西，为什么不问清楚就用了？"

"是我不对。我赔你，多少钱？"陈牧不想在阮晓琪面前表现得没素质，还是耐着性子跟唐胜天道歉。

"这不是钱的问题。算了，下不为例。"唐胜天又看了眼阮晓琪，"把别人东西占为己用，跟小偷没有区别。"

听到这话，陈牧心里很窝火。虽然他之前对唐胜天的印象有所改观，但从来就没有好过，这人凡事都爱上纲上线，现在还开始人身攻击了？

但他理亏，不好当着阮晓琪的面发作，这会儿不管对方的话说得多难听，自己都得嚼碎了吞下去。

"我买一本还给你。"陈牧咬牙切齿地说道。

阮晓琪错愕地看了唐胜天一眼——她觉得自己认识的唐胜天好像不太会说这种攻击人的话，即便他站在绝对正确的那一方。

况且就此事而言，虽说陈牧欠考虑，但也不至于被扣上"小偷"的大帽子。

唐胜天挑了挑眉，多看了陈牧一眼，用一种并不想大事化小的语气说道："不用了，下次你用别人东西的时候麻烦问一下别人的意见，我不缺你那几块钱。"

"你什么意思？"陈牧果然被激怒了，往前站了一步，瞪着唐胜天。

"陈牧！"阮晓琪把陈牧拉开了，"你下次多注意点。"

陈牧的性格她再了解不过了，她怕两个人午休的时候在走廊上争吵，挡到两个大男生中间，本着息事宁人的态度对唐胜天说道："我替他向你道歉。"

她这句话让唐胜天愣了一下。

"不用你替他道歉。"他一边说着一边转身往教室走，没有人注意到他脸上的神情——不是愤怒也不是微笑，跟陈牧眼中的愤愤不平相比，多了一丝难受。

陈牧心里那叫一个憋屈，对着阮晓琪抱怨道："有用的书他扔在图书角给人传阅干吗？有用的话就先留着啊！这不是无端引起误会吗？"

他平时从别人手里借来的书，说什么也不会损坏一个边角的。不过这次，确实是自己不对。

"别想了，找个时间买一本新的还给人家，下次注意点。"阮晓琪拍了一下陈牧的脑袋，就当刚才不愉快的小插曲没有发生过。

眼看午休时间也快过了，还有最后一道大题没讲完。陈牧不想夜长梦多，他要尽快买一本新杂志回来，这事得找何纯。

"晓琪，最后一题留到放学再讲吧。我现在要去找人解决这件事。"陈牧说完，便把阮晓琪一个人留在走廊上，进教室去找何纯了。

何纯依旧是走读生。因为她胃不好，吃不惯学校的食堂。三天两头犯胃病，家长一星期跑几次学校也不是个事儿，只能每天回家吃饭了。

陈牧走到何纯的座位旁边，蹲下来悄悄托她回去的路上买一本一模一样的杂志，第二天早上带来学校。

"欸，你跟你的绯闻对象最近还可以啊。"何纯偷偷跟陈牧打趣。

"胡说八道，什么绯闻对象？"陈牧嘴上拒绝着，脸上却有藏不住的笑意，又随口八卦了一句，"你跟苏欣怎么样？"

何纯脸上的笑容消失了，给了个模棱两可的答案："不知道。"

何纯说："我跟他告白……他说还不是时候。"

何纯说："他可能只是把我当成很好很好的朋友，不拒绝也不主动。"

何纯还说："喜欢一个人千万不要先暴露自己，谁先暴露谁就输了，对方就会有恃无恐。"

陈牧不自觉地把她说的话套在阮晓琪和自己身上。

3

高三才刚刚开始，年级主任竟然破天荒地组织了一场班级篮球比赛。目的自然是让大家放松一下。

事实上，除了陈牧、李斌这些天天打篮球的人会因为这场比赛振奋一下，也并没有多少人在意。大多数人还是沉浸在紧张的学习氛围里。

陈牧现在有点能理解，以前经过高三年级的教室时，学长们埋头苦学的心情了。

大家都想未来更好，破罐子也不敢破摔。

但篮球比赛还是提上日程了。

最兴奋的人应该就是李斌了，他从高一盼到高三，终于盼来了这场篮球比赛。

他趁着课间兴致勃勃跑过来找陈牧商量。这次比赛为了迁就文科班男生少的问题，参赛队可以由两个班组成，他们两个班刚好可以一起组队。

　　李斌班的班长是个大大咧咧的女生，听了李斌的建议，跑去跟唐胜天打了一个招呼，这事儿就算是定了。

　　李斌还专门安排了一场训练赛。他跟老师们协商，把自己班的体育课调到周三，跟陈牧他们班一起上。

　　体育课上，两个班凑在一起，挑挑拣拣组好了参赛队员，五个主力队员加五个替补队员。

　　训练赛按正式比赛的规格进行，一队五个人打全场。比赛进行到一半，一个个都累得够呛。

　　陈牧打了大半节课，觉得累了，示意换人。

　　唐胜天主动走上场了。陈牧看了他一眼，没说什么。

　　两人擦肩而过，连个礼貌性的击掌也没有。

　　然而，五分钟后，陈牧就在为自己没有拦住唐胜天而后悔了。

　　唐胜天为了抢篮板，和李斌班上一个人高马大的男生撞到了一起，失去了重心，整个人横着摔向地面。

　　他下意识地伸出左手撑向地面。

　　李斌站在旁边，听到砰的一声闷响，还有——骨头断裂的声音。

　　他心里暗道："坏了！"

　　大家都愣住了，时间仿佛静止了。

　　"啊！"唐胜天的一声大喊才把大家的魂给叫回来。他捂着手臂在篮球架下冷汗直下，脸上的肌肉痛苦得几近扭曲！

　　陈牧惊呼一声跑上前去。一群人七手八脚的，有人直接跑去通知班主任，其他人扶着唐胜天，到校门口打车，直接送他去了医院。

　　唐胜天的手骨断了。

　　因为这件事，年级主任大发雷霆，直接叫停了篮球赛的活动，还把李斌他们教训了一顿。

　　一群人垂头丧气地从年级主任的办公室里走出来。

　　"到嘴边的肉飞了。"李斌懊恼地抱怨，只觉得自己倒霉。

陈牧哑然失笑，走过去安慰他。

李斌还是一脸委屈的样子："不就是一次意外吗？凭什么因为他一个人，就让所有人都不参加？"

陈牧愣了一下，安慰李斌："可能这是年级第一名才能享有的特权吧。你要是常年考年级第一，可能篮球赛就有戏了。"

李斌彻底泄了气。

李斌的霉运全跟篮球场有关——高一时，苏欣扭伤了脚；这次训练赛，唐胜天又摔伤了手。两场事故都算到了他头上。

不过，好在唐胜天受伤的是左手，如果是右手的话，怕是连字都写不了。

陈牧并没幸灾乐祸。高一时候的他可能会冷嘲热讽两句，但现在他不这么想。这种事情谁都不想发生。

他趁着唐胜天回家休养，把何纯帮自己买的杂志塞进了唐胜天的抽屉里，刚好省去跟他多说那一两句话。

第二章 · 新生

也许很多年以后的某一天，你会重新在记忆中的旧物里翻到了那张字条，想起自己当时守护它的可爱模样。

即便这张字条上已经落满了灰，上面的名字都快要模糊了，但它依旧是你还没能向全世界说出口的秘密。

休养一个星期之后，唐胜天就缠着绷带来上学了。唐胜天提前返校还有一个更重要的原因——第一次月考快到了。

第一次月考也不是重点，重点是3班又转来了一个毫不起眼的新生，是一个女生。

她初中曾在立定中学就读，中考考上了市重点。据说她是由于身体原因，不得已又转学回来的。在陈牧的记忆里，她的名字长期出现在各次考试的成绩红榜上。

她的名字叫朱锦。

虽然听说过这个名字，但陈牧没见过人。

不过因为她是市重点高中的学生——月考前，那些排名靠前的人如临大敌。陈牧有时候洗完澡回宿舍，还有人聚集在一起讨论数学题目。

陈牧倒是感觉无所谓，自己的成绩稳定在三十名左右，进一名退一名都差不多。

朱锦反倒没什么动静。也许是因为还未融入新环境，总是一个人安安静静地待在第一排的角落里。

因为高三转学手续复杂，她要时常往办公室跑。有时候上课期间，她的位子上都见不到人。

关于朱锦的传言倒是散播得挺快。

有人说朱锦每天都没怎么听课。

有人说看到她成天都在翻各种课外书。

有人说她是因为成绩在市重点里排名很差，所以才转学过来，也没多强。

有人说她是因为被市重点开除了，才转学过来的。

……

传言越传越离谱。

陈牧突然有点可怜朱锦，她刚转学过来，就好像被所有人当成猎物一样，成绩排名靠前的学生大都铆足了劲想要跟她在第一次月考中一较高下。

只有阮晓琪是个例外。她依旧每天按时找陈牧讲题。

这天晚自习时，陈牧忍不住八卦起来。

"怎么，你不怕被那个朱锦比下去啊？"陈牧冲阮晓琪眨眼睛。

"知道就好，还不快点看题目。"阮晓琪依旧酷酷地回应他。

"你要是觉得给我补习浪费你复习时间的话，可以先去弄你自己的。"陈牧开玩笑地说道。

阮晓琪听到这话，眼神里突然显出一丝生气。

陈牧看到阮晓琪眼神不对，赶紧补充了一句："我不是那个意思……你们……成绩好的学生不都有这种心理吗？怕被人比下去。"

"别废话了，赶紧看题。"阮晓琪头都不抬，唰唰地在习题本上画重点，示意陈牧赶紧看。

"哦。"陈牧讪讪地闭了嘴，不再提这件事。

第一次月考不仅要考高三第一个月内学的内容，还包括高一、高二的基础知识。主要是为了让大家提前进入复习状态。

考试的时候，陈牧对着试卷一脸蒙。基础知识丢得太快，现在什么都想不起来。除了语文、数学、英语这些本就是靠积累的科目，有机化学一头雾水，物理中的电磁力学也答得乱七八糟。

考完后，陈牧郁闷了好几天，每天都自觉地找阮晓琪补习。

2

一个星期后放榜了。

唐胜天还是第一，朱锦第二。

"厉害啊！"陈牧不得不服唐胜天，手都骨折了还能得第一名，"咦，不对。"

他仔细研究着总成绩排名表。

唐胜天每个学科都正常发挥，总分比第二名领先了五分，可朱锦的语文成绩……怎么这么低？

"据说朱锦语文考试中途被叫去弄转校证明的交接了，作文只得了十八分。"很快就有人交头接耳。

陈牧再一看，朱锦的数学、物理、化学都是满分。

他突然想起那句话："有些人考满分，是因为他能拿满分；但有些人考满分，是因为试卷原本就只有那么多分。"

"唐胜天第一名的位子要不保了。"

"这次估计是他最后一次拿第一……"

一时间，所有人都在议论。

月考排名下来后，班主任把朱锦和唐胜天叫到办公室，通知他们以后朱锦就是学习委员这件事。

他打趣着跟唐胜天说："胜天啊，你要多加把劲了，朱锦的成绩可要迎头赶上了。"

虽然知道是玩笑话，唐胜天心里也不好受。就好像自己明明站上了领奖台，却被告知是因为更厉害的人有事而没来比赛，才侥幸拿了奖。

这几天唐胜天的状态都不大好。

这次的第一名，他有点名不副实。

这个第一名不再是打败了所有人之后拿到的第一名，更像是别人让给他的。他并不在乎别人是怎么看自己的，只是他突然间有点怀疑自己。

上一次出现这种自我怀疑的感觉是参加奥数比赛的时候。

3 ▗▝

那一次阮晓琪突然消失，他一个人代表他们班去参加了比赛。

后来一、二、三等奖公布的时候，他都没有看到自己的名字。

他向班主任问过成绩。班主任只是笑着说："分数不重要，只是一个比赛而已。"

怎么能只是一个比赛而已呢？

他一直觉得自己在做对的事，努力学习冲破牢笼就是他所认为的最应该做的事。

面对结果，唐胜天还以为也许是因为自己失误了，粗心大意所以没有考好。

但现在，他开始为自己自欺欺人的想法感到可笑。

失败，只是因为自己天赋不够。

凭空冒出来一个朱锦，就能轻轻松松地把第一名"让"给自己。而她只是成百上千个市重点中学学生中的一个，也许都不算最好的那一拨儿。

会不会自己努力做到的事，在别人那里轻易就能做到呢？

自信不过是一个自欺欺人而又自我膨胀的气球，稍微一点风吹草动，就会砰的一声炸开，里面其实空无一物。

他自我怀疑的感觉，比那一次奥数比赛的冲击来得更加猛烈。

因为这一次的对手是自己身边的人，是同班同学。

唐胜天突然感到一阵被打击的恐慌。巨大的自我怀疑就像一个雪球，越滚越大，铺天盖地地压倒了一切原本自以为对的事物。

他就这样败下阵来了。

十七岁的唐胜天再怎么努力伪装成熟，到底还是十七岁。

那个时候的他不懂，有些人拼命追求的事物，另外一部分人可能轻轻松松就能得到。有些人仅仅依靠天赋，就能让所有同龄人望尘莫及望其项背。

多年后，唐胜天翻来覆去地听陈奕迅的《阿猫阿狗》，才从自己的幻想世界里脱离出来，终于跟身处的世界和解。

　　命定了百家的姓

　　遗传了重复的命

　　遗忘哪个篡改你剧情

　　完成了要打的拼

　　维持了要超稳定的定 有几星

　　大人物最懂开玩笑

　　谁都很重要 又被谁忘掉

第一次月考之后，就到了国庆假期。

班主任说，这大概是高三最后一个可以开开心心度过的小长假了。

学校也煞有介事地搞了一个小活动——鉴于上次篮球比赛出了安全事故，这一次改成文艺活动，每个班级出一个黑板报，然后评定一、二、三名。

这天午休的时间，陈牧趁着补习的空当，跟阮晓琪抱怨："出黑板报算个什么活动？"

"你抱怨什么，赶紧看题。"阮晓琪嘴上没说什么，但心里也觉得麻烦。

阮晓琪高二返校后就担任了代理英语课代表，没多久就转成正式的了。教室后边的那块黑板上的英语角一直都是她负责，她每周都会抄一些英语趣闻，换新的《英语周报》。

这次要搞黑板报比赛，她还得找时间去跟唐胜天商量黑板报的主题。

阮晓琪觉得唐胜天这段时间怪怪的，不像以前经常在办公室和教室之间来回跑，而是整天在座位上埋头苦学，好像和以前的状态不太一样。便想找个下课时间再去找他。

晚自习时，阮晓琪在走廊给陈牧讲解数学题，看到唐胜天刚好走过来接水。

阮晓琪示意陈牧等一下，便跑去找唐胜天。

"唐胜天，我有事找你商量。"阮晓琪追到唐胜天身后，轻轻喊了一句。

唐胜天面无表情地回过头，好像对阮晓琪说的事情一点都不关心。

"黑板报的那个……是找文艺委员负责吗？"阮晓琪试探着问道。

"都可以。"唐胜天的语气冷得像冰。

"不是要参与年级评比吗？那之前的英语角是不是要暂停一段时间？"

"嗯。"

"那这个什么时候开始弄，我可能要跟英语老师说一下。"

唐胜天好像完全心不在焉，问题还没讨论完，他接完水就想走。

"哎！"阮晓琪愕然，拉了他的袖子一下，"这个黑板报不是很急吗，下周三好像就要评比了……"

水荡出来，把唐胜天的袖子打湿了。

"我说了，都可以。"唐胜天回过身来，冷冷地看着阮晓琪，后者吓了一跳。

如果说唐胜天之前的态度只是一种点到为止的陌生感，那现在他给阮晓琪带来的感觉就是一种生人勿近的冰冷。

"你不是班长吗？班上的事情不是都该你负责吗？这是我们班的集体活动，怎么就都可以了？"陈牧不知道什么时候站到了阮晓琪身后，一种护犊子的感觉瞬间爆棚。

"你那么有集体荣誉感，你来负责。"唐胜天看都没看陈牧一眼。

"你怎么说话的？"陈牧往前走了一步。

阮晓琪"哎"了一声没能阻止他。

陈牧只不过是想怼一下唐胜天，又想到对方左手受伤，怕有什么意外，就硬生生站在了唐胜天的面前。

倒是唐胜天异常冷静，一点没被陈牧刺激到，轻轻地说道："别碰我。有意见你去跟班主任说。"

他拿着水杯转身走了，阮晓琪愣愣地看着他走进教室，陈牧在她眼前挥手她才回过神来。

"他怎么了？"陈牧对唐胜天的态度也感到疑惑。

"不知道。"阮晓琪摇摇头。

但黑板报总得有人负责。因为没有多余的时间准备，只能趁着下午放学的时间来弄。阮晓琪只好自己去找文艺委员商量，要在半天时间内出一个创意黑板报，阮晓琪绞尽脑汁。

最后一节课下课后，整个校园都闹哄哄的——有的班级已经开始叮叮当当大扫除了；有的同学把脑袋伸出窗外，叫着走廊上路过的朋友，邀约放学一起回家；有的班级课代表在讲台上提醒下周要讲的单元内容，并布置老师交代的作业；不少人已经开始收拾书包了。

"这周不讲解题了，待会儿我还有事。"阮晓琪从发呆的陈牧身边走过，只留下一句话。

她扎进闹哄哄的人群里去找文艺委员。说好了一起留下来出黑板报，她怕对方忘了。

"欸！"陈牧从背后点了一下阮晓琪的肩膀。

"干吗？我还有事，你别闹。"阮晓琪懒得理他。

"我留下来帮你吧。"陈牧挠挠头，冲她笑了一下。

阮晓琪还以为陈牧因为不补习会喜出望外，毕竟每个周末他都想提前回家。

"你会？"阮晓琪没想到陈牧还有画画的本事。

她坐在座位上看着陈牧拿着粉笔在黑板上涂涂改改，一开始还以为他是来捣乱的，没想到过了一会儿，他真画得有模有样。

陈牧画了个小人，戴着个草帽，笑起来嘴巴咧得开开的。

"这个人是谁？"阮晓琪问了一句。

"路飞，《航海王》没看？"陈牧一边画着一边吃惊地问道。

阮晓琪摇摇头，旋即想到陈牧背对着自己，又补充了一句："没有。"

"所以我说你们这些好学生啊。"陈牧絮絮叨叨的毛病又来了，"整天只知道学习，对什么都不感兴趣。这个动漫挺好看的，你有空也可以看一下。不过我最喜欢的角色是接下来要画的这个。"

没过一会儿，黑板上又多出一个人物，这次是一个戴着口罩看上去很高冷的忍者形象。

"卡卡西，日文翻译过来的话就叫稻草人，好笑吧？这个漫画里已经更新到第四次忍界大战了，面具男还不知道是谁呢。这个戴着面具的，有写轮眼和时空忍术。写轮眼你总该知道吧？"陈牧回过头来看阮晓琪。

阮晓琪还是摇头。

"哎——这个我要跟你好好讲讲，写轮眼目前有几种形态，更往上的还有轮回眼……"陈牧讲起来没完没了，他解释什么万花筒写轮眼，说宇智波鼬有个幻术叫月读，就是看人一眼就会让人陷入幻术，甚至用手都能发动。

阮晓琪表示听不懂，陈牧解释说，比如阮晓琪看着自己的眼睛，然后她就会沉浸在自己的幻术里面，"自己会画画"这件事儿就是陈牧他用幻术变出来的，用来骗阮晓琪的。

阮晓琪听到这个比喻没忍住，扑哧一声笑了出来。

文艺委员这个时候刚好从后门拐进来。

"聊什么呢这么开心？欸，《火影忍者》吗？"她抬头看到了黑板报。

陈牧得意地看向阮晓琪。

阮晓琪白了他一眼。

文艺委员像变戏法一样掏出来两盒粉笔，说道："我跟其他班要了一些彩色粉笔过来。我感觉英语角板块不能去掉，不然就跟其他班没有区别了。我们可以在旁边划出一个角落，既区分开来又有一点层次感，看上去也挺好的。"

"粉笔哪里来的？"陈牧凑过来看。

"秘密。"

"喊，谁不知道，你跟五班的那个男生……"陈牧没说完头上就挨了一掌。

"闭嘴！别胡说！"文艺委员嘴上否认，脸上却是掩饰不住的笑，就快要溢出嘴边了。

阮晓琪意味深长地看了陈牧一眼。她这会儿也跃跃欲试了。

"我来弄英语角。"

看陈牧显摆了半天，她正觉得无聊，拿了几根粉笔就在黑板上画起来。

"你这个太大了，把我要画的人物都给挡住了。"陈牧抱怨。

"一天天哪那么多事儿，英语角重要还是你画的人物重要？"

"……"

陈牧画完，眼看要到七点了。他怕陈母在家里等得着急，准备先走了。

文艺委员还在对黑板上的漫画人物感叹："有了陈牧这个大画家，我们这一次不拿第一名都难！是吧，陈牧？"

"不一定。"陈牧收拾完东西正准备走。

"还有什么不一定？其他班的画得肯定没我们的好。"

陈牧跟阮晓琪打了个招呼，走出了教室。

是不一定的，他想到了陈敏。

走到学校大门的时候，他口袋里的手机又振动了一下。

是陈敏发来的短信："画得怎么样？"

陈牧瘪瘪嘴。收件箱往上一翻全都是陈敏发过来的信息，不过陈牧一条都没回。他决定下个星期再也不偷偷往学校带手机了，眼不见心不烦。

6

阮晓琪跟文艺委员做完最后的收尾工作，两个人一起走路去坐公交车。她这周打算回叔叔家里。

"晓琪，陈牧是不是喜欢你啊？"路上，文艺委员莫名其妙地问了一句。

"啊？"阮晓琪愣了一下。

"别装了，我看出来了！"对方像发现了新大陆的样子，"之前一起去野炊的时候，你们两个人就走在最后面聊天，今天他还留下来帮你弄了黑板报。"

"这算喜欢吗？"阮晓琪有点不解。

"不然呢？喜欢一个人是骗不了人的。哪怕伪装得再好，别人也能够一眼看出来。"

"喜欢一个人是骗不了人的。"

阮晓琪在心里重复了一下这句话，她之前好像也跟陈牧讲过。在海边的时候，她讲过。

"所以怎么样？"文艺委员凑过来，冲阮晓琪眨眨眼睛。

"什么怎么样？"阮晓琪被吓了一跳。

"哎呀你这个人，怎么不说心里话？就是你喜不喜欢对方啊？"

"啊？"第一次面对这种问题，阮晓琪有点发愣。

她不知道怎么回答，她想说"不喜欢"，但是不知道为什么突然间想起陈牧跟自己滔滔不绝地讲动漫人物时候的样子——她有时候是挺喜欢他这个人的。

但不知道是不是那种喜欢。

在学生时代，那种喜欢是只可意会不可言传的东西，像是一张藏在箱子里见不得人的小字条。字条上面，厚厚地压满了诸如学习、考试、成绩、家长、老师之类的东西。

也许很多年以后的某一天，你会重新在记忆中的旧物里翻到了那张字条，想起自己当时守护它的可爱模样。

即便这张字条上已经落满了灰，上面的名字都快要模糊了，但它依旧是你还没能向全世界说出口的秘密。

"不知道。"阮晓琪憋了半天只憋出来这么一个回答。

"哦。"文艺委员原本还想从阮晓琪的神情里捕捉到什么，但最终也没问出个所以然来，不再继续追问。

两个人沉默地走了一会儿。

"我跟你不一样，我承认我挺喜欢他的。"

"啊？"阮晓琪心里咯噔一下，看向对方。

"哎呀不是你的陈牧啦，是另外一个班的男生。"

"哦。"阮晓琪忽略了"你的陈牧"，没来得及反驳。

"你说，他会不会喜欢我呢？"文艺委员显然把阮晓琪当成了万事通，没头没脑地就问了这么个问题。

"他是谁呀？"

"嗯……就是另外一个班的文艺委员，很少有男生担任文艺委员的。你说我们两个应该挺搭的吧？就是……感觉他有时候喜欢我，有时候不喜欢我。"

"你不是说喜欢一个人是看得出来的吗？"

"唉，说你不懂你还真不懂。"文艺委员拍了阮晓琪一下，"这种事情放到自己身上就看不出来了。"

"放到自己身上就看不出来了。"

阮晓琪又在心里重复了一遍。

"快走，公交车好像来了，赶紧的！"文艺委员惊呼了一声，把阮晓琪又吓了一跳。

她拉着阮晓琪的手飞快地跑了起来。

阮晓琪本来想说不着急的，但整个人被拉着飞快地跑过了一整条林荫道。

文艺委员的书包上挂着的一串小风铃，随着奔跑在夕阳下叮当作响，折射出光彩。

两个人直到上了公交车才气吁吁地相视大笑。

"差点赶不上了。"

"对呀。"阮晓琪笑着说。

要是所有事情都只是"差点赶不上"，那就好了。

她心里想。

7

周一的国旗下讲话的学生代表除了唐胜天，还多了一个朱锦。

陈牧一群男生对谁上台讲话一点都不关心，在后排打闹。

阮晓琪看到唐胜天演讲完后从主席台上走下来，跟朱锦擦肩而过，连一个礼貌性的招呼都没打。

一时间明白了唐胜天这几天为什么看起来怪怪的了。

高三学习太紧张，午休的时候，教室里睡倒一片，甚至还能听到此起彼伏的呼噜声。

阮晓琪正在刷题，忽然抬头看到唐胜天拿着杯子往教室外面走。她想了想，跟着走了出去。

"有空吗？聊聊？"阮晓琪试探着问道。

唐胜天看了阮晓琪一眼，犹豫了一下才回答："好。"

"上次情绪不好，是因为……朱锦吧？"阮晓琪看看走廊里也没什么人，索性就直奔主题了。

唐胜天倒是犹豫了起来，沉默了很久才憋出一句话："为什么会觉得是她？"

阮晓琪咧嘴笑笑："直觉。"

其实她不是非要跟唐胜天聊天不可，如果对方不肯说的话也就算了。只是她心里觉得自己有一种关心他的义务，因为他关心帮助过她，所以必要的时候，她也要还回去。

但感情的事情没那么简单。感情的付出并不是菜市场买卖，你给我一分，我还你一分就算两清了。

有些感情需要一辈子的时间去还，而有些时候，你可能连还的机会都没有。

唐胜天愣了一下，倒像是默认了。

过了一会儿，他才开口说道："晓琪，你有没有觉得，有时候努力好像是白费工夫的事情。"他顿了顿，"就好像奥数比赛，你以为自己很厉害了，但发现原来有人更厉害，而且这个更厉害的人，可能还远远不及那些最厉害的……可能有点绕，不知道你懂不懂我的意思。"

"懂。"阮晓琪心里舒了一口气，她刚才还在想，自己的问题是不是有点儿太直接了，怕言语刺伤了唐胜天，但对方不介意就还好。

她继而说道："我知道这种感觉，以前在初中的时候，我就有这种感觉。"

唐胜天诧异地看向她。

"不知道你还记不记得，初中时候，你成绩不是一直在我前面吗？落后的人都有这种感觉。"阮晓琪认真想了一下，"但这个世界上一定有一些事情，是你用尽全力也赶不上别人的，如果任何事情一定要去比个输赢的话，反而会一败涂地，但这不代表你正在做的事情是没有意义的。"

唐胜天沉默着。

"每件事情都有人想做到最好，然后发现其实有比自己做得更好的。我小时候还以为考上立定中学或者市重点，就能跟别人不一样。但你现在看看，立定中学的学生很多，市重点的班级比我们学校的只多不少。可能还有更好的学校，更厉害的人。总有人在前面的，如果不允许别人走在我们前面的话，那就是不允许自己有任何超过别人的机会。"说到这里阮晓琪突然笑了，"我是不是挺能自我安慰的？"

"不，挺好的。"唐胜天摇摇头，他若有所思地说道，"如果我是你就好了。"

阮晓琪一脸困惑地看着他。

"没事了，反正谢谢你。"唐胜天长舒了一口气，他感激地看了阮晓琪一眼，心里有一种被关心的感动，让他全身上下都感到很温暖。

每个人心里都有一个属于自己的小箱子，里面锁着自己的小秘密。

唐胜天的小箱子好像在这个时候被慢慢打开了一点点，哪怕是一点点，它到底还是被悄悄打开了。

两个人笑着聊天的时候，谁也没有看到有一个少年——站在走廊的另一头，像是不经意地看到了这一幕，随后消失在楼梯拐角。

没什么困意了。

陈牧闷闷不乐地回到自己座位上，盯着一张数学试卷发呆了好久，等回过神来的时候，上课铃响了。

第三章·自主招生 ▪

一个人长大的标志，可能就是突然把一些事情放下了，承认自己的骄傲不值得一提，承认自己没有别人厉害。

晚自习前的一小段时间，阮晓琪刚准备找陈牧讲解一些数学难题，陈敏出现了。

"陈牧，你出来一下。"她的话总是带着一点点命令的语气。

陈牧本不想理她的，倒是阮晓琪抬头看了他和陈敏一眼。

陈牧的脑海里突然闪过中午在走廊上看到的画面，他心里一沉，走出去了。

"干吗？"他过分灿烂的笑容把陈敏给吓了一跳。

"陪我走一走。我有这个。"陈敏手上拿着一张放行条，语气很急。

"又来？你放过我吧，我不想再被叫一次家长。"陈牧苦着脸。

"放心吧，这次是真的，而且一会儿就回来，第二节晚自习点名前保证你人能出现在教室里。"

"不去。"陈牧转身就要回去。

"哎！"陈敏拉住了陈牧，"走嘛。"

陈牧回头看了她一眼，刚想开口再拒绝一次，突然间愣住了。

"求你了。"陈敏咬着嘴唇，好像下一秒就要哭出来一样，刚才趾高气扬的样子一瞬间消失得无影无踪，"这次我保证，不会有事的。只是……走一走。"

陈牧看到阮晓琪好像在朝这边张望，陈敏拉着自己袖口的举动怎么看怎么暧昧。

陈牧叹了口气，答应了。

俩人走出学校，陈敏一路上安静得出奇，好像换了个人一样。陈牧倒乐得她安静一点。

从学校走到公交站，再一路坐车出去，陈敏也只是靠在窗边，一言不发。

陈牧心里反倒有点忐忑不安了。

"咳……你……没事吧？"他憋了老半天才憋出来这么一句话。

"嗯？"陈敏回过神来看了陈牧一眼，摇摇头，"没事。"

"我们去哪儿？"

"很近，就去一会儿少年宫吧。"

"少年宫有什么好去的？"陈牧心里嘀咕。

反正也不远，以前陈牧小时候去少年宫学画画的时候，还踩着单车过去，中午的时候回家吃饭，下午又跑回少年宫继续学画。

当然，是跟陈敏一起的。

2

其实不到寒暑假，少年宫是不开门的。只有一个乒乓球班还在上课。

两个人在少年宫绕了一圈儿，这会儿乒乓球训练班也结束了。

整个少年宫看起来冷冷清清的。

陈敏还是不说话，陈牧觉得气氛有点诡异，提议去少年宫外面的草坪上走走。

俩人坐在草坪上，好像都心怀鬼胎。

陈牧的脑袋里已经在盘算什么时候回去了，还有刚才阮晓琪还准备找自己讲题，结果自己连招呼也没打，跟陈敏跑了会不会不太好。

陈牧又想到中午看到阮晓琪跟唐胜天在走廊里不知道在聊什么。

好像他们两个人的关系更好一点。陈牧总是这么觉得。

陈牧突然被陈敏的一句话打断了思考。

"我爸妈离婚了。"

"啊？"陈牧以为自己没听清楚，又问了一句，"什么？"

陈敏好像没听到陈牧的问话一样，自顾自地往下说："你说为什么会这样子呢？我妈以前总是跟别人炫耀我，炫耀我们家多和谐。人总是不懂得在关键的时候给自己留退路，到最后搬起石头来砸了自己的脚，又歇斯底里地质问别人为什么自己会失去。我觉得这样子挺可悲的。"

"还有我爸也是，如果说爱情无法持续的话，那当初为什么要组建家庭，我对他们来说又是什么样的存在？我不懂。"

陈牧半晌才听明白对方在表达什么。他小心翼翼地试探："你说的……是真的？"

陈敏沉默了。陈牧没好意思追问下去。

过了一会儿，陈敏开口说道："你以前是不是挺羡慕我的？"

陈牧思索了一会儿，点点头。

"那时候，我其实过得挺累的，我妈总是要求我去学这学那，好像我要是不多会一点儿什么，就丢了她的脸，让她没有在别人面前炫耀的资本。"陈敏轻叹了一声，接着说道，"那时候学钢琴，我偷懒不想练琴，就会被妈妈打。后来我去参加比赛，都穿着长裙，特别怕被人看到我腿上的伤，在舞台上也一直遮遮掩掩的。如果没发挥好，又要挨骂。"

陈牧一时间不知道怎么安慰她，只好夸她："但你比我好，我没你聪明，也没有你那么厉害。"

说来奇怪，以前死都不肯承认的事情，现在说起来会这么轻松。

陈牧有时候回想起来这一幕，觉得一个人长大的标志，可能就是突然把一些事情放下了，承认自己的骄傲不值得一提，承认自己没有别人厉害。

原来，承认自己对某些事情不得不低头，也没有什么丢人的。竭尽全力地去证明自己不会比别人差，反而更累。

陈敏却摇摇头说道："再厉害不也是这样，而且被期望得太高有时候不是好事。"

她不想看到邻居窃窃私语的样子，不想听到在她耳边响起的那些话：

"你看那个小姑娘，父母离婚啦！她妈妈白天装作什么事都没发生的样子，谁不知道他们家每晚都在歇斯底里地吵闹呢？"

"以前小的时候，不是她说是上清华北大的料吗？现在不也还在立定中学读书，市重点都没考上……"

陈牧哑然。他一直以为陈敏是骄傲的，不然为什么她总喜欢趾高气扬地出现在自己面前，用自己擅长的东西，把陈牧的自信心一点一点击碎。

陈敏像是看出了陈牧的心思，她轻轻地笑了一下，说道："其实我有时候跟我妈的性格挺像的。"

陈牧他看了看时间，没心思再听下去了，现在如果不赶回去的话，待会班主任点名的时候肯定会露馅。

"我得走了。"陈牧站起身，拍了拍身上的泥。

"再陪我坐一会儿。"陈敏仰头看着他说道。

"不行，真的得走了，你看看时间。"陈牧真的有点急了，好像教室里有个人正在等他。

"我今天是请了假出来的，待会回家，不回学校了。"陈敏摇摇头，"再陪我待一会儿吧。"

她扯着陈牧的衣服，不让他走。

"你放过我吧，我真的得回去了，我可不想再到主席台下做检讨。"陈牧求饶道。

"可是……我心情不好……"陈敏委屈巴巴地说道。

陈牧咬咬牙，决定不再被陈敏的哀求动摇，终于鼓起勇气说出心中的话："你心情不好，关我什么事啊？求你放过我吧，我不想再因为你又被我妈絮絮叨叨地说个没完。如果说之前的事情是因为我对不起你，那上一次我也算是补回来了吧？真的不要再找我了……"

陈敏愣了一下，手不自觉地松开，垂了下来。

是啊，跟陈牧有什么关系？自己跟他发了那么多短信也没有回，他应该是很努力地在逃避自己了吧？为什么自己从来都这么自以为是，总觉得陈牧对她应该跟对别人不一样呢？明明是自己的家庭出了问题，哪怕自己面对再多的难题，跟陈牧又有什么关系呢？

只是她希望能有关系罢了。她回过神来的时候，陈牧已经走远了。

大概是秋天快到了，空气中起了雾。路灯看起来朦朦胧胧的，仔细看的话，还能看到雾气被疾走的身影带动着在灯光下跳跃。

而陈牧的身影已经完全没入灰蒙蒙的雾中，消失不见了。

3

自主招生的报名通知下来了。

陈牧一点都不着急，反正以自己的成绩，能上本科就不错，自主招生这种事情还是别想了。

最近他将更多的精力放在作文比赛上。

刚开始写作的人都有同样的困扰，明明脑袋中已经构思好一个故事，但下笔的时候就总觉得描述不到位，然后花费大量笔墨去卖弄文采，到最后写出来的文章一半内容都在渲染气氛，还显得矫情。

陈牧写了好多次，每次都觉得很不满意，写了扔，扔了写。

他们班上排名靠前的几个尖子生已经在准备自主招生的报名了。

对于唐胜天和阮晓琪这样的人来说，参加自主招生还是很有希望的，但班主任建议他们不要把太多的精力放在这上面，毕竟直接保送很难。虽然高考有加分，但也是针对某个特定学校的加分。平日里多努努力，在基础题上多巩固一下，总分数更高，说不定会有更好的选择。

阮晓琪这两天对陈牧的态度有点冷淡。

陈牧倒没察觉出来，主要还是忙着参加作文比赛的原因，他打算在国庆节内把参赛作品寄出去。

"你到时候去哪里参加自主招生考试啊？"陈牧趁着阮晓琪跟自己讲题的空隙，开口问了一句。

"广州。"

"哦。"陈牧顿了顿，装作不动声色地又多问了一句，"是跟唐胜天他们一起吗？"

"嗯。"

陈牧就没有接着再问了。

这天，方永玲突然哭着跑进教室，把陈牧吓了一跳。

他最近很少关心何纯和方永玲了，他没太多时间去八卦。

刚好是下课时间，方永玲趴在桌子上呜呜地哭。大家都看着她，但是没人敢上去问原因。

阮晓琪刚好走到陈牧身边收英语练习册。

陈牧示意她等一下，偷偷过去拉着何纯询问情况。

"因为那个唐立地……"何纯叹了口气，"前天就跟我说了，说是跟他们班的女生走得很近，永玲不高兴，两个人吵架了……"

"你们怎么整天搞这些。"陈牧无语。

"哎呀你别管，你……有空去找找那个男生，看看怎么回事，永玲她也总是说一半藏一半的，具体情况我也不太清楚。现在不知道怎么办。"何纯说完就去忙自己的了，把陈牧晾在了一边。

方永玲在桌子上趴了一节课都没起来。

陈牧想了想，决定下课后去找李斌。

李斌这段时间都在操场上训练。体育生的日常训练可比打一场球要累得多，李斌也匀不出更多的精力闹腾了。

李斌本来还想趁着下课时间趴在桌子上睡觉，给下午的集训留点精力，被陈牧硬生生地拉了起来，一脸蒙地说道："唐立地？不知道啊，早就没联系了，干吗？"

想着也睡不着了，李斌懒洋洋地拿了个杯子，跟陈牧一起走去接水。路过3班教室的时候，突然看到唐立地蹿进了3班的教室。

李斌正打着呵欠，后脑勺被拍了一下。

"别迷糊了！"陈牧拽着李斌往自己班的教室走去，"感觉有好戏看了！"

两个人刚走到教室门口，就听到方永玲用带着哭腔的声音喊道："你不要再来找我了！"

说完，方永玲就趴在桌子上哭。何纯在旁边护着她，唐立地在原地抓耳挠腮。

所有人都盯着他俩看。

陈牧走过去，看着这场面，冲着唐胜天喊："喂，班长，有人上门来欺负我们班的女生都不管？"

颇有点借题发挥的意味。

"唐立地你出去。"唐胜天终于不再一副事不关己的模样，走过来喊了一句。

唐立地站在原地，还在犹豫要不要跟方永玲说点什么。

何纯用眼神示意陈牧，陈牧立马接了话："不是让你出去吗，没听见？"

唐立地这下也火了，本来已经很糗了，没想到事情闹成这样，被陈牧说得恼羞成怒，对着他吼道："关你什么事？"

"怎么，欺负女生还理直气壮？"李斌不知道什么时候站到了陈牧身后。他可算是清醒了，站出来撑场子。

"都冷静一点。"唐胜天推开了两拨儿人，"唐立地，你回去。陈牧，别惹事。"

一听到"别惹事"陈牧就来气。

"别走，把话说清楚。"陈牧的表情一下子狠了起来，"唐班长，现在是别人来我们班里欺负女生，是谁惹事？你说清楚。"

他倒也不是故意只找唐胜天的碴儿，只是方永玲作为自己的朋友被欺负了，自然对唐立地心生不满。

唐胜天皱了皱眉头，回头又对唐立地说："你先回去。"

"别急啊，自己的弟弟也不是这么护着的吧？"李斌揶揄道。他本来就跟唐立地有过节，见唐胜天想息事宁人，他还想趁机报复一下。

班上围观的同学一片哗然——总算知道是怎么回事了。唐胜天平日里孤僻寡言，无关学习和班级的事情一般少跟同学交流，加之年级不同，很多人都不认识这个突然冒出来找方永玲的男生，更不清楚他跟唐胜天的关系。

"怎么，想打架？"唐立地跟唐胜天本是截然相反的性格，这一会儿立马就站不住了，从后面蹿过来，跟李斌面对面。

"打架？！"

后排一群男生围了上来，站到了陈牧和李斌身后，摩拳擦掌。

唐立地犹豫了一下，看到对方人多，一时间没再有动作。

事情已经不单单是维护方永玲那么简单了——陈牧和唐胜天之间似有若无的摩擦，李斌一群人和唐立地打球时候累积下来的矛盾，积攒已久的怒气眼看着就要爆发。

"干什么，人多欺负人少啊？动手啊！"唐立地还扯着嗓子喊。

"好你小子！"

突然，嘈杂中有人抄起了一把椅子砸了过来！

陈牧不知道是谁先动的手，李斌和唐立地已经扭打在了一起，后面的人更是一拥而上。

场面大乱。

唐胜天想要上去拉架，结果被人推开了。他的手上还缠着绷带，没有人理他。

陈牧没想到真的会打起来，关键时刻，他知道打架这种事情会被记大过的，所以第一时间想要拉住人！

"李斌，住手！"陈牧在混乱中被人推搡了几下，"住手！胖子，别打了！"

"你们别打了！"方永玲和何纯两个人也被惊到了，想要进场拉住大家，但又怕被误伤。

这俩人正犹豫着，陈牧看到后赶紧让她们后退："你们别过来！"

"住手！都住手！"唐胜天也急了。

等年级主任和班主任急急忙忙赶来的时候，整个教室已经乱成了一锅粥。

不过五六分钟的时间，教室里的桌椅东倒西歪。

女生们被吓得躲到了教室后边的黑板处。

男生有的抄家伙，有的骂街，有的在拉架……

"全部给我停下！"钱欲飞被气得两眼直冒火。

立定中学的学生打群架这种事，多少年没出现过了？这是学生管理上的耻辱！

画面一转，陈牧这边的一群人已经在办公室站成一排了。

唐立地远远地站在另一边。他孤军战斗，明显吃了亏，脸上被揍得青一块紫一块的。

"你们，一个个通知家长来学校！全部都记大过一次！"钱欲飞在办公室发了大火，把书摔得震天响。

5

这次的打架事件，直到周六快放学的时候才平息。

放假前的最后一个课间，方永玲还被刘公子找去单独谈话。随后一节自习课，方永玲一直趴在桌子上哭。

陈牧忍不住，偷偷把方永玲拉到了教室外面。

方永玲还红着眼睛。这场大乱对她来说，还余波未平。

"你跟唐立地是怎么回事？"陈牧担心地问道。

方永玲只是摇摇头，不说话。

"闹翻了就闹翻了嘛，也不是什么大事儿。你看，非闹成这样，大家都不好。"陈牧循循善诱，就想知道到底发生了什么事。

"八卦精！"何纯不知道什么时候出现在陈牧身后。

陈牧吓了一跳，赶紧解释："我这不是关心一下嘛。都不知道为了什么，闹这么大。李斌都被记了个留校察看的处分，能不能毕业都是个问题了。"

唐立地私自去别人班级惹事，记大过一次。

只有唐胜天什么事都没有。

方永玲这才慢慢说出了事情的原委。

唐立地因为球打得好，能说会道，班里很多女生都向他偷偷表白。他从来不拒绝，跟谁都挺暧昧的。

方永玲为此跟他吵过好几次架，这一次月考也没考好，于是决定不要再联系了。

结果就有了打群架的那一幕。

放学的时候，李斌跟陈牧一起回家。

"果然成绩好就可以为所欲为。"李斌吐槽道。

这次打群架谁先动的手都弄不清楚了，但年级主任杀鸡儆猴，就刚好逮着李斌了。他被处罚的力度最重，主要也是因为屡教不改。

"所以到底是发生了什么事儿，方永玲和唐立地？"李斌问。

陈牧大概解释了一下。

"感觉被你坑了。"李斌抱怨，"你说说，这些事儿哪一点跟我沾边？"

"我也不知道会变成这样。"陈牧理亏，心情也郁闷。

要不是刘公子替他们求情，估计真的要一个个请家长。

"你最近训练得怎么样？"陈牧扯开了话题。

"还行，不知道之后会怎么样。"李斌摇摇头。

快到分岔路的时候，两人罕见地对彼此的前途有了一丝担忧。

国庆假期结束后，这一年也差不多算过完了，而明年六月份就是上战场的时候。

时间过得真快啊。

大家未来都会去哪里呢？

两个人各有心事地告别。

陈牧走回小区的时候，看到阮晓琪曾经住过的那一栋楼，仿佛楼梯口的那次交心还是昨天才刚刚发生的事。

第四章·告白

我喜欢你，所以我会想要把你比下去，我要一直证明我比你更好，比你更优秀！

陈牧的国庆假期过得相当无聊。

他本来还打算去找阮晓琪补课的，没想到阮晓琪已经回叔叔家去了。

打群架事件之后，阮晓琪对陈牧的态度不是一般的冷淡，只是偶尔找时间给陈牧讲题。其余的，一概不问，一概不说。

陈牧只觉得郁闷，不知道自己又是哪里得罪她了。

他俩的关系总是这样，刚好了一段时间，就突然冒出来一个误会，然后再退回原点。

不过，陈牧倒是趁着国庆假期磕磕绊绊地把参加比赛的文章写完了。第一篇寄出去后，觉得写得不好，又写了第二篇寄出去了。

假期过得总比想象中的更快。

一眨眼，又要返校了。

"那个……"趁着阮晓琪又找自己补习的机会，陈牧还是忍不住多问了一句，"上次的事情之后，唐胜天跟你说什么了吗？"

"没有。"阮晓琪头都没抬起来。

"哦。"陈牧自讨没趣。

他本来还想问问自主招生的事，但阮晓琪讲完习题就头也不回地走到自己座位上了。

陈牧郁闷地看着她。自己好像也没做错什么，为什么阮晓琪像在故意躲他一样。

"是因为唐胜天吗？对了，那天他们到底聊了什么？"陈牧总是忍不住自己揣测。

他一直想问，但又不知怎么开口。

如今俩人的关系又一次陷入僵局，一个打死不开口，一个冷冰冰的，像是两个陌生人。

上课的时候，陈牧拉着一张脸，盯着阮晓琪的后脑勺，眼神也随之暗淡下去。

第一节晚自习时，班主任过来点了个名。陈牧估摸第二节晚自习班主任应该不会再出现了，就趁着下课的时间，一个人跑到了操场上散心。

陈牧沿着操场逛了两圈，与几个慢跑的学生擦肩而过。接着，他又绕到教学楼后边的食堂和后操场，那里安静多了。

晃了一圈后，他正想转身回教室，突然听到有人在叫自己。

"陈牧？"对方的语气也有点不确定。

后操场没有灯，陈牧隐隐约约看到主席台下坐着一个人。

是陈敏。

陈牧倒吸一口凉气。

他刚想走，又想到自己上一次甩手走人的态度，还是叹口气走了过去。

"不上晚自习了？"陈牧在陈敏身边坐下，硬是找了个话题。

这里没有灯，抬头就能看到一整片星空。月亮躲在云层背后，像是在偷偷观察整个世界。

陈牧挺喜欢这种感觉，他小时候的梦想是当天文学家，不过学了物理之后就打消了这个念头。

"你不也没上？"陈敏吸了下鼻子，语气听起来没之前那么咄咄逼人。

哭了？陈牧错愕，转头看向她。

"别看我。"陈敏把脸埋到膝盖里去，"求你了，不要看我。"

"好。"陈牧叹了口气。

这会儿他又想走，但听到压抑的啜泣声，硬生生打消了这个念头。

沉默了半晌，看到陈敏停止了啜泣，陈牧才开口问道："你们家里情况……还好吧。"

"没什么好不好的，都是过去的事情了。"陈敏吸了下鼻子，"你有纸巾吗？"

陈牧摸了半天才摸出一包皱巴巴的纸巾，递给她："就一张了，省着点用啊。"

"你们家里的事……是什么时候开始的？"他开口问道。

"你知道我是为什么突然回来上学的吗？"陈敏把擦完泪的纸巾揉成一团，放在手里来回搓着，"陈牧，我问你一个问题，你是不是特讨厌我？"

"……也不算吧。"这个问题不好回答，陈牧扭扭捏捏的，憋了半天才说道。

"陈牧你会不会哄人，没看到我正在哭吗？"陈敏气急败坏地说道，更想哭了。

陈牧进退两难地挠挠头，这会儿更不知道该说什么了。

"其实我也挺讨厌自己的性格的，跟我妈一个样。"陈敏摇摇头，"以前你可能觉得我特讨厌，因为我总是什么都跟你比，非要把你踩在脚下一样……不是，我没说你不如我的意思……"她说完这话的时候，刚好看到月色下的陈牧一脸古怪，"也不是我非要跟你比，其实我就是这样……主要是……主要是我还挺不喜欢你妈妈的。"她心虚地看了陈牧一眼。

"我也不喜欢。"陈牧郁闷。

"我不是那个意思。你记不记得以前上小学那会儿，因为我成绩好，你妈什么都要拿你来跟我比，好像非要让你把我给比下去才高兴似的。所以我就憋着一口气，死都不让你比下去，不管干什么都好，我就是想要赢你。"陈敏深吸口气，"反正就是……我不是讨厌你，也不是针对你，就是……我只是太争强好胜了。"

"我知道。"陈牧后面还有一句没有说，他想说："争强好胜也要有争强好胜的资本。"

起码他没有，所以总是被陈敏比下去了。

"我真的跟我妈的性格挺像的。她其实很爱我爸，但是……她就是好像没长大一样。从小到大，她非要在言语上数落对方，好像这样才能够给她带来安全感似的。她一定要证明自己的厉害，是我爸捡到便宜了，觉得这样我爸就不会离开她了。"陈敏把脸重新埋到膝盖里面去，"其实我也是这样的。"

"啊？"陈牧有点蒙，这七弯八拐的逻辑，让他有点摸不着头脑。

"喂，你听没听懂啊？"陈敏抬起头来吼了一句，她受不了陈牧的这种沉默，瞬间又感觉自己有点儿太大声了。

她下意识地到处张望，怕被人偷听到一般。

后操场空空荡荡的。月亮从云层里钻了出来，好奇地探头探脑，星星也随之暗淡了几分。

微风习习，除了教学楼里亮着的一盏盏灯，这里并没有人出现。

"没懂。"关键时刻，陈牧总是很木讷。

"你……"陈敏咬牙切齿，说出去的话又不知道怎么解释了——这怎么解释得清？能说到这份上，对陈敏这种性格的人来说已经算是破天荒的了，现在这人还要自己再解释一遍。

"我真的没听懂，你的性格……然后……"陈牧看着气急败坏的陈敏好像更迷糊了。

"就是……就是……就是我喜欢你，你听没听懂！我喜欢你，所以我会想要把你比下去，我要一直证明我比你更好，比你更优秀！我喜欢你是你捡到的便宜，我喜欢你所以处处想要占上风，我喜欢你但是我自己也不敢承认，所以才会时不时暗示你，你根本配不上我。你懂了没？"

陈敏像是用尽了全身力气说完了这段话。她想大声喊出来，但又怕被人听到而压低了声音，听起来有点异样。

而此刻的陈牧已经完全愣住了。

前一秒，陈牧还在为怎么安慰陈敏而发愁。

后一秒，他开始觉得自己今晚就不应该出现在这里。

"你，是不是……魔怔了？"陈牧半天才回了这么一句话。

而陈敏这个时候的状态已经恢复过来了，她看了看陈牧，语气恢复了冷静，说道："反正我该说的都说了，也没有说要你做什么，你听着就好。"

她起身就走。

"喂……"陈牧张口，想喊住她。

陈敏三步并作两步，径直消失在主席台的拐角处。

陈牧坐在原地愣了大半天，到回宿舍的时候脑袋还是蒙的。

躺在床上细想了大半宿，突然间反应过来："她是怎么做到的？怎么连说喜欢我都这么理直气壮？"

2

这件事，陈牧和谁都没说。

一来，他不知道可以跟谁说，二来，自己到现在也不敢相信陈敏的话。

"不会是捉弄人吧？"他心里也琢磨不透。

陈牧偶尔看到陈敏从窗外路过，还是一副趾高气扬的样子，像一只骄傲的白天鹅。

这段时间，陈牧都老老实实待在教室里，他暂时不想跟对方碰面。

班里的篮球，从高三新学期开始就没什么人动过。篮球孤单地躺在角落里，上面落满了灰。

十月中旬，气温骤降，陈牧每天还是只穿着一件短袖，很快就感冒了。

英语单元测验的时候，陈牧头昏脑涨，浑身难受。前面的选择题随便勾选了几道，后面的作文题写完倒头就睡，连答题卡都没填。直到交卷都没抬起头来。

对于单元测验，陈牧也不是很在意。现阶段所有课程上得飞快，几乎隔一段时间就有一个科目的单元考试，学生们应接不暇。反正这一次没做，下一次还是得做。

当阮晓琪沉着脸拿着英语试卷找到陈牧的时候，他正一边擤鼻涕，一边看着感冒药的说明书。

"为什么交白卷？"阮晓琪咄咄逼人地问道。

"啊……我……我感冒了，所以……"陈牧挥了挥手上的感冒药。

"你以为交白卷很好玩吗？"阮晓琪把试卷塞到陈牧怀里，"以后不要再耽误我的时间给你讲题，我的时间很宝贵。"

陈牧愣了一下。阮晓琪已经跑到前面去了。

午休的时候，他看到阮晓琪去外面倒水，忙不迭地跑出去跟在她后面。结果阮晓琪一副生人勿近的样子，扭头就走。

下午陈牧又想了想，写了张小字条跟她道歉，却眼睁睁地看着阮晓琪把字条扔进了垃圾桶。

陈牧觉得委屈，这次也不全怪自己啊！

他一时间不知道该做什么，心事重重的，不知道找谁倾诉。

知道自己心事的人只有何纯和方永玲。方永玲最近也不怎么开心，估计跟唐立地两个人的事情还没处理完，只剩下何纯了。

何纯最近也心事重重——苏欣以高三学业重为借口，又一次变相拒绝了何纯的表白。两个人的友情一时间陷入了尴尬的境地。

陈牧整个晚自习都在跟何纯传字条，两个感情受创的人互说心事。

写满字的小字条，盛满了少年的心事，沉甸甸的。

3

阮晓琪自己也不懂为什么对陈牧这么生气。

两人只是朋友，她帮陈牧补习功课，只是在还之前陈牧帮她的情。他交不交白卷跟自己有什么关系？

而且说起来，自己确实错怪他了。这几天她看到陈牧拿了一大堆药，上课时擤鼻涕的声音格外响亮——他是真的感冒了。

其实，阮晓琪内心知道为什么突然对陈牧这么冷淡，只是不太敢承认。

那天，她看到陈敏来教室叫陈牧出去，然后陈牧就消失了一个晚自习的时间才急急忙忙地赶回来。

她原本想问陈牧去哪儿了，但是突然间有点生自己的气。

问这个干什么呢？现在最主要的任务是学习，别人怎么样关自己什么事？而且陈牧在立定中学读书这么久，总会有其他的朋友吧，不像她只有那么零星几个——也许连朋友都算不上。

那个女生她知道，叫陈敏，也是年级前十的尖子生。人长得好看，是陈牧的朋友吧？

那自己这点偿还，也许在陈牧看来没有什么特别的。

她突然特别讨厌自己自作多情，搞得好像陈牧特别需要自己似的，她没什么特别的呀，只是陈牧众多朋友当中的一个，只是她自己愿意给对方补习，愿意给对方讲题，只是她自己的以为。

所以这段时间，阮晓琪故意冷落陈牧，也想看看，对方是不是真的需要自己。

晚自习的时候，阮晓琪正在做物理题，后面有人递给自己一张字条。她回头看到陈牧在后排鬼鬼祟祟的模样。

"鬼主意真多。"她心一软，刚想要打开字条，听到陈牧故意咳嗽了一声。她回头看到陈牧正在挥舞手臂，示意她字条是给她的同桌张一雪的。

阮晓琪满脸黑线。

"一雪，给你的。"她把字条递给张一雪，也不去理后面那个倒霉蛋。

"啊？"张一雪像是受惊的兔子，她看到字条就害怕。

张一雪是个胖胖的小女生，在阮晓琪眼里，看起来挺可爱的。她是从外省转学过来的，因为高考要求考生在户口所在地参加考试。

她成绩普通，人很好，喜欢吃零食，动不动就给阮晓琪塞吃的，阮晓琪不吃她还会生气。

但就是这么一个平时安静、不具有任何攻击性的女生，依旧招来了同宿舍几个女生的嘲笑。

时常有不署名的字条传递到她手里，只不过上面写的一般都是一些难听刺耳的话。字迹歪歪扭扭的，一看就知道不是一个人所写，但也大概知道是哪些人给她的。

因为她喜欢穿粉色的衣服，喜欢背粉色的书包，喜欢所有粉粉嫩嫩的东西。

她只是喜欢这个年纪的女孩子都喜欢的东西，却因为胖，因为讲话娃娃音……同宿舍的女生都觉得她做作。

阮晓琪也不止一次听到那些女生在背后嚼舌根了。

"你看她，天天不背学校发的书包，背一个粉粉嫩嫩的卡通挎包，真当那些男生会看上她吗？"

"对啊对啊……也不照照镜子看看自己长什么样……"

"你今天听到她说话了没有，跟班长说话的时候，那个声音，啧啧……"

学生时代的恶意有时候更赤裸裸。

但张一雪从来不会跟人吵，大部分时间，她都一个人安安静静地坐在位子上，任由那些恶毒的话传入自己耳中，也不敢辩驳。有时也会因为这些伤人的话，一个人趴在桌子上偷偷抹眼泪。

阮晓琪经常安慰她。她也管不了那些女生在背后叽叽喳喳说什么。

"你打开看看吧。"阮晓琪示意她没事。

张一雪点头，她打开字条看了一眼，深吸了一口气。她把字条揉成一团塞进裤兜里，然后就这么呆呆地坐着，似乎有点愣神。

但下一刻，她趴到了桌子上开始低声啜泣，甚至都不敢发出声音。

阮晓琪一开始还没有注意到，直到她浑身颤抖，从抽屉里拿纸巾，阮晓琪才发现对方在哭。

"怎么了？"阮晓琪愣了一下，关切地问道。

张一雪只是趴着摇头。

阮晓琪往后看，陈牧这一会安安分分地趴在桌上翻着什么，并没什么反应。

晚自习还没下课，自己又不好直接去问。

"怎么了？"她回头想去安慰张一雪。

但张一雪眼泪止不住地掉。

有女生在后面注意到了这一幕，相互示意。

"喊——"有人故意发出了长长的蔑视的声音，在安静的晚自习上显得格外刺耳，这是讨厌张一雪的那群人在故意火上浇油。

"没事，你先冷静一下。"阮晓琪伸手拍拍她的后背。

然而张一雪腾的一下突然起身，把阮晓琪都吓了一大跳。

紧接着她抹着眼泪，三步并作两步，快速跑出了教室。

晚自习上，大多数学生正在埋头做题，直到听到哭声和有人跑出去的声音，才纷纷一脸茫然地抬头。

"一雪！"阮晓琪没能喊住对方，坐在位子上考虑了一会儿，咬咬牙，还是拿了包纸巾追了出去。

"一雪，到底怎么啦？"

张一雪在楼梯口坐着呜呜地哭，一直止不住眼泪，阮晓琪再怎么询问都没有用。

肯定是因为陈牧传的那张字条。

阮晓琪急了，想进去把陈牧找出来。

"他们为什么非要这么嘲讽我，之前女生是这样，现在男生也是这样……"张一雪终于开口讲话，她一边说一边哭。

阮晓琪连忙递纸巾给她。

"是陈牧搞的恶作剧？字条上面写了什么？"

"呜……他们……他们说喜欢我……"张一雪说到这里更止不住了，头埋进怀里眼泪一直掉，"我到底做错了什么？他们为什么要这样来作弄我，我知道自己胖，我都没敢跟同宿舍那几个人说话，但是她们……她们就非要这么嘲讽我心里才舒服吗……"

这个时候下课铃响了，阮晓琪把张一雪拉到楼下。

"你在这里等我一下，我让陈牧出来给你道歉。"说完便冲进教室。

陈牧晚自习时还在忙着看小说，下课的时候一抬头，才发现阮晓琪不见了。他下意识地看了一眼唐胜天，发现他还在座位上，松了口气，想着阮晓琪应该是上厕所了。

结果阮晓琪的声音突然从自己身后冷冰冰地传来，把他吓了一跳。

"陈牧你给我出来。"

她的表情像是要把陈牧生吞活剥了一样。

第五章·你吃醋了 ■

原来——偷偷喜欢上一个人是这种感觉。

会因为他的一件小事牵动自己的情绪，会因为他做错了某些事情变得愤怒无比，会有一点点患得患失，会觉得自己不了解他的过去所以心里不够笃定，会觉得一切都是虚幻的，害怕等不到答案。

陈牧看到阮晓琪那快要把人杀了的眼神，乖乖地跟着她走出了教室。

看到抽泣的张一雪，陈牧愣住了。

"陈牧，你是不是觉得这样子很好玩？我不理你，你就要用这种方式来引起我注意是吗？嘲讽别人，并不是什么有意思的做法！"阮晓琪目光如炬，就差把陈牧给点了。

"不是……"陈牧这会儿不知道该怎么解释了，"怎么关我事呢？我……我没干什么呀！"他很紧张，把阮晓琪后面的那半句话给忽略掉了。

"你没做什么，为什么一雪在这里哭？做了就承认，赶紧道歉，你还是不是男人！"

"是不是男人"这种话都说出来了，陈牧一时间蒙了。

"不是……你让我将一将这是怎么回事。"

"有什么好装蒜的，陈牧！你别让我看不起你，你传的字条上面写了什么？"阮晓琪火气很大，把正在哭的张一雪都吓了一跳，她伸手去拦阮晓琪，反而开口劝解道："晓琪……不用这么凶，我们好好说就行了……"

"一雪你别管。他就是这样的人，太过分了！"阮晓琪抓住了张一雪的手，等着陈牧回复。

"等等，我……我好像明白了……那张字条是吧，对，字条！"陈牧终于反应过来了，连连叫冤，"那字条不是我写的啊！是蔡老师写的！不是我！"

"蔡老师？"阮晓琪一愣，她对男生之间的外号不熟悉，还真以为是哪个老师，"你别胡言乱语的，到底怎么回事？"

"哎呀。"陈牧急得直跺脚,"蔡斐!是蔡斐写的,我们都叫他蔡老师,不是我,我没写字条惹别人哭干吗?"

阮晓琪这才意识到错怪人了。

陈牧急得跳脚,连忙想洗清自己的冤屈,问道:"字条上到底写了什么,我也不知道啊,我就是帮他传下而已!"

阮晓琪看看张一雪,张一雪摇摇头,表示不想说什么。

"不是,你这误会……要说清楚啊,我这不平白无故挨了顿骂吗?"陈牧作无辜状。

"得了便宜还卖乖。"阮晓琪嘀咕了一句,但是气已经消了,也不好意思再凶陈牧,她看了张一雪一眼,对方好像很不好意思。

"一雪你先回去教室,待会儿我上去找你。"

张一雪见事情没那么简单,又不想把事情闹大,只好先回教室。她抽了抽鼻子,刚要走,又想到什么似的问阮晓琪:"我这样不会让人看出来我哭过吧?"

"不会的,放心,你赶紧先上去。"

听阮晓琪这么一说,张一雪才赶紧抹干眼泪,大步跑上了楼。

陈牧被阮晓琪说得一愣一愣的,到现在都是蒙的。

"不是,阮晓琪,你好歹说说是怎么回事啊。"陈牧相当无奈。

阮晓琪叹了口气,觉得自己错怪了陈牧,也感觉不好意思,准备大事化小,说道:"你跟蔡斐带个话吧,以后不要没事调戏别人,他写字条表白,估计就是在看笑话。"

陈牧更蒙了:"不是……蔡斐不是这种人啊,他平时虽然也爱开玩笑,但不至于这么过分。"

阮晓琪表示不信。

"算了,我待会儿回宿舍问清楚吧。"陈牧旋即回过神来,"喂,你刚才说什么来着,什么叫我为了引起你的注意?"

"闭嘴!"阮晓琪的脸一下子红了。

"等等,你还没说清楚,你到底为什么……突然间就不理我了?"陈牧拦住了想走的阮晓琪。

"因为你做试卷不认真。"阮晓琪自己都觉得这个理由很牵强。

"我的姑奶奶,你这冤枉我还有点道理吗……"陈牧心里那个委屈,"我都说感冒了，吃了感冒药真的很困，所以就没有做多少题。我也不是故意交白卷的啊，你看我月考什么时候胡乱考过？"

阮晓琪从陈牧的话里找到了台阶，立马就想顺着下："好，那我原谅你了。"

"啊？"

"对啊，原谅你了。"

"不是，你这……一个星期的时间不理我，这就没了？"

"没了，不然你想怎么样？而且……而且是你不理我在先的。"

"啊？"陈牧呆住，"不行，这个你得说清楚，我怎么就不理你了？我什么时候没有理你？"陈牧说这话的时候，心里想笑。

他们此刻的相处就好像两个小孩子，在争着到底是谁先不理对方。

"是你！"阮晓琪憋了好久才说了一句，"那个时候，就是那个隔壁班的女生找你，你不是就……消失了吗……"

是因为陈敏。

陈牧一瞬间就反应过来了。

阮晓琪等了半晌，陈牧都不说话，再看到陈牧阴晴不定的脸，她又想走了。

"别走，那我问你，那天你不也跟唐胜天在外面走廊里聊得很开心吗？你们在聊什么？"

"就……"阮晓琪没想到被陈牧反将一军，这个时候她第一反应竟然是急于解释，"就是说那个黑板报的问题啊，本来就不应该甩手不管的，只是刚好聊到……"

陈牧露出恍然大悟的神情。

阮晓琪隔了一会才反应过来："陈牧？你干吗跟踪我？"说着，准备伸手去挠陈牧。

"谁跟踪你了？"陈牧笑着躲开，"你自己站在那里，又没遮没挡的。我看到了不是很正常的事情吗？不过。"陈牧突然间凑近了阮晓琪，"你……是不是吃醋了？"

阮晓琪心里咯噔一下。

"你胡说！"阮晓琪脸又红了。

陈牧倒是认真起来："你想听吗？就是关于我跟她之间的事情。"

"不想。"阮晓琪嘴硬地说道。

不过，刚一说完，她就后悔了。

还好陈牧装作没听见她说话一样，从头到尾把他跟陈敏的事情讲了一遍："我们之前……算是朋友吧，然后她爸妈离婚了……"

小学的事情，少年宫的事情，两个人初二的那点儿事，还有高二时被处罚做检讨的事情……

等讲完的时候，阮晓琪还在原地若有所思。

"那……你喜欢她是真的吧，还被你妈妈发现了？"阮晓琪问了这么个问题。

"唉，我讲了那么多，你怎么就只听到了这个？"陈牧急了，他最讨厌别人提到这件事儿。

"对啊，怎么就只听到了这个。"阮晓琪心里也嘀咕。

"嗯……其实，她……她前几天跟我告白过……"陈牧挠挠头。

突然间，阮晓琪的心抽了一下，有一种说不出的感觉。

"所以你们……"阮晓琪的眼睛乱瞟，嘴角微微抽动。

陈牧古怪地看了她一眼："我又不喜欢她。"

听到这句话，阮晓琪感觉心里一下亮堂了。

阮晓琪喜欢这样笃定的回答，让人很有安全感。

"那换我问你了。"陈牧没忍住，"你跟唐胜天是不是……"

"是不是什么？"阮晓琪突然间想逗逗他。

"你们是不是……相互偷偷喜欢？"陈牧憋得满脸通红。

这句话憋得他很难受，说出来又别扭又丢人。现在他很想找个地缝钻进去。

"对啊，你怎么知道？"阮晓琪笑眯眯地说道。

"啊那就好……啊？！"陈牧这个时候才回过神来。

他的心，在这一瞬间坠下去了，连同周围的景色一起，坠入了深渊。

"那……我现在知道了。"

"真蠢。"陈牧在心里骂自己。

蠢到差一点点就搞错了答案。

"骗你的呐！"阮晓琪咯咯笑了起来，她就是想逗一逗他，她认真地对陈牧说道，"好好学习。说不定，以后我会跟唐胜天上同一个大学的。"

"好，那我就再复读一年。"少年的眼睛又亮了，像是夜空里的星星，藏进云层之后又闪烁起来。

"复读你个头！"阮晓琪拍了他一下，"别想这些有的没的，下学期就要备战高考了，认真学习。"

"哦——"陈牧阴阳怪气。

"哦什么哦！"阮晓琪伸手又拍了一下陈牧。

打闹了一会儿，陈牧突然反应过来，嘻嘻笑着问："你说的要好好学习，那你怎么老是八卦我这些事？"

"你胡说，我八卦什么了？"

"陈敏的事情啊，你还说不八卦？"

"关我什么事。"阮晓琪笑着跑开了。

她的步履格外轻盈，像是心里的那些结，被人轻轻一扯，彻底解开了。

这就是文艺委员说的"那种喜欢"。

她现在知道了，但是她打死都不会承认，她绝对不敢开口承认。

"只要不承认，也许就没有人知道了，你说是吧？"十七岁的阮晓琪在心里对自己这么说。

进教室前，陈牧看到阮晓琪坐在座位上。于是他故意从前门走进去，与阮晓琪对视了一下，对方却给了他一个白眼。

看着阮晓琪微微嘟起的嘴巴，陈牧心情大好。

暗恋一个人的时候，总要抓住点什么东西才能让自己变得更加踏实，在心里更加明确她对自己是不一样的——她会八卦自己的事情，她是在乎自己的。

哪怕是以朋友的身份也没有关系，只要自己对她来说，跟别人是不一样的就可以了。

"不一样"是一件多么奇妙的事，是被偏爱，是被照顾，是明明穿着同样校服的一群人站在大礼堂里，他也确信自己是能一眼就被注意到的那个不一样的身影。

　　陈牧感觉连冗长又无聊的晚自习都变得有趣了。他兴奋了好一阵子，才想起张一雪的事。

　　等到回宿舍的时候，陈牧才神神秘秘地找到蔡斐，问他到底怎么回事。

　　"你……我不是让你传字条吗，你怎么就偷看呢？"蔡斐心虚地说道。

　　"人家都被你吓哭了，说你捉弄人家。"陈牧无语。

　　"我捉弄她什么了？"蔡斐着急道。

　　"等等……"陈牧隔了一会才明白，他到处看看确认旁边没有别的人在偷听，旋即才小心翼翼地确认，"你是说……"

　　"是啊。我认真写的。"蔡斐认真地解释道。

　　陈牧咋舌。

　　"你傻啊！有你这样表白的吗？"陈牧便开始数落蔡斐，告诉他应该怎么表白才对，方法更是说得头头是道。

　　其实陈牧也没什么经验，倒是把蔡斐唬得一愣一愣。

　　"那……那我去道歉？"蔡斐反而有点不好意思了，"你可别跟人说啊，我就是……冲动了点。"

　　第二天，陈牧一早就找阮晓琪说了这事儿。

　　"你说你们女生喜欢什么样的告白方式啊？"陈牧贱兮兮地问。

　　"整天想些有的没的。"阮晓琪白了他一眼。

　　陈牧嘿嘿笑着不说话。

3

　　期中考试考完，紧接着是自主招生的时间段。

　　阮晓琪、唐胜天和朱锦要去广州参加自主招生的笔试。笔试过了才有面试资格。最终只有一小部分人能够从面试中脱颖而出，拿到保送的资格。

　　阮晓琪对自主招生其实没有抱有太大期望，她心里清楚，全省那么多重点高中。自己在立定中学都很难冲到第一名的位置，从市重点回来的朱锦在期中考试都能把一直稳居第一的唐胜天比下去，难以想象其他重点中学的学生是什么样的水平。

这次只是去碰碰运气，所以阮晓琪的心态很轻松。

出发的那天，阮晓琪给陈牧发了消息："我去考试啦！我要是失败了，回来你要安慰我。"

陈牧很快回了："你不要觉得一定失败，万一成功了呢？"

阮晓琪在笑。

陈牧总是很乐观，他平时成绩不好也从来不着急，总觉得高考前还有时间迎头赶上。不过，他最近晚自习总是偷偷拿着手机查询作文比赛的信息，看自己有没有进入复赛。

她喜欢这种乐观的态度——但是连她自己也分不清到底是喜欢这种态度，还是喜欢陈牧这个人。

立定中学参加自主招生考试的人数不少，除了陈牧班上的三个人之外，还有其他班的尖子生，其中也包括陈敏。

学校包车送他们去广州，从立定中学出发到广州大学城要四五个小时的时间。

阮晓琪跟朱锦坐在一起，她看到朱锦一直拿着一个本子在上面写写画画。

"在做题吗？"阮晓琪凑过去看了一下。

"不是。"朱锦笑着摇摇头，她给阮晓琪展示草稿纸上画的内容，是几个漫画卡通小人物。

"真好看。"阮晓琪由衷地夸奖。

她想到陈牧主动申请在黑板报上画的火影忍者，结果被评委认为"画太多，文字内容太少"而没拿到奖。

朱锦画得比陈牧更细腻好看。

怎么什么事都会想到他？

阮晓琪瘪瘪嘴，继而问道："你也学过画画吗？"

"没有，我就是自己随便画一画，算是平时唯一的娱乐活动了。"她笑着说。

阮晓琪突然对眼前的女生产生了更多的好奇。

听说她在立定中学初中部的时候，成绩就一直拔尖儿，不知道这样的成绩在市重点处在什么样的位置。

"你……为什么转学来立定中学呀？"阮晓琪多问了一句。

"身体不太好。"朱锦摇摇头，"有时候需要回家喝中药调理，市里太远了。"

阮晓琪还想问点儿什么，但都觉得可能涉及人家隐私，显得自己有失礼貌。

反倒是朱锦大大方方的，好像看出了阮晓琪的心思，她笑了一下说："你们对市重点的学生好像都挺好奇的。"

"也不算吧。"阮晓琪说的是实话，其实她不关心，就是找找话题。

"其实也没有什么不一样的，都是人，两胳膊两条腿，一个脑袋，都跟立定中学的一样。"朱锦打趣道。

"但是……他们成绩应该很好吧？"阮晓琪小心翼翼地问，一边看朱锦的神色，怕自己说错了什么话。

朱锦倒是沉思了一会儿，说道："是很厉害的。反正像我这样的成绩，每次月考统考能到年级前三十名就烧高香了。那边试卷难度挺大的。不过成绩好也不全是老师的原因，是那个地方本来就把各个县城的尖子生都选去了。大家多少都想要一较高下，稍微松懈一点就很容易被别人比下去。竞争压力太大了。"朱锦摇摇头，"我还是喜欢立定中学和你们，压力没那么大，大家都差不多，多好。"

"其实我还差很多。"阮晓琪心里想，但她没有说出口。

唐胜天坐在阮晓琪和朱锦后面一排，听到她们聊天，突然参与进来，问道："市重点的学生也都会去参加自主招生吧？"

朱锦回头看了唐胜天一眼。

"他们好像有保送名额，我也不太清楚。不过肯定还是有人参加的。他们有些人真的太厉害了，尤其是学理科的。有时候你不得不感叹，人和人之间的差别就在那里，起跑线都不一样。你以为后天能够弥补，但每个人的时间都是那么多，你哪怕一天多一两个小时，还是不足以弥补那些差距。"

阮晓琪没想到朱锦也会有这种感觉，但她比早些时候的唐胜天要大方得多。她勇于承认差距，并且不会因为自己不够好而有挫败感——尽管在唐胜天眼里，她已经很厉害了。

阮晓琪略有点诧异，她还一直以为像朱锦这种人，会有一股像唐胜天那样的傲气呢。毕竟她是从市重点转来的学生，什么都比立定中学的要好。

现在看来好像也不全是。

反而是唐胜天犹豫了一阵，他还是开口多问了一句："那你……不会觉得——憋屈吗？"

朱锦大大方方地笑了："想什么呢？你如果什么事情都要去比个输赢，那活得多累？世界那么大，总会有你比不上的时候，不可能总是你是最厉害的吧？有时候能做到什么程度都是看天赋的了，老天爷可能就给你这一碗饭吃，你还想要多一点，这不是自寻烦恼吗？"

跟阮晓琪说的一样。

唐胜天眼睛里的光一点点暗淡下去，撞见阮晓琪回头看向自己的眼神，他心里咯噔一下，没有再说话了。

接下来一路，阮晓琪和朱锦都在聊天。阮晓琪惊奇地发现，其实朱锦跟自己差不多。

到底都还是十七岁的孩子。

朱锦竟然也大大方方地说："我有暗恋的人啊，只不过现在不在一个学校了，对方可能完全都不知道吧，反正……暗恋这种事，自己知道就好了。"

"不是啊，如果暗恋是自己的事情，那为什么还会被其他人牵动情绪呢？"阮晓琪在心里反驳，不过她没说出来。

"欸，你问了这么多，你有喜欢的人吗？"朱锦随口问了一句。

阮晓琪一下子不知道怎么回答了。

朱锦意味深长地看了阮晓琪一眼，好像明白了什么，主动说道："我知道了。你不用说名字，我也不想八卦你的事。"

阮晓琪被朱锦说得脸红了，赶紧转头看向窗外。

隔了老长一段时间，阮晓琪脑海里浮现出陈牧笑嘻嘻的脸，想起自己还没回对方信息。

刚拿起手机，朱锦凑过来问阮晓琪："是不是唐胜天啊？"

"啊？"阮晓琪吓了一跳。

她下意识地回头看了唐胜天一眼，对方刚好也看向自己，不知道他有没有听到朱锦的话。

阮晓琪赶紧低下头去，假装没有听到。

怎么会都以为是唐胜天呢？陈牧也这么以为的吧。

不过这样也好。阮晓琪又开始自我安慰了，这样就没有人知道自己到底喜欢谁了。这是一个难以开口的秘密。既然自己无法抛弃这个秘密，那就死死地捂住它，不能让它泄露丝毫。

大巴开进市区，看着高架桥下纵横交错的马路和川流不息的车辆，阮晓琪感觉眼花缭乱。

这是她第一次走出自己生活的小地方，看到大城市的模样。

广州大学城很大。考试安排在第二天上午，带队老师带大家提前看了下考场的位置，紧接着就带他们去招待所住下了。

阮晓琪跟朱锦分在了一间。

一路颠簸，大家也都累了，很早就睡下了。

一声铃响，自主招生的考试结束了。

阮晓琪急匆匆地从考场跑出来，到处找水喝。刚好遇到了唐胜天。

"有水吗？渴死我了。"阮晓琪感觉自己的喉咙在冒烟。

早上起来的时候，阮晓琪赶得很急，除了文具什么都没准备，她渴了整整一上午，快交卷的时候，都没什么心思检查了。

还没等唐胜天回答，阮晓琪就看到了他手上的水，她用手指指了指水瓶，试探着问："那个……可以喝吗？"

唐胜天把水递给了她。

阮晓琪不管三七二十一，仰头就咕嘟咕嘟喝了好几口。等她想起来，才问唐胜天："这个水，打开过的，不会是你喝过的吧……"

"嗯。"唐胜天点点头，很难得的，他的脸上有一丝掩盖不住的笑意。

阮晓琪愕然。她红了脸，急急忙忙把水瓶塞给唐胜天："你就当不知道……"

唐胜天看到阮晓琪羞红脸的样子，心里一软，好像脚底踩到了棉花上，全身陷了进去，松松软软的。

"考得怎么样？"唐胜天转移话题问道。

阮晓琪感激地看了他一眼："还行，感觉很多题目都很新颖，没看过。"

"我也是，说实话难度很高。"

阮晓琪对唐胜天的话有点诧异，按照他的性格，没想到竟然也能大大方方承认自己做不出来。

过了一会儿，朱锦一群人也过来了。阮晓琪问朱锦考得怎么样，朱锦摇摇头："来这里考试的人，能进面试的不足百分之一，想什么呢？怎么也轮不到我们。"

她倒是说得轻松。阮晓琪也不再去想。

回到酒店休息的路上，阮晓琪看到唐胜天拿起自己喝过的水在喝，她心里咯噔一下，想的却是："这件事儿绝对不能让陈牧知道。"

怎么又是陈牧？

可恶！

阮晓琪掐了一下自己，她有点讨厌那个家伙了，因为他总是会莫名其妙地闯进自己的脑海中。

中午吃完饭，校车就急急忙忙地把这群学生拉往学校。

一来，是因为高三的时间太宝贵；二来，也是为学生的安全考虑。

大巴上，阮晓琪正靠着车窗睡觉，收到了陈牧的短信，问她考得这么样。

"考得不好，怎么办？"阮晓琪回复他。

隔了一会儿，陈牧回了："还能怎么办？老老实实跟大家一起参加高考，这样我就不会被你拉开太多分数了。"

"喊，想得美。"阮晓琪把手机往口袋里一揣，不想理他了。

但她脸上的笑容藏不住，开心的感觉都快溢出来了。她的眼睛在阳光下闪闪发亮，转过头，撞上朱锦似笑非笑的脸，赶紧避开了。

"怎么，谁发消息给你？"朱锦笑着凑过来问。

"没有啦。八卦！"阮晓琪赶紧否认，脸却红得发烫。

第六章·作文比赛

"好，那我们考同一个大学吧，一起加油——"

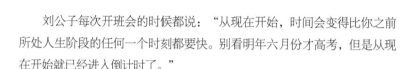

刘公子每次开班会的时候都说："从现在开始，时间会变得比你之前所处人生阶段的任何一个时刻都要快。别看明年六月份才高考，但是从现在开始就已经进入倒计时了。"

文艺委员在黑板上弄了一个倒计时的板块，每天都会修改上面的数字。

时间一天天变少，让人看上去高考迫在眉睫。

陈牧到现在才第一次感觉到时间飞逝。

所有课程的新知识都讲完了。到了复习阶段，陈牧才真正发现时间就变得不够用了。单元考试都不舍得浪费课堂的时间，老师直接把试卷发下来当周末作业。同学们经常要抱着一摞试卷回家，再抱着一摞试卷返校。

阮晓琪现在也因为复习时间太紧，给陈牧讲题讲得飞快，生怕陈牧听清楚了似的。

最后几排原本最爱玩的一群男生也突然都开始加班加点搞学习了。奈何基础太差，别人已经学完全部课程，他们还在死磕高二的有机化学，背起知识点来一个个抓耳挠腮的。

很快，最后一次月考也过了，接下来就是期末考试了。

最近这段时间学习紧张，晚自习有时候要到十一二点才结束。

陈牧严重睡眠不足，午休的时候，也不在教室里待着了，都跑宿舍去睡觉。

蔡斐兴高采烈找到陈牧的时候，陈牧还迷迷糊糊地捂在被子里呢。

"陈牧，恭喜你！"蔡斐兴高采烈的样子就跟自己中了五百万一样。

"干吗？"陈牧还没睡醒。

"你不是等了很久了吗？我刚才帮你查了！"蔡斐比陈牧还激动。

"什么啊？"

"作文比赛啊！"

听到"作文比赛"四个字，陈牧立刻坐了起来，又愣了一下，旋即一种难以置信的感觉涌上心头。

他之前一直都在查作文比赛的结果，但迟迟没有公布。他还跟蔡斐抱怨过。后来学业繁忙，他就忘记这茬儿了。

没想到，自己都忘了的事情蔡斐还记得。

"我昨天查过还没公布，今天查了一下，就看到了你的名字。"蔡斐像是自己入围了一样，手舞足蹈地说道。

"哦……"陈牧在床边坐了一会儿，脑子乱乱的，突然才想起来要确认一下，"你……你在哪里查到的，我看看！我看看……"

陈牧摸出自己偷偷带到学校的手机。

陈牧第一次觉得手机的开机界面停留的时间那么漫长。

他激动地在搜索栏里上输入了比赛名，看到复试名单的链接，他深吸一口气，点了进去。

看了四五遍才确信上面写的是自己的名字——

陈牧（广东省）。

"厉害啊。"蔡斐惊叹，"你看看，广东省入围了十二个人，其中就有你的名字。"

陈牧屏住气，又看了几遍。

没有唐胜天的名字，他心里窃喜。

不过接下来期末考也许参加不了了，因为他要去参加作文比赛的复赛了。

2

陈牧立刻就去找刘公子请假，说明了自己要去参加作文比赛复赛的想法。

班主任对陈牧说："老师呢，也不是说参加比赛不行。只是现在快高考了。如果你去参赛，那你很可能还要去准备复赛的写作，非常占用复习的时间。这其实是有点捡了芝麻丢了西瓜的感觉。当然还是以你自己的考虑为重。如果真的很感兴趣，并且很有信心的话，可以去参加一下。"

陈牧周末回家的时候，跟陈母商量作文比赛的事。

陈母倒是支持儿子追求自己的梦想，但班主任说的话也不无道理。她索性放手让陈牧自己选择。

这下，陈牧犹豫了。

其实，他心里也对自己的写作能力没有底。虽然平时总是被语文老师夸奖文笔好，但比起其他的人，自己未必就能真的脱颖而出。去了怕拿不到任何名次，但如果不去，又觉得很可惜。

陈牧在这种矛盾中度过了一个周末。

星期天晚上返校上晚自习时，陈牧发现阮晓琪不在教室里，索性去走廊上站着吹一会儿风。

"干吗呢？"阮晓琪不知道什么时候出现了，头发湿漉漉的，踮起脚尖拍了陈牧一下。

"啊？"陈牧刚回过神来，转头的时候差点撞到阮晓琪的脸。

"你怎么在这里？"陈牧挠头。

"我不在这里，还能在哪里？"阮晓琪没好气地瞪了陈牧一眼。

她手里还拿着水杯，倚在走廊上深吸一口气，说道："天气可真好，快要到冬天了。"

"嗯，快要到冬天了。"

奇怪，今年的秋天格外漫长，像是要无限延伸下去。

"你说……我要不要去参加那个比赛啊？"陈牧问了一句。

"哪个比赛？"阮晓琪扭头看他。

"就是那个作文比赛呀，不是跟你说我进了复赛吗？"

"去啊！为什么不去？"阮晓琪毫不犹豫地回答，"不是你感兴趣的事情吗？这有什么好犹豫的。"

"但是班主任也说了啊，这是捡了芝麻丢了西瓜。"

阮晓琪摇摇头，面对陈牧站好，认真地说道："不是这样的。高考只是你未来人生中可供选择的一条路而已，只是这条路更稳，选择的人更多。但是，如果遇到自己喜欢的事情，并且为你多提供了一个选择，还是要去试一试的。"

"你什么时候变得这么想得开了？"陈牧把阮晓琪故作深沉的话给打断了。

"你要死啊，我这是在鼓励你，你懂不懂！"阮晓琪又被陈牧气到要动手打人了。

唐胜天刚好从宿舍洗完澡回教室，看到走廊上两个人打闹的身影，脸上看不出什么表情，随即走进了教室。

3

陈牧还是决定去上海参加复试。期末考试是无法参加了。

不过对于成绩普通的陈牧，反而少了很多压力——他还想过个好年呢。

上海那么远的地方，陈母不放心让陈牧一个人去，便让陈父陪同他去。

陈牧到达陈父的小店里时，已经很晚了。第二天早上八点多的飞机，陈牧打了地铺就睡下了。

陈牧是第一次坐飞机，到了机场好奇地四处打转，还到处拍照发给阮晓琪。

隔了好一会儿，阮晓琪回复道："好好加油。现在是体育课时间，我们在自习。"

隔着手机，陈牧也能想象此刻阮晓琪在翻白眼。

陈牧想了想，问她想吃什么，去上海给她带点儿回来。

阮晓琪回道："想要好吃的。"

这时，陈父提醒陈牧要登机了，陈牧回复了一个"好"字，就把手机关机收了起来。

一路上，陈牧感觉自己在云里穿梭，特别兴奋。

上海比想象中要冷。虽然也属于南方城市，但和陈牧所在的南方沿海城市气温相差太大了。陈牧和陈父还要在这里待四天。

陈牧参加作文比赛的时候，因为冷，手一直在抖，几乎拿不住笔。

比赛结束后，陈牧跟陈父一起逛了逛上海的外滩和东方明珠电视塔。

"上海太冷啦。"

"东方明珠好高，我爸竟然恐高，那个玻璃栈道他不敢走上去哈哈哈。"

"外滩也没什么好看的嘛，人太多了，不过景色还算可以。"

"这里的小杨生煎很好吃。"

陈牧发了很多条消息，阮晓琪都没有回复。

因为太冷了，两个人后来直接回酒店躺在床上看电视。

晚上陈牧迷迷糊糊快睡过去的时候，手机才亮了起来。

阮晓琪说："我们期末考试结束啦。我手机没电了，所以到现在回家充了电才回你。你给我留几个生煎包吃！"

陈牧躲在被窝里吃吃地笑了。

他怕被陈父看见，躲在被窝里跟阮晓琪聊了很久。

尽管爸爸在那头已经鼾声四起，他还是等互相说完晚安之后，才把头探出来，像是在水下憋了很久似的，用力地呼吸。

这个时候他才发现自己额头上满是细密的汗珠，但是刚才他完全没有感觉到热。

陈牧握着手机，感觉手心里都有汗了。

他等待的那句"晚安"落在异乡的深夜，掷地有声，陪伴他安心地入眠。

颁奖的时间是三天后。

这三天的时间里，陈牧几乎把上海能去的地方都去了一遍。这是他第一次出省，虽说是来参加比赛，也相当于一次旅游吧。陈父也乐得到处走走放松一下。

"二等奖。"

陈牧站在上海的老街道上给阮晓琪发信息。

阮晓琪回道："很棒！已经很棒了。"

高中的最后一个寒假也轰轰烈烈地到来了。

4

阮晓琪仍留在叔叔家里过的年。

她已经习惯了这种感觉。叔叔和婶婶依旧对自己十分关照，堂哥依旧会在大大咧咧的同时呵护自己。

阮晓琪感动之余也会尽自己所能做一些家务。

这天晚上，阮晓琪正在房间里看书，婶婶在外面敲了门进来。

"晓琪啊，那个……"婶婶好像有一点点不自在，"还在学习啊？这么努力。"

叔叔也跟在后面进来了。

"嗯，快高考了，老师说还有些题目要巩固一下。"阮晓琪把书本合上，看见叔叔轻手轻脚地关上了门。

"那个……晓琪啊……就是……"叔叔搓着手，好像有点不好意思开口，但又不得不开口的那种感觉，"就是……你爸爸的那个……"

婶婶也走过来抱着阮晓琪，怕她突然间情绪崩溃。

这两年的时间里，他们时刻小心地保护着阮晓琪，特意不提那些不开心的事情，就是怕阮晓琪太敏感无端伤心。但现在，好像不得不再提一下了。

阮晓琪心里知道——他们想让自己回去看一下爸爸。

爸爸就长眠在自己家后面的山上，她一直不敢回去面对。

去年的时候，叔叔和婶婶也旁敲侧击地问过自己，但是她不想回去。

"不了，叔叔婶婶。"阮晓琪露出一个很僵硬的笑脸，"我还是不想回去。"

"好，好……不回去也好……"叔叔说了两句，被婶婶瞪了一眼，不说了。

婶婶搂着阮晓琪的肩膀："晓琪啊，真不回去啦？"

"不了，婶婶……"阮晓琪本来还想再笑一下的，但眼泪像断了线一样地掉下来，"我……"

叔叔跟婶婶这下都慌了手脚。

"好好好，我们不回去，不回去……"婶婶抱着阮晓琪让她靠在自己的肩膀上，阮晓琪努力地摇摇头。

"叔叔，婶婶，对不起……我……我想自己待一会儿可以吗？"

"好好好，你自己待一会儿，待一会儿。"叔叔在手足无措地想往外走。

婶婶还想说点什么，叔叔对她使眼色："走，快点，让孩子自己待一会儿……"

两个人轻手轻脚出了门。

叔叔埋怨婶婶："干吗呀！孩子可能根本不想提这个事，我都说让你别问了……"

婶婶委屈地说道："我这不想过了两年了嘛，我就是问一下，孩子阿姨打电话过来吵，我们不都挡下来了……"

"反正这事不能让孩子知道，也不要再提了。"叔叔很肯定地说。

阮晓琪没心思看书，躺到了床上，眼泪止不住地掉，浸进了枕头里。

她不是不想回去看看爸爸，只是她怕自己面对不了——还有自己的继母，她不想回那个地方。

"爸爸，对不起。"她心里一直在说对不起。

对不起，等我，请你一定要等我，等我终于走出这个地方，我会回去看你的。

对不起。

她拿起手机，给陈牧发送了一条信息："我好难过。"

发送完短信，她就关了手机。

即便她知道那一头肯定会发信息过来问她到底怎么了，会安慰她。但她不想说，她只是想找个人说一下自己的心情。

她轻轻地关了灯，在一片黑暗中闭上了自己的眼睛。

"要是能这样一直安安静静地睡下去该多好。"

她想。

5

新的一年很快又到了。

过年的时候，陈牧被爸妈拉回了老家，叔叔和姑姑一家人也都拖家带口地回来了，一大家子人陪爷爷奶奶一起吃了年夜饭。

年夜饭热热闹闹的，陈牧却有点不习惯。

平时家里才三人，爸爸常年在深圳，自己住在学校，周末也就是他和陈母两个人在家。陈牧平日里适应了冷清和安静，现在看到小孩子在村头巷尾跑来跑去，烟花爆竹震天响，反而有点儿不自在。

他出去外面走了一圈，想了想，摸出手机给阮晓琪发了条信息。

"新年快乐。"

阮晓琪打了个电话过来，电话那头传来了她的声音："陈牧，商业中心又有烟花可以看了，你听。"

阮晓琪站在阳台上，把手机举起来，听筒对着烟花。

陈牧在手机那头听到了烟花爆炸的声音。

"阮晓琪，我……"陈牧突然间有一种冲动，但阮晓琪那边好像没听清楚。

"你说什么，我没听清，太吵啦——"

"没有——"陈牧也开心地冲着话筒喊了起来，"我想问问你——你想考哪一所大学啊——"

"不知道，我还没想好——我想……我想去远一点的地方。"

"好，那我们考同一个大学吧，一起加油——"

阮晓琪挂掉电话的时候，烟花秀还在继续。烟花的亮光洒在她微笑的脸上，色彩斑斓。

阮晓琪的心里有一种暖暖的感觉，可能是因为陈牧的那句"那我们考同一个大学"，也可能不是。

反正这一刻，阮晓琪的心也很踏实。

走进房间的时候，阮晓琪突然间又收到一条消息。

"新年快乐！"

号码很陌生。

她发短信回去："你是？"

没有回复。

同一时刻，唐胜天坐在自己房间的书桌前看书。

吃完年夜饭后，爸妈又吵起来了。

他听得心烦意乱，手里握着手机，不知道该不该回复。

这个手机是他弟弟的。

隔了一会儿，他叹了一口气，把那一句满是疑惑的"你是？"删掉了。

新的一年，也许是不一样的一年。

他这么想。

第七章 · 百日誓师

十七岁的少年总是急急忙忙抛出去自己的承诺，不管是否能实现，他们只是怕对方不知道自己的心思，迫不及待地想掏出来，拿出来给对方看。

高三最后一个学期开学了。学生们年都没过完就回学校了。

开学这几天，陈牧可风光了。

年级主任得知他获得作文比赛"二等奖"，喜出望外。周一升旗的时候，在主席台上把陈牧表扬了一番。还在综合楼下的公示处，全校通报表扬。

公示牌前，李斌、胖子一群人簇拥着陈牧，喊着让他请客。陈牧脸上得意，嘴里却说道："哎呀，只是个二等奖，不用这么庆祝啦。"

陈牧看到唐胜天刚好从旁边面无表情地路过，故意大声说道："才华这种东西呢，不是每个人都有的——"

他故意把尾音拖得好长，好歹算是第一次在成绩上击败了对方。

放学的时候，阮晓琪找陈牧补习功课，看着陈牧还在那里傻乐，她拿本子拍了一下他的头："别笑了，尾巴都翘到天上去了。"

陈牧笑得更开心了。他已经习惯了阮晓琪对自己做出拍头之类的举动，心里偷偷喜欢着这样的感觉——总觉得这是她对自己和别人不一样的地方，如果这样也算的话。

"喂，这一次可是我赢了。"陈牧没头没脑地说了这么一句。

"啥？"阮晓琪没听懂。

"唐胜天呀，我这一次终于赢了他了。"陈牧故意盯着阮晓琪的眼睛，认真地说道。

阮晓琪翻了翻白眼。敢情这个家伙还记得早些时候跟唐胜天因为一本杂志起争执的那件事儿。

"小气鬼。"阮晓琪白了他一眼，"赶紧做题，二等奖又不会给你高考加分。"

"哦。"陈牧摸摸头，不好意思地笑了一下，埋头做题。

所有人都进入了紧张的冲刺阶段。

到了这个阶段，班主任已经不怎么强调学习上的事情了，反而会在每周的班会上给大家开开玩笑，让大家不要太紧张。

话是这么说没错，但看着黑板上的倒计时一天天减少，大家都是一副忙碌的样子，生怕吃饭洗澡占用了自己太多时间。

陈牧基本上也放弃任何课外活动了。就连胖子和李斌都开始紧张起来，每天回宿舍的时候拿着英语课本念念有声。

那时候，大家都认为高考是人生中最大的坎儿。

虽然刘公子在班会上说："高考只是你们人生中这个阶段的一个标签，绝不是你们冲刺的终点站。"

但是这样的话，他们只能当作安慰听一听。毕竟经历过这么多年的校园生活，不管过程是难过辛苦还是轻松快乐，画上句号的时刻终于近在眼前了。

而他们能做的，就是拿出这么多年学来的知识，在高考的考场上，真刀真枪地去比一比。

陈牧也感到紧张，他的成绩不上不下，算是中等。好像再咬咬牙努力一把，也能够到一本线，但也很容易因为一两分而被刷下去。

阮晓琪也空前紧张，跟陈牧讲题的时候，陈牧一有听不懂的地方，她的态度就不受控制地变差。

陈牧看到她因为自己着急，安慰道："别那么着急，你的成绩上个重本应该没有问题吧！跟我讲题就当你自己复习了。放松一点，像我这样的，着急还有点道理，你那么着急干什么？"

阮晓琪知道自己态度不好，但也对他的话嗤之以鼻，觉得陈牧就是在耍嘴皮子。

晚自习的时候，陈牧趁着阮晓琪倒水的时间拉着她到走廊上闲聊。

"对了，你有想要去的城市吗？"陈牧问道。

"不知道。"阮晓琪诚实地摇摇头，"我想去北京或者上海，我可能想要……离得远一点，然后去看看外面更大的世界。"

她眼里闪着光。

"好，那我也跟你一起。"

"真的？"

"真的。"

"好。"

她相信陈牧。

2

李斌最近乖巧了许多。

除了去操场做体能训练，剩下的时间都能看到他在教室里埋头苦读——即便是特长生，成绩依旧是有要求的。

意外的是，外卖小队在这种紧张的气氛里死灰复燃。

不过，这一次李斌这群人学乖了，他们还是偷偷打电话订外卖，然后一群人再假装到操场上散心，拿到外卖之后吃完再回教室。

有时候陈牧还会给阮晓琪带一份。

他把外卖偷偷放在书包里，等晚自习下课的时候再悄悄塞给她。

不过，常在河边走，哪有不湿鞋。

这天刘公子来教室巡查时，发现后排一群男生一起消失了，预感大事不妙。

他没有惊动年级主任，只是跑到黑漆漆的操场上找人，却连一个人影都没有。

当刘公子走到后操场时，听到院墙角落发出狼吞虎咽的声音。循着声音走过去一看——一群男生像刚刚逃难出来的人，蹲在角落里，一人手捧着一碗盒饭在那里埋头狂吃。

刘公子看着他们，哭笑不得地骂了几句："还吃？就怕撑不死你们！"

陈牧一群人嘿嘿笑着打了几个马虎眼，连忙把剩下的饭扒进嘴里，跑回教室了。

刘公子也就是睁一只眼闭一只眼罢了。

这天有个新消息通知到各班——飞行学院招新生。

飞行员的招生特别严格，陈牧是没希望了，基本上都是体育特长生的事情。报考的学生首先要经过简单的体检和体能测试，接着还有详细的身体检查。全部通过的话，才能够拿到通行证，去广州做进一步的测试。

这些全部通过了，才有参加飞行专业考试的资格。

李斌兴致勃勃地说要去报考，毕竟机不可失。

没想到第一次体检，所有体育特长生里面只有李斌一个人通过了。主要是因为他视力极好。

陈牧以前就一直羡慕得不行，感叹李斌基因好，熬夜看小说都没近视。

体检复试在广州，李斌还没出发呢，百日誓师大会就来了。

百日誓师大会算是每年高考前最振奋人心的时刻。

先是校长发表了一番鼓舞士气的讲话，之后是年级主任和班主任代表讲话。

刘公子作为班主任代表上台发言。

后来陈牧回忆起自己的高中时代，印象最深刻的就是刘公子了。在他的记忆中，刘公子跟其他的老师不一样——他打心眼里喜欢着自己教出来的这一批学生。

他戴着八百多度的近视眼睛，有时候上课又偏偏不戴眼镜，经常叫错人，大家也会哄笑一片。

他平时很少发火，学生做坏事的时候也总是笑眯眯地给大家讲道理。

一开始大家听着觉得烦，后来自己也觉得不好意思了，再也不想给班主任惹麻烦。

他总是能够很敏锐地察觉到一些学生的心事，必要的时候也会找一些学生聊天。

刘公子的学生都很喜欢他，陈牧经常看到其他班的学生去找他谈心。

他用心保护每一个学生，无论成绩好坏。他坚信，这些青春洋溢的孩子们会拥有比自己更加光明的未来。

刘公子上台的时候，下面的学生一片欢呼。

阮晓琪从前排回过头来看见陈牧，两个人四目相对，陈牧冲对方眨眨眼，继而笑了。

他喜欢这种默契——即便大家都站在一起，穿着同样的校服，黑压压的一片。她就是能够精准地判断出自己站在哪里，有没有在看她。

似乎过了青春期以后，陈牧就很难再从人群中找到闪闪发光的那个人了。

宣誓的气势空前热烈。

大家都慷慨激昂，如一群即将上战场的士兵。

每一个人都带着别离时的不舍，但又似乎迫不及待地想要长大，想走出这个校园，想去外面看看更大的世界。

他们想要努力地记住自己站在人群中的这一刻，也许长大后回想起来，会觉得这是他们人生中最闪亮的时刻。

每一个人都充满激情，每一个人都心怀梦想。

4

百日誓师大会之后，放了三天假。

毕竟还有三个月就要高考了，有时候逼得太紧也不是什么好事。让大家适当调整一下，放假回来就是最后真正的冲刺阶段了。

这三天，陈牧都主动关在房间里复习。以前陈母催着赶着他才不情不愿地去写作业的情况不复存在了。

陈母还怕打扰陈牧，总是在客厅里泡好了茶，然后蹑手蹑脚地进入陈牧的房间，把茶杯放在桌上，轻轻地叮嘱他早点休息，再悄悄地走出去。

本来平日里陈父就不在家，现在陈牧也不打游戏不看电视了，家里尤其安静。

偶尔休息的时候，陈牧还是会给阮晓琪发短信。

"我今天把有机化学的所有反应式都背下来啦。"

"今天有点困，复习到一半趴在桌子上睡着了。"

阮晓琪也处在水深火热的复习中。

有时候叔叔婶婶会觉得她太刻苦了，会提醒她要注意休息，甚至主动让她去玩玩电脑，跟堂哥聊聊天。

阮晓琪每次有时间拿起手机，看到短信箱里躺着的四五条消息的时候，她的心里都暖乎乎的。

正在想着，陈牧的短信又过来了。

"对了，你说去上海的话，选哪一个学校更好啊？如果我考不上你的学校的话，我可以选择在你旁边的大学啊。"

"不知道不知道不知道。"阮晓琪尽力把这些念头都挤出脑海，但最后还是认输了。

她趴在桌上，一颗心扑通扑通地狂跳，高兴得快要飞起来。

5

陈牧返校后得到的第一个好消息，就是李斌的体检复试通过了！

这个结果也随之给李斌带来了新烦恼——成绩仍是能否考取飞行员的一个重要指标，但李斌的文化课成绩不太好。

为此，李斌特地拿着一沓试卷，让陈牧帮着分析分析。

陈牧翻了翻李斌的各科试卷，没想到的是，李斌的英语成绩竟然很好。文科班的数学也不是很难，他让李斌不要去想最后的大题，先把前面的基础分搞定，满分一百五十分拿个一百多分也不是什么难事。另外就是语文，其实只要多背背易错点，多做些阅读理解，掌握答题技巧后，语文分数也不会很难看。历史、地理、政治这些科目，想得高分可能很难，但是只要背背，中上等的分数还是能够达到的。

综上所述，只要李斌趁着最后这段时间多背多记，达到飞行学院的录取分数线并不难。

李斌听了陈牧的一番分析，信心大增，体能训练也不去了，基本上每天都拿着书在走廊上背诵。

虽然李斌平时为人处世一根筋，但是他记忆力好，人也不是真的笨，成绩真的有希望提升。

原来拥有明确的目标，是可以改变一个人的。

何纯和方永玲最近也在埋头苦学。

何纯偶尔还是会找苏欣聊聊天，算是紧张学习之外的一点放松。只是，现在的她，没有过多的诉求，毕竟考试才是最重要的。

方永玲本来就是乐天派，经过唐立地的事情之后，更看得开了——成绩才永远不会背叛自己，你为它付出越多，它便回馈你更高的分数。方永玲尤其擅长理科，即便之前的时间都拿去玩了，但现在通过努力复习，仍能迎头赶上。最近几次的考试，数学能够拿个一百二十多分，物理、化学也不差。

相比之下，陈牧在数学上真没什么天分。经常对着卷子抓耳挠腮。

好在他背古诗词的能力极好，做阅读理解也很快，在文学方面悟性极高。复习语文的时间都可以用来请教阮晓琪数学和化学的题目了。

第八章 · 高考

回忆总是美好的。不好的事情会随着时间被冲淡。留下来的，就像是原本被埋在沙滩里的贝壳，终于露出最美好的一面。

在陈牧的回忆里，几乎只是一眨眼的时间，就到高考了。

高考前一个星期，陈牧还在为成绩发愁。但是，他不是怕没考上要复读，也不是怕没有大学上。

他是怕跟阮晓琪步伐不一致，未来可能就疏远了吧……

高考的前一个晚上，下了晚自习，陈牧磨磨蹭蹭地等着阮晓琪一起走回宿舍。

两个人走到半路，突然有人喊陈牧的名字。

是陈敏。

在陈牧的记忆里，之前一段时间自己一直躲着她，后来她便好像在学校里人间蒸发了一样。

反正陈牧也不关心。

"那个，我有东西要给你……"陈敏磕磕巴巴地说，可能是因为看到阮晓琪在陈牧身边。

"要不我先回宿舍？"阮晓琪看了陈牧一眼。

"你就在这里好了。"陈牧没给阮晓琪拒绝的机会。

听到陈牧的话，阮晓琪就大大方方地留下来了。

陈敏深深地看了阮晓琪一眼。她想起来了，她就是之前自己找陈牧聊天的时候，在另外一个角落里跟唐胜天讲话的那个女生。

然后，她将视线转移到了陈牧身上，说道："也没什么事。"她从背后拿出一块军绿色的板子，"这个东西给你，不知道你还记不记得。"

陈牧当然记得，那是很多年以前，他们一起在少年宫学画画的时候，背着的画夹。

"那个……"陈敏深吸了一口气，"我高考完可能就直接离开这里了，你知道……我妈本来就是外地人，我们打算……回我妈那边去生活一段时间。这个东西留给你吧，当作纪念也好，以后的话……有缘再见。"

她说得轻松，把画夹递给陈牧。

陈牧还在犹豫着要不要接过来，阮晓琪在背后轻轻地捅了他一下，他才慢慢伸出手。

"再见啦。"

陈敏说完，潇洒地头也没回地走了。她没有往宿舍方向走去。

陈牧想，这可能是最后一次在校园里见到她了。

他的心情有一点复杂，但是又说不出来是为什么。

只是感觉……不管自己再怎么讨厌她，再怎么逃避她，她都在自己的记忆中留下了浓墨重彩的一笔。

只是有些时候难免颜色太过浓重，事后回忆起来会显得格外刺眼。

"这个是什么？"回宿舍路上，阮晓琪好奇地问道。

"是画夹，以前我们去少年宫学画画的时候发的。"

"哦。"阮晓琪闷闷地应了一声。

"我们……我们，又是我们。"她腹诽。

"想什么呢？"陈牧揉了揉她的头，故意将脸靠得很近，"考完之后，以后一起去上海。"

阮晓琪脸红了，这家伙……呼出来的气息都喷在了自己的脸颊上。

不过接下来的两天考完后，就彻底放松了。以后也许真的会一起去上海呢？

阮晓琪回到宿舍时，有人拿着同学录让她填写，大家都希望这些伴了自己三年的同学能够给自己留下只言片语——不管之前有什么矛盾也好，有什么过节也好，这个时候都显得不那么重要了。

大家说着相互鼓励的话，温暖地告别。

就让回忆留下多一点美好的东西吧。阮晓琪是这么想的。

回忆总是美好的。不好的事情会随着时间被冲淡。留下来的，就像是原本被埋在沙滩里的贝壳，终于露出最美好的一面。

睡觉前，张一雪还在宿舍走廊吹风。

阮晓琪走过去跟她说话："还不睡啊？"

"刚洗了头，吹干了再睡。"

阮晓琪点点头，她也站在走廊上，让夏天的风拂过脸颊。

如果是白天的话，从这里望过去，可以看到之前野炊的那一片后山。

"晓琪，你说我们以后能上什么样的大学，跟什么样的人在一起呢？"张一雪突然间问道。

阮晓琪笑了一下，平静地说道："都不重要吧，能从这里走出去的话，就是我最大的希望了。"

她心想，如果能够跟他在一起的话，那更好。

2

第一科语文考完，大家都没有什么感觉。客观题和阅读题难度不算大，作文题目也不算很刁钻。

本来语文也不是用来拉大分差的科目，大家表现得都算是比较平静。

倒是大家之前说好了不对答案，但还是有人忍不住，叽叽喳喳地在讨论前面的几道选择题。

紧接着，下午的数学也考完了。

陈牧觉得很惊讶，因为他感觉今年的数学题，竟然比平时的练习题要简单得多。

第一天的考试很快就结束了。

陈牧洗完澡趿着拖鞋，在走廊上遇到了李斌，两个人站着吹风。

"聊什么呀？"阮晓琪不知道什么时候又冒了出来。

"你怎么总是神出鬼没的？"陈牧笑着打趣道。

三个人一起站在走廊上，可以看到立定中学后边的一片田野里，有几头牛在悠闲地吃草。

夕阳从山的那边落下去，看起来红彤彤的，把陈牧三个人的脸颊也映得红彤彤的。

对面的教学楼上还拉着印有高考誓言的横幅，整个校园有一种突然间冷清下来的感觉。

在陈牧的眼里，这是别离的预兆。

"以后我要是当了飞行员，坐飞机的时候跟我打个招呼，可以让你们来我的驾驶室参观一下。"李斌开玩笑地说道。

"你就吹吧你。"陈牧也不怕自己的吐槽打击到李斌。

"我挺喜欢上海的。"他看了阮晓琪一眼，"就是冬天的时候有点儿冷，如果有人一起的话，就不会那么冷了。"

"不要脸。"阮晓琪在心里骂，脸上却带着笑，反问道："去上海什么时候成了你的主意？那是我的主意好吧！跟屁虫。"

陈牧深吸了一口气，风里夹杂着夏天和远处田野的味道。

他突然有一种从牢笼里挣脱出来的感觉。那是他第一次呼吸到最自由的空气。

而身边站着的，一个是自己最好的朋友，另一个是自己偷偷喜欢的人。

三个人有一句没一句地聊着，夕阳已经完全下山了。

如果青春真的有什么告别仪式的话，那这一刻，就是最好的告别了吧。

没有比这个更好的时刻了。

他想。

3

第二天理综的题目出奇的难。

陈牧却感觉还好，他的化学本来就有点拖后腿。卷子难一点反而对他来说比较好，大家都不会做的话，分差就不会被拉得太大。

不过，有几个女生是哭着走出考场的。

陈牧在人群中找到阮晓琪，递给她刚刚出考场时买的牛奶。

"考得怎么样？"他问。

"你说呢？"阮晓琪笑了一下，"就怕有的人去不了上海了。"

"去去去，刚考完，你说的什么话！"

下午英语考完就意味着解放了。

结束的那一刻，陈牧本以为自己会狂喜，但到底还是没有。他只是像考完前几门那样，缓慢地走出考场。

班主任在考场门外笑着迎接自己班的学生出来。

"你们自由了。"他说。

大家笑过之后都出乎意料的平静。

回学校的校车上，没有想象中的欢声笑语，大家反而很安静。

回到学校后，也没有说好的撕课本扔试卷的环节，大家只是安安静静开完了最后一个班会。

老师交代了一个月后高考成绩出来，大家填志愿的一些注意事项。

班会结束后，大家安静地告别。

陈牧没看见陈敏，只是跟阮晓琪道了别。

阮晓琪的叔叔一家人还在等消息，她得赶紧回去报个喜讯。

陈牧不着急走，他要等李斌一起走路回家。

"就这么结束了啊。"李斌来找陈牧。他身上连个书包都没有，只拿着从办公室取回的篮球。

"是啊，好安静啊。"

两个人拖拖拉拉收拾完东西走出教室，才发现教学楼都空了。

李斌站在走廊上左顾右盼。

"走了，还看什么啊？"陈牧回头看着李斌。

"没，我就看看……"李斌难得不正经一会儿，"我突然想起来，明天不用上课了。"

陈牧揶揄道："哎哟，这会儿装着爱学习了！不过不好意思，没机会了。"

"没机会了。"

对啊，这不是一个回去放假然后返校的普通假期，是毕业了。

两个月后，会有一批新人出现在这间教室里，度过属于他们的高三时光，但不会是他们这一群人了。

俩人路过教室后门的时候，刘公子刚走进了教室，他拿起黑板擦，默默地站在教室后面黑板上的倒计时前。

"走了，刘公子！"陈牧突然喊了一句。

"哈哈哈，好。大家都考得顺利吧？"刘公子带着笑意回应道。

"还行，说不定明年我们还要再见呢。"

"那还是不要了，我希望你们都顺利考上大学。"刘公子示意陈牧看后黑板上的"倒计时1天"，"你看，这个黑板，我也擦了好多年了。每送走一届我都希望不用再看到大家。不是说不想见你们啊，是希望你们不用一直在这个教室里。你们总有一天要出去看看的，那不如就顺利一点，早一点也好。"

"留在十几岁也挺好。"陈牧说。

刘公子一愣："哈哈哈，对，但人总要长大的。"

"我们也会回来看你的。"李斌也说。

"行了，那我就不送了。"刘公子笑着叹了口气。

陈牧是他送走的第三届学生了，一个个熟悉的面孔每三年就要换一批。他是所有人青春的领路人。

擦完后黑板上的倒计时，刘公子锁上门，站在走廊上点了个烟。看到这俩人不知道说了些什么，李斌突然间追着陈牧狂跑。

他笑着长叹一口气。

阮晓琪回家的时候，在公交站遇到了唐胜天。

"一起吧。"唐胜天说。

"你不是得往另外一个方向去吗？"阮晓琪诧异。

"没事，我去商业街走走。很久没去了。"唐胜天说得很自然。

两个人在公交车上摇摇晃晃的，一路无言。

到商业中心的时候，唐胜天跟着阮晓琪下了车。

"我请你喝杯东西。"他突然开口道。

那时候的奶茶店还不多，大多还是一些模仿台湾品牌的珍珠奶茶。

阮晓琪平时也不怎么喝，这会儿坐在奶茶店里，有一点点不自在。

"打算到时候报哪个大学？"唐胜天问。

"成绩出来再说吧，可能……想去上海。"阮晓琪的脑海里又浮现了陈牧的身影。

"嗯，上海挺好的……"唐胜天顿了顿，两个人沉默了很久。

阮晓琪原本也不是那种善于跟别人交谈的人，唐胜天也是。

两个人坐了约莫有二十分钟。

"我记得你的手机号码。"唐胜天突然间开口说话。

"啊？"

"之前我用我弟弟的手机给你发过一条短信。"

阮晓琪想起来了，是那一句"新年快乐"。

"如果可以的话，我想跟你报同一所大学。"他说。

阮晓琪心里咯噔一下，像是有什么东西突然间冒出来了。

她知道那是什么——2012年的最后一天，也有一个傻小子，在电话那头，对着漫天的烟花说："以后我跟你在一起。"

她当然知道是什么意思。

还没来得及说话，手机响了，是陈牧发来的消息："我到家了。"

"对不起，我……我得回去了。"阮晓琪落荒而逃。

唐胜天愣了一下，阮晓琪的奶茶还剩下半杯，人已经走远了。

他在原地想了好久，直到身边的座位都换了几拨儿人，他才慢慢起身离开。

尾声 ■

1

陈敏离开这个地方的时候，几乎什么东西都没有带走。

唯一保存到现在的画夹，她已经送给陈牧了。

其实她跟谁都没说过，小时候在少年宫学画画的日子，是她迄今为止，所能回想起来的最开心的日子。

那个时候，爸妈还没有吵架，妈妈还把自己当作炫耀的资本。那个时候她还小，什么都不懂，但是她喜欢画笔跟纸摩擦时候的触感，她喜欢一切颜色鲜艳的东西，她喜欢所有美好的事物。

但美好的事物就像一座空中楼阁。你以为它在那里，但当你想要走进去的时候，它就坍塌了，一瞬间化作一阵烟尘。

妈妈终于决定离开这个地方，多一秒钟都不想在这里停留。她们要回妈妈的老家，在外省的一个县城。陈敏的志愿表也只能寄回学校。

"以前这里还是一片花坛，现在听说要改建成居民楼了。"卜楼的时候，妈妈对陈敏说。

这一年的时间，妈妈好像看开了许多，不再对过去的事情揪着不放了。她也老了，陈敏可以看到妈妈的鬓角上都是白发。

陈敏也不再恨她了，更多了一丝心疼。

过去的事情总算是过去了。

踏上火车的时候，陈敏想到了陈牧。

她想到那天晚上，自己把画夹送给陈牧的时候，阮晓琪躲闪的眼神。

她其实是羡慕陈牧的，身边总有这么多人来来往往。对于每个人来说，不管是喜欢的人，还是朋友，陪伴在身边是多么重要的一件事。

陈敏没有什么朋友。

因为她不想在别人面前暴露自己的软弱，那是多么不安全的一件事。她只在陈牧面前展现过自己脆弱的一面。

她希望他记得，也希望他永远不记得。

火车上妈妈说要去买水，陈敏阻止了她，示意她自己带了水。

"我知道火车上的水很贵，而且不干净。"陈敏轻声说道。

妈妈有点惊讶，不知道什么时候开始，女儿开始考虑得比自己更多。

母女两人的角色好像反过来了一样，女儿成了照顾人的那个——在家帮忙做家务，替自己跟她爸爸沟通。

这么多年，女儿都忍受着自己歇斯底里的争吵。最后，自己还是什么都没有得到。

只有女儿一直在自己身边。

妈妈这才意识到有多久没有跟女儿这样面对面眼神交流了。

"敏，妈妈……对不起你。"她没有落泪，眼泪好像在漫长的岁月里早就流完了。

这一句道歉，让她终于从以前高傲强势的姿态中蜕变出来，放下包袱，那些曾经把她和陈敏两个人都压得喘不过气来的包袱。

陈敏没有说话，只是摇摇头。

她把矿泉水递到妈妈面前。

"没有关系的，都没有关系。那些过去的事情也好，没有得到的人和事也好，都没有关系的。因为终究会过去。"

陈敏在心里对自己说道。

2 ⌐⌐

　　唐胜天回家的时候，才意识到高考真的结束了。

　　家里空荡荡的，父亲不在家，弟弟还在学校上课。

　　那些陪伴自己走过一千多个晚上的书籍，在考试结束的铃声响起之后就成了废纸。他有一种说不出来的感觉。

　　他想起自己请阮晓琪喝奶茶，说要跟对方考同一个学校时，阮晓琪躲闪的眼神——是因为陈牧吗？

　　他不止一次地看到，他们趴在座位上写题，在走廊上聊天。

　　他其实挺羡慕陈牧的。

　　他也想成为陈牧那样的人，但是现实不允许。他咬紧牙关，就是要跟自己拼个你死我活，因为他太想走出去到外面的世界看看。

　　他不想被困在这个小小的地方，跟父亲一样，变成一个脾气火爆的货车司机；也不想像母亲一样，就算去到外面的世界也只能靠打工赚钱，一年到头来才回家一次，然后把在外面受的气全部发泄在父亲头上。

　　父母毫无意义的争吵让他头痛。

　　他不想过这样的生活，不想在一个小平房里，为柴米油盐的事情发愁。

　　这样的日子，他不想要。

　　他只想从这里走出去，成为电视里经常看到的那种人，那种西装革履、衣冠楚楚的"高级白领"。

　　哪怕因此不能靠近喜欢的人，错过了某些东西，他都不觉得惋惜。因为现在自己做的事情，对自己想要的未来来说，是正确的。

　　但世界上哪里有绝对正确的事呢？

　　门外传来的声音打断了唐胜天的思绪。

　　他走出去看，是隔壁家的阿嬷。她路过的时候看到唐胜天家的门开着，探头进来看看是有人在家还是进了贼。

　　"是小天啊。"阿嬷打了个招呼，"我还以为有人偷东西呢。"

　　"是我。"唐胜天笑了笑。

　　"今天怎么放学这么早啊？"

　　"我考试完了，放假了。"

"哦，那就好那就好。"阿嬷一边往前走一边说，"还是你们年轻人读书有出息呀，以后赚了钱，记得来家里盖个小洋楼，娶个好看的媳妇，你爸爸脸上就有光咯——"

唐胜天重新走进房间，叹了口气。

一时间百无聊赖，也不知道要做什么了。

他翻出在亲戚家的店里打零工攒的一点儿钱。

他打算明天去商业中心买一部手机。

3

同学聚会定在了高考后的第三天。

陈牧给阮晓琪发短信，让她一起出来玩。

阮晓琪本来想问唐胜天来不来的，想了想，还是没有问出口。一是怕被拒绝，二是觉得自己这样做会引起陈牧的误会。

聚会这天，阮晓琪出门前跟叔叔婶婶打了声招呼。婶婶忙不迭地叫阮晓琪等一下，跑进房间里拿了些钱塞给她。

不等阮晓琪推脱，婶婶便语气强硬地说道："拿着！好好跟同学出去玩。你们高考结束了，要好好放松一下。不过，不要回来太晚哦。"

阮晓琪没能拒绝，只好答应，便出门赴约了。

聚会的地点在商业中心的一家KTV。

李斌、蔡斐、方永玲、何纯和苏欣都来了，还有一帮子同学，都是跟陈牧玩得好的一群人。

让阮晓琪惊讶的是，张一雪竟然也来了。

阮晓琪从没有发现，陈牧唱歌还蛮好听的。

包厢里，大家唱歌，放声大笑，好像非要把这三年的努力和艰辛全都发泄出来一样。他们一个个像大人那样笑着碰杯，然后皱着眉头假装很熟练地把啤酒仰头喝下。

胖子几个人还开玩笑说没收拾钱欲飞那个讨厌鬼，以后一定要找机会让他好看。

大家都为他这些年吹的牛鼓掌。

阮晓琪也跟着笑，她也喝了点酒，脑袋有点儿晕晕的，但突然有点喜欢这种氛围——一群人因为单纯的开心而走到一起，没有太多小心翼翼的顾忌，也没有什么心机。

她不用伪装出很合群的样子，也不怕暴露出自己最懦弱的一面。

她就是开心。

很多年以来，她都是一个把自己严严实实包裹起来的小刺猬，不敢让别人靠近自己。而摊开肚皮之后，她才终于呼吸到外面的空气——仅此一次，她就不想让自己再回到之前的状态了。

阮晓琪和陈牧正抢着唱一首歌，胖子一个不注意把阮晓琪手里的麦克风抢走了，切换了一首歌，开始跟陈牧合唱五月天的《干杯》。

她听到陈牧唱道：

> 有一天 就是今天
> 今天就是有一天
> 说出一直没说 对你的感谢
> 和你再干一杯

大家在歌声中笑成一片，一边跟着唱：

> 时间都停了 他们都回来了
> 怀念的人啊 等你的来到

阮晓琪看到歌词，在往后的很多年里，每当她听到这首歌时，都会想起少年在自己身边唱歌的画面。

阮晓琪看着陈牧唱歌时陶醉的神情。

何纯坐在苏欣旁边，看着一群人笑。

李斌喝多了，躺在沙发上跟着哼。

胖子还在为自己的跑调被嫌弃而辩解："你们没听过，你们不懂！"

……

这里的一群人，也许多年后相互之间不会再有任何联系，但这一刻他们不会想那么多。

只要开心就好。

对，阮晓琪感觉自己从来没这么开心过。

十一点多，一群人摇摇晃晃地从KTV里走出来，胖子几个人还意犹未尽地大声唱着歌。

陈牧主动提出送阮晓琪回家。

阮晓琪在路上一边哼着歌一边东倒西歪地走着。

陈牧扶住了她。

"欸。"陈牧突然在她身边喊了她一句。

"啊？干吗？"

阮晓琪不知道自己脸上已经有两片红晕，在陈牧眼里显得格外可爱。

"那个……我想说一句话，不知道你爱不爱听，如果……如果你不爱听的话，就当作没听见好了。"陈牧突然严肃地说道。

"哦，那你说吧，如果你让我不开心了，我就……"阮晓琪往前一踢，没想到踩了个空，整个人差点扑倒在地上。

陈牧放声大笑，原本想要说的话一下子不知道跑到哪儿去了。

"笑笑笑！整天就知道笑，笑不死你。"阮晓琪气得掐了他一把。

"好啦好啦，我认真地说。"陈牧突然间收起了自己的笑容，笔直地站在阮晓琪的面前。

两个人面对面站在街边的路灯下，灯光刚好从头顶上洒下来。他们头上的光幕中，还有灰尘在空中飞舞。

少年的笑容背着光，但在阮晓琪的眼里无限扩大，变成了夜幕中最好看的剪影——好看得让阮晓琪忍不住想大胆地冲上去抱住对方。

终于，少年开口说话了。

"咳……那个……我就是想说……"

"我想说……"

阮晓琪这次没有催他，她只是站在原地，像一个等待着糖果的小孩子。她轻轻地，不敢太过用力地呼吸，但是因为太过期待，又忍不住想往前一步，就一步，好让那个少年把最后一句话说出口的时候，刚好能牵到彼此的手。

"我想说，我喜欢跟你待在一起。"

阮晓琪觉得时间在这一刻静止了，她晕晕乎乎的脑袋也突然间清醒了。

多么奇怪的事情呀，明明——明明自己已经清楚地知道了那个答案，但还是会在这个答案出现的前一秒觉得忐忑不安。

"哪种喜欢？"她趁着酒劲非要问。

"不告诉你。"

不告诉也是一种答案，因为——另外一个答案没什么开不了口的。

这一次上天终于没有再跟她开另外一个玩笑。

"你……"阮晓琪试探性地问了一句，"你能不能再说一遍？"

"啊？"陈牧愣了，"我……我刚才没有说清楚吗？"

"不是。"阮晓琪摇摇头，"我就是：……有点想要确认一下。"

"我说……"陈牧下一秒感觉有东西重重地撞到了自己胸口，疼得他龇牙咧嘴的，是阮晓琪。

她挥动拳头，打了陈牧一下。

"干吗？！"陈牧吃痛地喊道。

"痛就对了，不是做梦。"阮晓琪笑起来，她开心，开心极了。

"你说，我们以后会在哪个城市读大学？是同一所大学吗？是同一个城市吗？将来会挣很多很多钱吗？会跟最喜欢的人一起走过一生吗？相伴走过一生的那个人，会是我们现在就已经见过面的人吗？"她的问题好多，好想一口气说完，又好像永远都说不完。

少年的眼睛在黑夜中明亮起来，一眨一眨的。

路灯映照下，他的笑容舒展开来，像在黑白画卷上染上一抹粉色，缓慢绽开。

他说："会的。"

终章 ∎ ──────────────

"那边的，干什么！快过来帮忙打灯！"

"摄影师机位往演员身后的方向再移一点儿！"

"制片人呢？人呢……"

肥波慌慌张张地跑过来，扯着陈牧说道："别愣神了，那边需要帮忙，快！"

陈牧还立在原地。

他刚才的记忆飘得有点远——太久远了，以至于像做了一场跨越了时空的梦，突然有一双无形的手将他硬生生拽回了现实，才猛然惊醒。

"那些演员真的是……一个镜头要卡五次，到现在一条都没过。"肥波一直抱怨，"做什么呢？快，跟我过去帮忙。"

"来了。"陈牧点头。

他深吸一口气，仰头看到稀薄的云层，还有不算特别明朗的天。

"近在云边。"

这是阮晓琪曾经对他说过的一句话。

阮晓琪说：

有些时候你总觉得，自己离某些东西很近。

但不是的。

小时候自己喜欢听故事，说云的另一边住着神仙，那个时候想要看清楚神仙长什么模样，就追着云跑。

那一朵云看着很近，她以为自己就身处在它底下，但实际上很远。哪怕追上了也会发现，它那么高，永远都触碰不到。

有些事情，对于陈牧来说，总以为就发生在昨天，发生在不久的过去。可实际上，当他回头想去触碰时，才发现它就是小时候天边的那一朵云。他们隔着永远都触碰不到的距离，却一直以为很近。

就在这个时候，兜里的手机振动起来，一个很久很久都没有联系的名字突然间跳进他的眼中。

"陈牧，后天高中同学聚会，你要来吗？阮晓琪。"

（全书完）

近在云边

作者
阿莫学长

选题策划
知音动漫图书·时代坊

封面插图
Fangpeii

封面&内文设计
王钰　秦天明

策划编辑
付阳

流程编辑
胡梦怡

出版社
中国致公出版社

总出品
湖北知音动漫有限公司

制作出品
知音动漫图书·时代坊

平台支持

图书在版编目(CIP)数据

近在云边 / 阿莫学长著. — 北京 : 中国致公出版

社, 2022

ISBN 978-7-5145-1896-2

Ⅰ. ①近… Ⅱ. ①阿… Ⅲ. ①长篇小说 – 中国 – 当代

Ⅳ. ①I247.5

中国版本图书馆CIP数据核字(2021)第238954号

近在云边/阿莫学长　著

JIN ZAI YUN BIAN

出　　版	中国致公出版社	
	（北京市朝阳区八里庄西里100号住邦2000大厦1号楼西区21层）	
出　　品	湖北知音动漫有限公司	
	（武汉市东湖路179号）	
发　　行	中国致公出版社（010-66121708）	
作品企划	知音动漫图书·时代坊	
责任编辑	胡梦怡	
责任校对	邓新蓉	
装帧设计	王　钰　秦天明	
责任印制	程　磊	
印　　刷	长沙鸿发印务实业有限公司	
版　　次	2022年4月第1版	
印　　次	2022年4月第1次印刷	
开　　本	787 mm × 1092 mm　1 / 32	
印　　张	8.25	
字　　数	262千字	
书　　号	ISBN 978-7-5145-1896-2	
定　　价	48.00元	